Mia Wallace

Bondage – Rock me, Baby

Ich habe geschworen auf sie aufzupassen, sie zu beschützen und sie mit meinem Leben zu verteidigen.
Ich bin Bodyguard, und sie war nur ein Job für mich.
Bis zu jener gottverdammten Nacht, als sie fast in meinen Armen draufgegangen wäre.
In dieser Nacht bin ich mit ihr durch die Hölle gegangen, wortwörtlich.
Seitdem will ich sie mehr, als alles andere auf dieser verdammten Welt.
Ich habe alles für sie riskiert, meinen Job, meine Freiheit, mein verdammtes Scheißleben.
Aber ich würde es immer wieder tun.
Ich bin ein Fighter, das ist mein Element, und ich werde um mein Mädchen kämpfen.
Und wenn's sein muss, werde ich für sie draufgehen.
- *Damien* -

Nobody dies a virgin, life fucks us all.

(Kurt Cobain)

Liebe Leserin,

Vertraust du mir?

Das solltest du.

Denn ich werde dich in Gefahr bringen, dich süchtig machen und dich leiden lassen.

Wie?

Finde es heraus, wenn du dich traust.

Aber sag am Ende nicht, ich hätte dich nicht gewarnt.

Du wirst es bereuen, aber es wird dir gefallen.

Ich werde dir deine dunkelsten Fantasien zeigen und dich in eine Welt voller Gewalt, Drogen und Gangstern entführen und dich mit bösen Jungs, brutalem Sex und schmutzigen Ausdrücken für immer verderben.

Aber glaub mir, wir werden eine Menge Spaß miteinander haben.

Mein Name ist Damien Blackrock. Ich bin Bodyguard, MMA-Fighter und Besitzer des abgefucktesten Nachtclubs in NYC.
Ich komme aus einer der beschissensten Ecken der South Bronx. Die Straße war mein Zuhause und die Gang meine Familie. Leute plattzumachen war für mich immer so normal, wie essen und schlafen. Auf der Straße hast du nur zwei Optionen: Entweder du kriegst auf die Fresse oder der andere. Ich hab mich immer für die anderen entschieden. Fand ich irgendwie cooler.
Um Menschen vor Typen wie mir zu beschützen, hab ich ein internationales Unternehmen für Sicherheit und Personenschutz gegründet. Ich bin gut in meinem Job. In meinem Business musst du das sein, wenn du nicht willst, dass Menschen draufgehen.
Und während ich früher meine Kohle damit verdient habe anderen eine reinzuhauen, mache ich heute Millionen, indem ich Leute beschütze.
Mein einziger Schwachpunkt ist 1,65 groß, fünfzig Kilo schwer und sexy as hell. Ihr Name ist Giorgina James. Und obwohl sie fast zwei Köpfe kleiner und hundertsechzig Pfund leichter ist als ich, ist sie der härteste Gegner gegen den ich je angetreten bin. Aber genau dafür liebe ich sie. Sie ist mein Mädchen und der größte Fight meines Lebens…

Bella

Wir lieben die Dunkelheit. Die Nacht ist unser Element, weil sie genauso schwarz ist wie unsere Seele – und die Scheiße, die wir erlebt haben.
Du kommst nicht in den Club, weil dir die Sonne aus dem Arsch scheint. Du kommst ins Bondage, weil dich das Leben übelst gefickt hat. Das ist das, was uns alle hier zusammenschweißt. Wir sind eine abgefuckte Gemeinschaft, die sich geschworen hat niemals normal zu werden, und sich nie wieder unterzuordnen. Wir leben für Sex, Drugs & Hard Rock. Wir wissen, dass diese Art zu leben ein Killerkommando ist, das uns irgendwann umbringen wird. Aber wir scheißen drauf! Denn am Ende kommt hier eh niemand lebend raus!
Enjoy the fucking Party, Baby!

Prolog – Indie

Nervös sehe ich mich in dem riesigen Club um, während ich zwischen den ganzen Partyfreaks stehe und von den lauten Dark Wave-Bässen gerockt werde.

Der Laden ist einfach nur der Hammer. Laut, wild und gefährlich, genauso wie ich es mag.

Trotzdem sollte ich nicht hier sein.

Nicht dass ich ein Problem mit illegalen Clubs hätte. Aber in solchen Läden gibt es nur Ärger. Und ich steck schon genug in der Scheiße.

Aber Ace meinte, dass ich hier sicher bin.

Und, dass ich *ihn* hier finden werde. Den einzigen Typ, der so tough ist, dass er mich vor Delucas Leuten beschützen kann: Damien Blackrock.

Alleine der Name bereitet mir schon eine Gänsehaut nach allem, was ich über ihn gehört habe: Waffen- und Drogendeals, illegale Fights, schwere Körperverletzung, Mord... Ganz zu schweigen von den ganzen Frauen, die sein gefährlicher Body auf dem Gewissen haben soll...

Ich brauch unbedingt 'nen Drink.

Vorher muss ich allerdings noch ein bisschen Kohle machen, weil ich nur noch ein paar Cent habe. Aber genug Speed, um den halben Club zu rocken.

Nachdem ich ein paar G. vertickt habe, stecke ich das Geld in meine Jeanstasche und gehe runter zur Bar.

Um meine aufgekratzten Nerven ein bisschen zu beruhigen, bestelle ich mir eine ganze Flasche Johnnie Walker. Ich bin zwar immer noch stoned von dem dicken Joint, den ich mir

gerade durchgezogen habe, aber solange ich breit bin, denke ich wenigstens nicht darüber nach, dass ich 'ne lebende Zielscheibe bin. Und dass Ace tot ist.
Während ich mich unruhig mit meiner Flasche Johnnie Walker durch die ganzen Leute schiebe, bemerke ich auf einmal einen Typ, der mich anstarrt. *Was will der Kerl?*
Er kommt plötzlich zu mir. „Hey Süße, kennen wir uns nicht irgendwoher?" macht er mich an.
Ich kriege auf einmal Panik.
Ist das einer von Delucas Leuten?
Der Kerl sieht genauso aus, wie diese sexy Latino-Typen, die für ihn arbeiten.
Ich lasse vor Schreck meine Flasche fallen, bevor ich ihm ohne darüber nachzudenken voll zwischen die Beine trete.
„Fuck!" Der Typ krümmt sich und presst die Hände gegen seine Eier, während ich die Flucht ergreife.
Ich stürme durch den Club und stoße dabei rücksichtslos jeden weg, der sich mir in den Weg stellt, als ich plötzlich gegen die stahlharte Wand einer breiten, durchtrainierten Männerbrust laufe.
Der Typ ist so riesig und muskelbepackt, dass er unseren Crash überhaupt nicht bemerkt zu haben scheint.
Vorsichtig blicke ich zu ihm hoch.
Und erstarre.
Sein Gesicht ist hart und kalt wie Eis, brutal, aber erschreckend schön. Und so atemberaubend, dass man ihn einfach nur anstarren muss.
Er hat eine kleine Narbe in einer seiner dunklen Augenbrauen, so als wäre sie mal bei 'ner Schlägerei aufgeplatzt. Und das

helle, aber intensive Blau seiner Augen wirkt wie ein kalter Winterhimmel. Und ist so faszinierend, dass es einem alle Sinne raubt. Genau wie der Rest von ihm.
Sein stahlharter Body ist eine Mischung aus Kraft und Brutalität, sexy, aber unglaublich einschüchternd.
Er trägt ein offenes weißes Hemd, unter dem seine brutalen Brustmuskeln und dunklen Tattoos bedrohlich hervorblitzen. Und einen so verrückt machen, dass man ihm am liebsten sein sauberes weißes Hemd runterreißen würde, um die Fingernägel in den schmutzigen, tätowierten Muskeln seines durchtrainierten Oberkörpers zu vergraben.
Ich muss hart schlucken, als mein Blick plötzlich zwischen seine Beine und auf sein pralles Ding fällt, das so groß und dick ist, dass seine Jeans es kaum bändigen kann.
Heilige Scheiße, der Typ ist scharf wie 'ne geladene Waffe. Und sicher genauso gefährlich.
„Hast du gerade dein Scheiß-Dope in meinem Laden vertickt?" bellt er mich plötzlich an, und ich zucke zusammen.
„Ich... nein... ich..." – „Mein Club ist kein verdammter Scheiß-Drogenumschlagplatz!" unterbricht er mich abgefuckt, während er mich wie ein Koloss überragt und so finster zu mir runtersieht, als wolle er mich töten.
Sein Club?
Dann ist er...?
...Damien Blackrock!
Ich bin endgültig geliefert!
Nach allem, was Ace über ihn erzählt hat, ist er der Letzte, mit dem man sich anlegen sollte.
Und jetzt gerade habe ich mehr Angst vor ihm, als vor Delucas

Leuten.
„Es tut mir Leid, okay“, sage ich schließlich verzweifelt. „Aber ich brauchte dringend ein bisschen Kohle. Ich hab keine Wohnung mehr und weiß nicht, wo ich heute Nacht pennen soll.“
Er mustert mich auf einmal so intensiv, dass ich seinen stechenden blauen Augen ausweichen muss.
„Wie alt bist du?“ blafft er plötzlich.
„Einundzwanzig“, erwidere ich selbstsicher. Das steht zumindest in meinem gefälschten Ausweis, mit dem der Gorilla an der Tür mich ohne Probleme reingelassen hat.
„Du bist keine Einundzwanzig.“ Er sieht mich finster an. „Wissen deine Eltern, dass du hier bist?“ – „Meine Eltern interessieren sich ‘nen Scheiß für mich“, antworte ich wahrheitsgemäß.
Er stößt einen sexy Laut aus, der wie ein Seufzen klingt… oder wie ein leises Stöhnen, nach einem heißen Fick.
Ich atme einmal tief durch und versuche mich wieder daran zu erinnern, warum ich eigentlich hier bin.
Und dass ich dringend seine Hilfe brauche.
„Ich bin eine Freundin von Ace“, sage ich schließlich vorsichtig.
Er sieht mich überrascht an. „Du bist eins von Ace‘ Chicks?“
Ich nicke, und er schüttelt den Kopf.
„Ace hat gesagt, dass Deluca Respekt vor dir hat und…“ – „Du hast Stress mit Delucas Leuten?“ unterbricht er mich mitten im Satz.
Ich nicke wieder.
Blackrock atmet einmal hart durch.

„Und jetzt willst du, dass ich dir den Arsch rette“, bemerkt er dann mit ‘nem finsteren Blick.
Ich sehe verzweifelt zu ihm hoch.
„Okay“, knurrt er schließlich mit einem schweren Seufzer. „Ich kümmer‘ mich darum.“

Erstes Kapitel – Gigi

„Das war wirklich absolut mega cool!" Total geflasht laufe ich mit Bella über das Gelände des Madison Square Garden, wo Liam gerade mit seiner Band *The Cave* aufgetreten ist.
„Stimmt", bestätigt Bella. „Ich hab immer noch 'ne Gänsehaut davon, wie Liam dich auf die Bühne geholt hat und ihr zusammen *Forever* performt habt."
Ihre eisblauen Augen sehen mich auf einmal ernst an. „Wenn Damien erfährt, dass du wieder mit Liam rumgemacht hast, macht er Hackfleisch aus ihm."
Wir gehen zu den Yellow Cabs, die vor dem Stadion warten.
„Ich hab nicht mit Liam rumgemacht, okay. Wir haben bloß getanzt, mehr nicht", stelle ich klar, während wir in ein freies Taxi steigen.
„Wie sollte Damien überhaupt davon erfahren?" sage ich dann, nachdem wir dem Fahrer erklärt haben, wo wir hinwollen. „Ich glaub nicht, dass einer seiner Buddies ein *Cave*-Fan ist."
Bella zieht eine ihrer aufgemalten Augenbrauch hoch. „Dann weißt du es gar nicht?" bemerkt sie auf einmal auf eine sehr beunruhigende Art und Weise.
„Was weiß ich nicht?" hake ich nervös nach.
Bella sieht mich ernst an. „Der Sicherheitsdienst, der im Madison für Ordnung gesorgt hat, war von Blackrock Security."
Meine gute Laune ist schlagartig im Keller.
Wenn Damiens Leute für die Sicherheit im Madison verantwortlich waren, hat mich sicher einer von denen auf

der Bühne mit Liam tanzen sehen.
Shit.
Okay, Damien hat sicher ein paar tausend Mitarbeiter, die für ihn arbeiten, und es ist ehrlich gesagt sehr unwahrscheinlich, dass mich jeder von denen kennt, versuche ich mich zu beruhigen. Aber irgendwie hab ich ‘n ganz mieses Gefühl bei der Sache.
„Was ist eigentlich aus der Nummer mit diesem FBI-Typ geworden, den Damien rundgemacht hat?“ wechselt Bella auf einmal das Thema.
Ich stoße einen abgrundtiefen Seufzer aus. „Mike hat Damien angezeigt“, erwidere ich deprimiert.
„Der Typ kann froh sein, dass er seine Runde mit Damien überlebt hat“, bemerkt Bella cool. „Ich hätte echt gedacht, dass diese FBI-Fuzzis mehr drauf haben.“
Denselben Spruch hat Damien auch gebracht, nachdem er Mike zusammengetreten hat, allerdings sehe ich das Ganze nicht so cool.
„Ich hoffe nur, dass Damien deswegen nicht in den Knast muss“, spreche ich schließlich meine schlimmste Befürchtung aus.
Bella holt eine Packung Lucky Strike aus ihrer schwarzen Nieten-Tasche. „Gab es irgendwelche Zeugen, die gesehen haben, wie Damien den Penner plattgemacht hat?“
Natürlich gab es jede Menge Zeugen, schließlich hat Damien den Typ mitten im Club zerlegt.
Allerdings kenne ich niemanden im Bondage, der Damien verpfeifen würde.
Nicht nur, weil keiner im Club so blöd wäre sich mit Damien

anzulegen, sondern weil die Leute im Bondage ihn zu sehr bewundern, um gegen ihn auszusagen.

„Ich glaub nicht, dass die Damien deswegen einbuchten“, versucht Bella mich zu beruhigen. „Obwohl er sicher noch ‘ne Menge Freunde im Bau hat.“ Sie nimmt eine Kippe aus der Packung.

„Was meinst du damit?“ hake ich verpeilt nach.

Bella sieht mich im schwachen Licht des Taxis dunkel an. „Dass Damien schon mal im Knast saß.“

Ich starre sie entsetzt an.

Damien saß schon mal im Knast?

Warum hat er mir das nie erzählt?

„Weswegen?“ frage ich fassungslos.

„Hier drinnen ist Rauchen verboten“, unterbricht der Cabby unfreundlich unser Gespräch und straft Bella im Rückspiegel mit ‘nem grimmigen Blick.

Bella erwidert seinen finsteren Blick, wobei sie ihre Zigarette demonstrativ in der Luft umknickt. „Schwere Körperverletzung“, beantwortet sie dabei meine Frage.

Ich schüttele sprachlos den Kopf.

Aber klar, hätte ich mir ja denken können, dass Mr. Brutalo wieder zugeschlagen hat, denke ich sarkastisch.

Nachdem der Taxifahrer Bella bei Tyson in der Bronx abgesetzt und mich nach Manhattan gefahren hat, stehe ich todmüde im Aufzug und fahre in Damiens Penthouse hoch. Obwohl wir über diese Knast-Geschichte unbedingt noch mal reden müssen, möchte ich jetzt gerade einfach nur ins Bett.

Okay, vielleicht werde ich mich noch ein bisschen an Damiens schmutzigen, tätowierten Body kuscheln, mit seinen dicken

Muskeln spielen und mich eventuell noch etwas mit seinem besten Stück amüsieren.
Alleine der Gedanke an Damiens fantastischen großen Schwanz, und an das, was sein tätowierter, kraftstrotzender Mörderbody jedes Mal mit mir anstellt, wenn er mich fickt, macht mich schon wieder so höllisch scharf auf ihn, dass meine Müdigkeit mit einem Schlag verschwunden ist.
Kribbelig verlasse ich den privaten Aufzug und betrete die große Halle von Damiens Luxus-Penthouse.
Ich gehe durch das rundumverglaste Oktagon, das im Dunkeln jedes Mal aussieht, wie ein MMA-Cage kurz vor einem großen Fight.
Während ich durch den Ring gehe, streife ich meine Doc Martens ab, ziehe meinen Mantel aus und lasse ihn auf den Boden fallen.
Ich laufe die Treppe rauf und steuere zielstrebig auf Damiens Schlafzimmer zu. Dabei ziehe ich das Gummi aus meinem Pferdeschwanz und schüttele meine langen Haare, bereit wild über mein heißes Baby herzufallen.
Ich öffne die Tür und betrete den dunklen Raum, der nur von den Lichtern der anderen Wolkenkratzer beleuchtet wird, die durch die deckenhohe Fensterfront fallen.
Mein Blick fällt sofort auf Damiens muskelbepackten, tätowierten Body, der fast das komplette King Size Bett einnimmt. Er ist nackt und sein beeindruckender Schwanz liegt halbhart auf seinem ausgeprägten Sixpack.
Ich werde sofort feucht.
Schon der Anblick von Damiens schmutzigem, tätowiertem Traumkörper und die pure Vorstellung, wie sich sein großer,

dicker Schwanz in mir anfühlt, lassen meine Hormone komplett durchdrehen.

Angetörnt gehe ich zu seinem Bett…

… und bleibe plötzlich wie zu Eis erstarrt stehen.

Was zur Hölle…?

Zweites Kapitel

„Ist das dein verdammter Scheißernst, Damien?“ wecke ich ihn abgefuckt.

Damien öffnet seine stahlblauen Augen, die in der Dunkelheit kühl schimmern. „Hey Baby“, begrüßt er mich mit einem unverschämten Lächeln, so als hätte er ganz vergessen, dass die Schlampe, die er heute Nacht abgeschleppt hat, immer noch neben ihm pennt.

Anscheinend hat ihr Fick ihn so ausgepowert, dass er es komplett vergessen hat, sie danach rauszuschmeißen.

Scheiße, das tut gerade so höllisch weh!

„Du bist so ein dreckiges Arschloch, Damien, weißt du das?“ Wütend greife ich nach einer von Damiens Martial Arts-Trophäen, die er als Bücherstütze benutzt, und werfe sie nach ihm.

„Woaw!“ Mit blitzschnellen Reaktionen kickt Damien das Geschoß aus der Luft weg, so dass der Cup einmal quer durch den Raum fliegt.

„Was ist denn los?“ meldet sich die kleine Schlampe auf einmal schlaftrunken zu Wort, nachdem unser Fight sie wohl geweckt hat.

Damien fährt total überrascht hoch, als er endlich kapiert, dass seine Nummer immer noch da ist. „Was zur Hölle machst du hier?“ bellt er sie an, während er aufsteht und in seine Jeans steigt.

„Ich bin fertig mit dir, Damien!“ Weil ich nicht vor ihm und seinem billigen Fickbunny anfangen will zu heulen, verlasse ich wütend das Zimmer.

„Baby, bleib hier!“ höre ich Damien hinter mir her bellen.
Ohne darauf zu reagieren, laufe ich die Teppen runter in mein Schlafzimmer. Ich will einfach nur hier weg.
Damien kommt hinter mir her. „Das ist nicht so, wie es aussieht, Baby, okay“, versucht er sich dabei aus der Scheiße zu quatschen. Ein noch idiotischerer Spruch ist ihm anscheinend nicht eingefallen.
„Wonach sieht es denn aus?“ schnauze ich ihn an, nachdem er mir in mein Schlafzimmer gefolgt ist. „Ist die Schlampe vielleicht hier eingebrochen und hat sich einfach in dein Bett gelegt, als du gepennt hast?“
Damien fährt sich mit beiden Händen über die kurzen dunklen Haare. „So ähnlich“, murmelt er dabei.
Sprachlos über soviel Dreistigkeit schnappe ich mir ein paar Sachen, um bei Bella zu übernachten.
Ich stürme zur Tür, als Damien mich plötzlich von hinten packt, mich hochhebt und gleichzeitig die Tür zukickt.
„Du hörst mir jetzt zu, verstanden“, blafft er mich an, ohne mich runterzulassen.
„Ich hab die Kleine im Bondage aufgegabelt“, beginnt er dann, als meine Füße wieder Bodenkontakt haben. „Sie ist mit ‘nem gefälschten Ausweis reingekommen, hat einem meiner V-Leute Dope angedreht und Luca in die Eier getreten.“
Sie Luca in die Eier getreten? Und einem seiner V-Leute Dope verkauft?
Das ist so dämlich, dass nicht mal Damien sich sowas ausdenken würde.
„Einer meiner Türsteher hat mich auf Indie aufmerksam gemacht und mir erzählt, dass sie erst Sechzehn ist und

alleine und total stoned ins Bondage gekommen ist“, fährt er fort. „Ich hab Jazz, einem meiner Bar Girls Anweisung gegeben sich um sie zu kümmern und sie mit zu sich nach Hause zu nehmen. Aber nachdem sie Luca fast kastriert hat, wollte ich sie so schnell wie möglich aus dem Laden schaffen, bevor sie noch mehr Scheiße baut.“ – „Okay.“ Ich fahre mir durch die Haare, um runterzukommen. „Und warum hat sie dann in deinem Bett gepennt? Wahrscheinlich nur, weil du verhindern wolltest, dass sie noch mehr Scheiße baut, nehme ich an“, bemerke ich sarkastisch.

Damien reibt sich die muskulöse, tätowierte Brust. „Keinen Plan, wie die Kleine in mein Bett gekommen ist“, verteidigt er sich dabei. Er schenkt mir auf einmal ein unverschämtes, aber höllisch sexy Lächeln. „Vielleicht genauso wie du damals, nachdem ich dich im Bondage aufgesammelt habe?“

Ich schnaube entrüstet.

Okay, ich habe mich damals mitten in der Nacht in Damiens Schlafzimmer geschlichen. Aber nur, weil ich nicht schlafen konnte. Und mich ein bisschen über seinen geilen nackten Body hermachen wollte. Aber gerade, als ich seinen beeindruckenden Schwanz bewundert habe, ist Damien aufgewacht und hat mich zusammengeschissen. Dabei wollte ich sein atemberaubendes Prachtstück doch nur mal kennenlernen.

Mir wird plötzlich schlecht, als ich daran denke, dass diese kleine Schlampe vielleicht genau dasselbe mit Damien angestellt hat, als er geschlafen hat.

„Warum hast du deine Schlafzimmertür nicht abgeschlossen?“ fahre ich ihn ärgerlich an.

Damien zuckt cool mit seinen nackten breiten Schultern. „Kann ja nicht ahnen, dass ihr Chicks jedes Mal über mich herfallt, wenn ich penne."
Ich schüttele sprachlos den Kopf.
Ja, man hat's schon nicht leicht, wenn man so supersexy ist und so einen Hammerbody hat wie Damien.

Damien

Is' echt 'n Scheißgefühl, wenn dein Baby dich mit 'nem anderen Chick im Bett erwischt.
Keinen Schimmer, wie die Kleine in mein Schlafzimmer gekommen ist. Aber ich bin mir todsicher, dass ich sie nicht gefickt hab.
Als ich sie gestern mit nach Hause genommen habe, war sie so verängstigt, dass sie die ganze Zeit an mir geklebt hat, als hätte sie Panik, dass sie jemand kaltmacht, wenn ich mal pissen gehe. Wundert mich nicht, nach allem, was sie durchgemacht hat.
„Dann hast du sie nicht gevögelt?" erkundigt sich Gi zum x-ten Mal.
Nein, verdammte Scheiße!
„Die Kleine ist gerade mal Sechzehn. Glaubst du echt, ich würd 'nen Teenager flachlegen?" – „Du hättest mir wenigstens Bescheid sagen können", zickt Gi mich weiter an.
„Ich dachte, du wärst zu Hause, verdammt", blaffe ich abgefuckt. „Wo warst du eigentlich die ganze Nacht?" – „Wir waren im Madison Square Garden auf Liams Konzert, das hab

ich dir doch gesagt."
Ich spüre, wie alleine bei dem Gedanken an diesen Fucker meine Bizeps sofort in Kampfmodus gehen und sich hart anspannen. „Du weißt, was ich von diesem abgefuckten Punk halte, oder?" – „Klar, das hast du mir schließlich sehr eindrucksvoll bewiesen, als du ihn das letzte Mal fast ins Koma geprügelt hast", kontert sie sarkastisch.
Ich zucke mit den Schultern. „Sein Fehler", bemerke ich gelassen. „Solange er seine Scheißfinger von dir lässt, breche ich sie ihm auch nicht."
Gigi schüttelt den Kopf. „Vielleicht sollte ich deiner kleinen Schlampe auch mal die Finger brechen, nachdem sie dich sicher die halbe Nacht begrapscht hat", bemerkt sie dann, und ich muss zugeben, dass ich es echt sexy finde, wenn sie so aggro ist.
Sie fährt sich mit der Hand durch die wilden Haare. „Warum musstest du sie überhaupt mitbringen?"
Klar, war's 'ne Scheißidee die Kleine herzubringen. Aber einer musste sie schließlich aus der Schusslinie holen.
Ich reibe mir relaxed die Brust. „Ich wollte nur nett sein, okay."
Gi lacht.
„Du bist nicht nett, Damien", bemerkt sie dann. „Los, sag mir, warum hast du sie hergebracht? Hat ihr Daddy dich vielleicht damit beauftragt, auf sie aufzupassen?"
Wenn du wüsstest, Baby...
„Nein, ihr Daddy hat mich damit beauftragt, sie zu entjungfern, weil er wollte, dass 'n Profi den Job erledigt", kontere ich trocken, als Anspielung darauf, dass ich denselben

Job bereits bei ihr erledigt habe.
Gi puncht mir mit voller Wucht gegen die Bauchmuskeln. „Du bist so ein Arschloch, Damien."
Entspannt reibe ich mir mein Sixpack. „Ich weiß, Baby." ich schiebe meine Hände unter ihr viel zu kurzes Fuck me-Kleid, packe ihren sexy kleinen Arsch und ziehe sie hart zu mir. „Und genau deswegen liebst du mich."
Sie keucht sexy, als mein Schwanz gegen ihren Bauch und ihre Titten gegen meinen nackten Oberkörper stoßen.
Ich werte diesen Laut als Zustimmung, wobei mein Schwanz an Gigis weichem, warmem Traumkörper sofort steinhart wird.
Hungrig hebe ich sie zu mir hoch, und sie keucht noch einmal, als sie mit meiner vollen Härte zwischen ihren Beinen Bekanntschaft macht. Mein Schwanz ist von ihrer rotzfrechen Show mittlerweile so kampfbereit, dass er bereits einen der Knöpfe meiner Jeans gesprengt hat.
„Ich will nicht mit dir vögeln", protestiert sie keuchend, während sie ihre Füße an meinem Arsch festklammert. „Ich bin immer noch stinksauer, Damien!"
Und so verdammt feucht, dass deine Pussy mich am liebsten durch meine geschlossene Jeans ficken würde.
Ohne auf ihre Gegenwehr zu reagieren, trage ich sie durchs Schlafzimmer und kicke die Tür zum Bad auf.
„Ich mein's Ernst, Damien", pisst sie mich weiter an, während ich das Wasser in der großen Walk In-Dusche aufdrehe. „Ich bin gerade nicht in der Stimmung, mit dir zu f... AHHHHHH!"
Gi prustet, als ich mich mit ihr in voller Montur unter den Duschstrahl stelle und das eiskalte Wasser sie endlich zum

Schweigen bringt.
„Willst du mich umbringen, verdammte Scheiße..." Bevor ihr schmutziges Mundwerk wieder loslegen kann, presse ich meine Lippen auf ihre und stopfe es ihr mit meiner Zunge.
Gi boxt mir rabiat auf die Schultern und ballert mit ihren Füßen gegen meinen Arsch, wobei sie meinen Kuss so brutal erwidert, als wolle sie mich mit ihrem sexy Schmollmund töten. Mein Baby ist manchmal echt gefährlicher als ich.
Aber das ist okay, ich kann einiges einstecken.
Obwohl ich selbst als Cage-Fighter nicht so viel auf die Fresse gekriegt habe, wie von Gi.
„Ich hasse dich, Damien", pöbelt sie mich an, nachdem sie ihre lebensgefährlichen Lippen von meinen gelöst hat und das eiskalte Wasser auf unsere Köpfe prasselt. „Lass mich runter, verdammt." Sie fängt wieder an mich zu boxen.
„Du willst kämpfen, Baby?" fordere ich sie heraus, während ich mir ihre Schläge widerstandslos gefallen lasse.
Sie beantwortet meine Frage mit einem harten Punch gegen meine Brust.
Okay, dann kämpfen wir...
Ich pumpe sie mit meinem Becken so hart gegen die Wand der Duschkabine, dass sie laut aufstöhnt, als mein betonharter Schwanz brutal gegen ihre Pussy stößt.
Ich weiß, dass ich mich mit meiner Power zurückhalten muss, um ihr nicht die Knochen zu brechen. Bei meiner Größe und meinem Kampfgewicht kann das schon mal passieren.
Aber die Kleine macht mich mit ihrer aggro-Nummer gerade so verdammt scharf, dass ich komplett die Kontrolle verliere.
Während ihre sexy langen Beine sich hungrig um meine

Hüften klammern, löse ich eine Hand von ihrem Arsch, packe ihr zwischen die Beine und zerreiße ihren winzigen Stringtanga.
Gi keucht, greift mit einer Hand nach dem Bund meiner Jeans und reißt rabiat die restlichen Knöpfe auf, die mein Schwanz noch nicht gesprengt hat.
„Glaub bloß nicht, dass die Sache mit einem heißen Fick erledigt ist, Damien“, sagt sie hastig atmend, während ihre kleine Hand gierig über meine Bauchmuskeln streicht. „Ich tue das nur, weil ich scharf auf deinen geilen Body und deinen fantastischen Schwanz bin, okay?“ Sie packt so kraftvoll mein Ding, dass ich brutal aufstöhne.
Der Punkt geht definitiv an sie.
„Dann willst du nur meinen Body und meinen Schwanz, Baby?“ knurre ich keuchend.
Nicht dass mich das stören würde, aber jetzt will ich's schon genauer wissen.
„Ich liebe alles an dir, Damien“, erwidert sie atemlos, „aber dein Body und dein Schwanz sind definitiv meine Favoriten.“
Für diesen dreisten Spruch sollte ich dir eigentlich den Arsch versohlen, Baby.
Oder sie ordentlich durchvögeln!
„Du willst meinen Schwanz, Baby?“ Ich packe ihren perfekten kleinen Arsch fester und hebe sie ein Stück hoch, um besseren Zugang zu ihr zu kriegen.
„Ahhhh!“ Gi stöhnt laut auf, als ich sie mit einem einzigen kraftvollen Stoß erobere.
Ihre kleine Pussy zuckt, während ich sie mit meiner Größe weite und sie komplett ausfülle.

Völlig außer Kontrolle pumpe ich sie mit meinem Becken gegen die Wand.
Gi röchelt, als mein Oberkörper sie gnadenlos an dem harten Beton festnagelt und meine dicke Brust ihr fast den Kiefer bricht.
Ohne meine Stöße zu unterbrechen, löse ich meinen Oberkörper von ihrem Gesicht, damit sie wieder Luft kriegt.
„Für deinen Body brauchst du echt 'nen Waffenschein, Damien", keucht sie und blickt mit ihren heißen blauen Augen angetörnt zu mir hoch.
Dieser hungrige Blick ist wie'n Porno für meinen Schwanz. Und lässt meine Sicherungen endgültig durchknallen.
„Sorry, Baby."
Ich packe sie fester und unsere Zähne stoßen hart aufeinander, bevor unsere Lippen wild miteinander ficken.
Gi rammt ihre Fersen gegen meinen Arsch und packt so brutal meinen Nacken, als wolle sie mich mit ihren zierlichen Armen erwürgen.
Und ich brauche meine komplette Selbstbeherrschung, um meinem Fighter-Instinkt zu widerstehen, der sofort auf ihren Choke reagieren, ihre Deckung durchbrechen und zum Gegenangriff übergehen will.
Beim Ficken hast du's als MMA-Kämpfer manchmal echt verdammt schwer.
Während Gi sich mit ihren sexy fünfzig Kilo an mir festklammert, löse ich eine Hand von ihrem Arsch und reibe mit meinem Daumen über ihre Klit, wobei ich im selben Rhythmus in sie reinstoße.
Ich brauche nicht lange, um sie das erste Mal kommen zu

lassen.
Und als ich nach ein paar weiteren Stößen ebenfalls komme, spüre ich, wie sie noch mal abgeht.
Dabei brüllt sie so laut meinen Namen, dass mich spätestens jetzt jeder in dem fünfzigstöckigen Appartementkomplex kennt.
Aber ich bin mir sicher, dass sich niemand über den Lärm beschweren wird. Wenn du so aussiehst wie ich, macht dich selten jemand an.
Völlig erschöpft lässt sie ihren Kopf an meine Schulter sinken, während ich sie mit einer Hand halte und gleichzeitig das kalte Wasser abdrehe.
„Darf ich dich was fragen?“ sagt sie nach einer Weile auf einmal ernst.
„Klar, Baby, schieß los.“
Zögerlich streicht sie mit ihrem Finger über die dunklen Linien des Tribals auf meiner Brust, bevor sie plötzlich den Kopf hebt und mich ernst ansieht. „Mein Daddy hat dich damals aber nicht beauftragt, mich zu entjungfern, oder?“
Ich ziehe die Augenbrauen hoch. „Wie kommst du denn auf so ‘nen Bullshit?“ – „Naja, wegen deinem Spruch eben.“ Sie kaut auf ihrer Lippe herum, die von meinen Bartstoppeln ganz rot und dick ist, nach unserer wilden Knutscherei eben beim Ficken.
Mit meinem Daumen befreie ich ihre Lippe von ihren Zähnen. „Dein Daddy hat mich fast kaltgemacht, weil ich dich gevögelt habe“, erinnere ich sie dabei wieder an den Schlägertrupp, den Senator James auf mich angesetzt hat. „Dich flachzulegen war echt ‘n verdammt gefährlicher Job.“ Ich schenke ihr ‘n

dreckiges Lächeln. „Aber höllisch geil." – „Ich fand's auch cool", sagt Gi lässig.
„Sahst aber nicht cool aus", bemerke ich amüsiert, als ich wieder daran denken muss, wie eingeschüchtert sie damals war, als ich sie entjungfert habe.
Sie hat gezittert, als hätte ich ihr gedroht sie zu vermöbeln, wenn sie nicht mit mir schläft. Sie hatte so eine Scheißangst vor mir, dass ich schon überlegt habe die ganze Sache abzubrechen.
Keine Ahnung, was in ihr vorging.
Vielleicht hatte sie Panik, dass ich ihr beim Vögeln aus Versehen das Genick breche, oder sie bei ihrem ersten Mal so brutal und rücksichtslos nehme, dass sie nie wieder aufsteht.
Dabei war ich echt verdammt vorsichtig, um ihr bloß nicht wehzutun.
Meinen Body beim Ficken so zurückhalten zu müssen, hat sich angefühlt, als müsste ich mit 'nem Panzer Minigolf spielen.
Trotzdem war's geil.
Und Gi war schon total feucht, bevor ich überhaupt angefangen habe.
Schätze ihr hat mein Body gefallen.
Obwohl sie die ganze Zeit total nervös meine kaputten Fighter-Hände, die Narben meiner Schusswunden und meine ganzen dunklen Tattoos abgecheckt hat, so als würde ihr erst da klar, dass ich einer von den bösen Jungs bin.
Der beste Part war allerdings ihr Blick, als sie das erste Mal meine volle Größe gesehen hat.
Gott, war das süß, wie eingeschüchtert sie meinen Schwanz bewundert hat. Spätestens da dachte ich, sie würde kneifen.

Aber als ich sie gefragt habe, ob ich aufhören soll, hat sie mich so entsetzt angesehen, als wolle ich ihr ihr neues Lieblingsspielzeug wegnehmen.
Die Kleine wusste von Anfang an genau, was sie will.
Trotzdem hätte sie sich niemals auf mich einlassen dürfen.
Ich bin einfach zu abgefuckt, um sie glücklich zu machen.

Gigi

„Ich hatte bei unserem ersten Fick keine Angst vor dir, okay", protestiere ich, nachdem Damien mich nach unserer Hammernummer unter der Dusche runtergelassen hat.
Er rollt cool seine Schulter, die nach seinem Workout mit mir anscheinend ein bisschen verspannt ist. „Doch, Baby, du hattest eine Scheißangst vor mir." Damien schenkt mir 'n sexy Ich-bin-der-Typ-vor-dem-deine-Mom-dich-immer-gewarnt-hat-Baby Lächeln.
Ich schüttele schnaubend den Kopf. „Hatte ich nicht." – „Doch hattest du."
Klar, hatte ich das.
Aber von einem Typ mit Damiens Größe und seinem Megabody flachgelegt zu werden, kann echt tierisch einschüchternd sein. Vor allem, wenn man weiß, was er mit diesem Body alles anstellen kann. Und damit meine ich nicht nur sein Martial Arts-Können. Das, was Damien im Bett mit einer Frau anstellt, ist definitiv genauso beeindruckend, wie die meisterhafte Brutalität mit der er einen Gegner plattmacht.

„Was ist jetzt eigentlich mit dem kleinen Flittchen, das du mitgebracht hast?“ lenke ich schließlich vom Thema ab, weil ich nach unserem Fick so mega erschöpft bin, dass ich einfach nur ins Bett will. Ohne sein aufdringliches Groupie.
„Fuck!“ Damien greift hastig nach einem Handtuch. „Die Kleine hab ich total vergessen.“ Er trocknet kurz seinen heißen Oberkörper ab, bevor er in seiner nassen Jeans aus dem Bad sprintet.
Kopfschüttelnd ziehe ich mein pitschnasses Kleid aus, schnappe mir ein Handtuch und gehe dann rüber in mein Schlafzimmer.
Warum macht Damien denn so eine Welle, wegen dieser kleinen Bitch? frage ich mich ärgerlich, während ich mich abtrockne.
Nach unserem heißen Fick gerade glaube ich eigentlich nicht mehr, dass er scharf auf sie ist.
Aber warum kümmert er sich dann so um sie?
Wird Damien vielleicht doch noch ‘n normaler Typ, der gerade seine nette Seite entdeckt?
Wohl kaum.
Keine Ahnung, warum er sich so komisch verhält, aber irgendwas stinkt ganz gewaltig an der Sache.
Todmüde schlüpfe ich in Damiens viel zu großen, schwarzen Everlast-Hoodie und folge ihm dann nach oben.
„Indie ist abgehauen“, empfängt er mich abgefuckt, als ich in den Flur komme.
„Na und?“ bemerke ich achselzuckend. „Was interessiert dich das? Sie ist ein freier Mensch.“ – „Ich hab dir gesagt, dass sie erst Sechzehn ist. Und ich hab keinen Bock, dass sie irgendwo

da draußen unter die Räder kommt“, erwidert Damien finster. „Die Kleine steckt gerade richtig in der Scheiße.“ – „Was meinst du damit?“ frage ich irritiert.
„Dass sie sich mit den falschen Typen angelegt hat“, erwidert Damien kurz.
Ich spare mir die Frage, was das für Leute sind.
Allerdings ahne ich bereits, dass Damien sich nicht aus der Sache raushalten wird, und das Ganze noch echt übel wird. Richtig übel!

Drittes Kapitel

Nachdem ich den halben Sonntag verpennt habe, fahre ich am Nachmittag mit meinem BMW, den Damien mir geschenkt hat, zu Bella nach Hells Kitchen.

Damien ist noch bei einem Date im Gym, mit Mick, seinem Sparringspartner. Und nach unserem Streit gestern kriegt der arme Typ gerade sicher ordentlich von Damien auf die Fresse. Aber solange Damien seine Aggressionen im Gym rauslässt, ist das okay für mich.

„Hey, Süße“, empfängt Bella mich ungewöhnlich schlecht gelaunt, als ich vor ihrer Wohnungstür stehe. „Wir haben gerade über dich geredet.“ – „Okay…?“ Irritiert folge ich ihr in ihr düsteres Appartement, wobei ich mir einen Weg durch die Nebelschwaden aus Patchouli-Räucherkerzen und Gras bahne.

„Hey, Gi“, begrüßt Jazz, eins der anderen Bar Girls mich genauso finster wie Bella. Sie sitzt auf Bellas großem schwarzem Himmelbett und baut gerade eine Tüte, während aus den Boxen des iPod die dunklen Klänge von Joy Divisions *Dead Souls* dröhnen. Besser könnte man Bellas und Jazz' Stimmung nicht beschreiben.

„Ist irgendwas passiert?“ frage ich besorgt, während Bella mir ein Desperados holt.

Sie kommt zu uns. „Jazz hat erzählt, dass Damien gestern im Bondage so 'ne zugedröhnte kleine Bitch abgeschleppt hat.“ Abgefuckt öffnet sie die Bierflasche mit ihrem Feuerzeug.

„Ich weiß“, erwidere ich genervt, während Bella mir die Flasche gibt. „Ich hab die beiden im Bett erwischt.“

Jazz und Bella starren mich entsetzt an.
„Echt?“ fragt Bella schließlich fassungslos.
„Yep.“ Ich trinke einen Schluck Bier. „Allerdings hat Damien mir versichert, dass er sie nicht gefickt hat“, versuche ich Bella zu beruhigen, weil sie schon wieder ihren gefährlichen Ich-reiß-dem-Scheißkerl-die-Eier-ab Blick drauf hat.
„Damien hat das Chick nicht gefickt?“ Bella sieht mich an, als hätte ich behauptet, dass Eisbären fliegen können. „Und was hat sie dann in seinem Bett gemacht? Ihm 'ne Gute-Nacht-Geschichte erzählt?“ – „Vielleicht wollte sie bloß wissen, wie unser heißer Clubbesitzer ohne Klamotten aussieht“, bemerkt Jazz, sichtlich angetörnt von der Vorstellung.
„Die Schlampe ist mitten in der Nacht in sein Schlafzimmer gekommen und hat sich zu Damien ins Bett gelegt“, kläre ich die beiden schließlich auf. „Damien war selbst total verpeilt, als ich ihn geweckt habe. Ich hab ihm 'ne Höllenszene gemacht und er wusste überhaupt nicht, was los ist.“
Bella zieht skeptisch an dem Joint, den Jazz ihr gegeben hat. „Warum hat er sie dann überhaupt mitgebracht, wenn er sie nicht ficken wollte?“ – „Weil sie Luca in die Eier getreten und mitten im Bondage Speed an einen von Blackrocks V-Leute vertickt hat“, kommt Jazz mir zu Hilfe.
„Sie hat Damiens Dope-Cops mit Pep versorgt, und Luca in die Eier getreten?“ Bella kriegt 'nen Lachflash. „Die Kleine wird mir noch richtig sympathisch.“ – „Eigentlich wollte Blackrock, dass ich sie nach meiner Schicht mit zu mir nehme“, erklärt Jazz uns. „Aber nachdem sie so abgegangen ist, wollte er sie so schnell wie möglich aus dem Club haben.“ – „Trotzdem kapier' ich nicht, warum er sie gleich mit nach Hause nehmen

musste“, bemerkt Bella misstrauisch.
„Damien wollte nur nett sein, okay“, verteidige ich ihn.
Bella und Jazz lachen.
„Damien ist nicht nett, Süße“, klärt Bella mich dann auf. „Eins seiner Lieblingshobbys ist es irgendwas kaputtzumachen: Dinge, Typen…“ Ihre eisblauen Augen sehen mich intensiv an „… Frauen.“
Sie drückt den Joint im Aschenbecher aus, wobei sie ihn so brutal zerquetscht, als wolle sie ihn atomisieren.
Ich muss hart schlucken.
Bella hat Recht. Damien ist nicht nett. Er ist ein rücksichtsloser Schläger, aggressiv und unberechenbar. Ein Typ, der ständig Trouble macht, Leute aufmischt und kein Problem damit hat auch mal jemanden kaltzumachen. Er ist der Typ, von dem man sich besser fernhält. Besonders als Frau.
Damien zerstört Frauen. Er macht sie süchtig, dominiert sie und fickt sie so hart, bis sie genauso dunkel und verdorben sind wie er.
Keiner weiß das besser, als ich.

Bella

Als ob Damien ‘n Chick aus reiner Nächstenliebe mit nach Hause nehmen würde.
Never!
Der Typ is‘ ‘ne Fickmaschine. Für ihn bedeutet Nächstenliebe, Frauen mit seinem Schwanz glücklich zu machen.
Und ich kenn‘ keine, die nicht um Damiens Wahnsinnsding

betteln würde, wenn sie die Gelegenheit dazu bekäme. Echt. Die Story, dass dieses kleine Chick einfach nur friedlich neben Damiens Mörderbody gepennt hat, ohne von ihm gefickt werden zu wollen, ist so wahrscheinlich wie ein bekifftes Einhorn.
Und Damien lässt normalerweise keine Gelegenheit aus, um seinem Schwanz mal 'n bisschen Action zu gönnen.
Trotzdem hoffe ich, dass Gi Recht hat und nix zwischen den beiden gelaufen ist.
Aber ich hab Mr. Heartbreaker auf dem Radar. Und wenn er wieder Scheiße baut, reiß ich ihm die Eier ab.

Viertes Kapitel – Gigi

Als ich am Montagmorgen total verpennt und wund von Damien im Büro von *Blackrock Security* sitze, habe ich unseren Ärger vom Wochenende schon fast wieder vergessen.
Ein Grund dafür war das fantastische Candlelight-Dinner, das Damien mir am Sonntagabend beschert hat – auf den heißen tätowierten Muskeln seines nackten Oberkörpers!
Denn als der Lieferdienst uns das Essen gebracht hat, waren wir bereits so hungrig nacheinander, dass wir schon auf dem Küchentisch übereinander hergefallen sind.
Und so wurde aus unserem romantischen Candlelight-Dinner ein schmutziges Candlefuck-Dinner.
„Miss James", reißt mich auf einmal die diktatorische Stimme meines Chefs aus meinen heißen Erinnerungen. „Mr. Blackrock möchte Sie in seinem Büro sehen. Sofort!"
Irritiert stehe ich auf, während Jen, die mir gegenüber sitzt mich besorgt ansieht.
Keine Ahnung, was Damien von mir will, dass er mich während der Arbeitszeit in die Chefetage zitiert. Entweder er hat Sehnsucht nach mir … oder er will mir wegen irgendwas den Arsch aufreißen.
Nachdem ich eine Viertelstunde später sämtliche Sicherheitschecks durchlaufen habe, die *Blackrock Security* nach 9/11 drastisch verschärft hat, komme ich nervös in die große Empfangshalle vor Damiens Büro.
„Mr. Blackrock erwartet Sie bereits, Miss James", empfängt mich eine seiner attraktiven blonden Sekretärinnen und

deutet mit dem Kopf in Richtung seiner Bürotür. „Seien Sie nur vorsichtig beim Eintreten", raunt sie mir dabei vertraulich zu. „Er macht gerade sein Kickbox-Workout."
Okay...?
Unruhig gehe ich zu Damiens Büro und öffne vorsichtig die Tür.
„Komm rein!" bellt Damien rau, ohne seine Kicks gegen den schwarzen Punching Bag, der ungefähr meine Größe hat, zu unterbrechen.
Seine Krawatte hängt lose um den Kragen seines offenen weißen Hemds, unter dem man die dunklen Linien der Tattoos auf seiner dicken Brust und seinem Sixpack sehen kann. Ein Anblick, der genauso heiß wie bedrohlich ist.
Nachdem ich die Tür geschlossen habe, verpasst Damien dem Boxsack noch einen kurzen Punch, bevor er seine Aggro-Orgie beendet.
„Setz dich!" fordert er mich auf, während er zu seinem Schreibtisch geht. Dabei zieht er sein verschwitztes Hemd und seine Krawatte aus und feuert beides in den Müll.
Ich gehorche wortlos, weil er gerade so krass drauf ist, dass ich ihn besser nicht reizen will.
Damien drückt auf den Knopf für die Gegensprechanlage auf seinem Schreibtisch. „Miss Styles?" funkt er eine seiner Bediensteten an. „Besorgen Sie mir bitte ein frisches Hemd." Dann sieht er mich an. „Und jetzt zu dir." Er nimmt die Fernbedienung für den Beamer, setzt sich auf die Schreibtischplatte und richtet sie auf die Leinwand gegenüber.
Im nächsten Augenblick höre ich die romantischen Synthie-

Klänge des *Cave*-Songs *Forever* aus den versteckten Lautsprechern des rundumverglasten Luxusbüros.
Irritiert drehe ich mich um und blicke auf die Leinwand, wo gerade ein Mitschnitt von Liams Konzert im Madison Square Garden zu sehen ist.
Shit!
Zwei von Liams Roadies helfen mir gerade auf die Bühne, wo Liam mich, ohne seinen Song zu unterbrechen, sofort zu sich zieht. Im Publikum halten die Leute brennende Feuerzeuge hoch, während Liam und ich zusammen *I wanna stay with you forever* singen und dabei sexy miteinander tanzen. Ein wirklich superromantischer Auftritt.
Für den Damien mir sicher den Arsch aufreißt!
Ich sehe vorsichtig zu Damien, der mit seinem nackten aufgepumpten Oberkörper breitbeinig auf dem Schreibtisch sitzt, aus einer Plastikflasche Wasser trinkt und auf die Leinwand starrt – mit einer Miene, als überlege er gerade mit welcher Kampftechnik er Liam am besten das Genick brechen soll.
„Ist das dein verdammter Scheißernst, Gi?“ blafft er mich plötzlich an. „Du machst mitten im Madison Square Garden mit diesem Fucker rum?“ – „Wir haben bloß getanzt, okay“, rechtfertige ich mich. „Woher hast du das Video überhaupt?“ gehe ich dann zum Gegenangriff über.
„Meine Leute haben mir das zugespielt, weil man dich anscheinend keine verdammten Scheiß-Fünf Minuten aus den Augen lassen kann“, bellt er mich an.
Er hat mich gestalkt?
„Du bist so ein verdammter Kontrollfreak, Damien“, erwidere

ich fassungslos.
„Ich bin Bodyguard. Es is‘ mein verdammter Scheißjob ‘n Kontrollfreak zu sein!“ blafft er abgefuckt.
Ich schüttele sprachlos den Kopf.
„Du kannst diesem Punk ausrichten“, knurrt er dann, „wenn er dich noch einmal anpackt, mach ich ihn rund.“ Damien richtet die Fernbedienung auf die Leinwand und drückt so aggro den Aus-Knopf, als wolle er Liam damit abschießen.
Ich stehe wütend auf. „Warum musst du immer so ein abgefuckter Macho sein?“ mache ich ihn an. „Liam hat mittlerweile so eine Scheißangst vor dir, dass er sich nicht mal mehr ins Bondage traut, weißt du das eigentlich?“
Damien zuckt mit seinen nackten Schultern. „Der Typ is‘ ‘ne Pussy, das hab ich dir von Anfang an gesagt.“
„Vielleicht steh ich ja auf Pussys“, kontere ich ärgerlich.
„Ihr Hemd, Mr. Blackrock“, unterbricht Damiens Sekretärin unseren Beef, während sie vorsichtig den Kopf in die Tür steckt.
Damien steht auf, nimmt das saubere Hemd und zieht es über seine breiten Schultern. „Bist du deshalb erst mitten in der Nacht nach Hause gekommen“, macht er mich dann an, als wir wieder allein sind, „weil du dich noch von dieser Pussy flachlegen lassen musstest?“
Wütend nehme ich die halbvolle Plastikflasche vom Schreibtisch und werfe sie mit voller Wucht in seine Richtung.
Damien dreht sich mit einem blitzschnellen Roundhouse-Kick um die eigene Achse und tritt die Flasche aus der Luft weg, so dass sie voll gegen die Tür knallt.
„Du hast meine Scheißfrage nicht beantwortet“, blafft er

dann, während er die Flasche mit dem Fuß hochkickt und sie auffängt.
„Nein, ich hab nicht mit Liam gevögelt“, sage ich angepisst, „aber vielleicht tue ich das noch.“ Wütend stürme ich zur Tür, um abzuhauen, als Damien mir plötzlich den Weg versperrt.
„Das würde ich dir nicht raten, Kleine!“ Er drängt mich mit seinem harten schweren Oberkörper gegen die Tür und stützt seine Hände neben meinem Kopf ab, so dass ich von seinem brutalen Body komplett gefangen bin.
Ich spüre seine dicken Brustmuskeln in meinem Gesicht und die stahlharte Masse seiner aufgepumpten Bizeps an meiner Wange, und muss zugeben, dass er mich gerade echt einschüchtert.
„Warum? Willst du mich zusammenschlagen, wenn ich was mit Liam anfange?“ provoziere ich ihn, obwohl ich weiß, dass ich besser die Klappe halten sollte. Aber irgendwie macht es mich an Damien so herauszufordern. Er ist wirklich wahnsinnig sexy, wenn er abgefuckt ist.
Damien sieht zu mir runter, und der Blick seiner kalten blauen Augen ist so stahlhart, dass es fast wehtut ihn anzusehen. „Pass bloß auf, Kleine“, knurrt er mit einem bedrohlichen Unterton. „Sonst zeig ich dir mal, was für’n abgefuckter Macho ich sein kann.“

Fünftes Kapitel

„Hey, Liam. Hast du Lust zu tanzen?“ mache ich ihn an, als ich am Abend im Bondage bin.
Nach unserem Beef in seinem Büro herrscht zwischen Damien und mir absolute Eiszeit. Allerdings hab ich keinen Bock mir deswegen den Abend versauen zu lassen. Keine Ahnung, was Damien mit seiner letzten Drohung meinte. Aber ich bin mir ziemlich sicher, dass ich es bald wissen werde.
Liam schenkt mir ein heißes Rockstar-Lächeln. „Mit dir immer, Baby“, nimmt er mein Angebot an und lässt die beiden wasserstoffblonden Beach-Babes, die ihn gerade angeflirtet haben stehen, um mit mir zum Dancefloor zu gehen.
„Unsere Performance am Samstag im Madison war echt heiß“, bemerkt Liam, während wir zu *Love like Blood* miteinander tanzen.
„Stimmt“, erwidere ich und lasse meinen Finger über das *Only the Best die Young*-Tattoo auf seinem Schlüsselbein gleiten. „Damien hat mir sogar schon ‘nen Live-Mitschnitt davon besorgt.“
Liam sieht mich beunruhigt an. „Blackrock weiß, dass wir auf der Bühne miteinander rumgemacht haben?“ fragt er dann und streicht nervös über den Cut in seiner Augenbraue, den Damien ihm nach seinem letzten Anmach-Versuch verpasst hat. „Woher hat er den Clip überhaupt? Ich kann mich nicht erinnern, dass es einen Live-Mitschnitt von dem Gig gab.“ – „Seine Leute haben das Video organisiert“, erkläre ich ihm. „*Blackrock Security* hat sich um die Sicherheit im Madison gekümmert.“ – „Na großartig“, bemerkt Liam ironisch, „und

jetzt will er mir sicher die Fresse polieren." –„Yep", bestätige ich seine Vermutung, als ich auf einmal sehe, wie Damien mit ein paar seiner Securitys aus seiner Schaltzentrale kommt.
Ganz der coole Clubbesitzer stellt er sich oben an das Stahlgeländer und sieht sich im Club um, während Sara, seine persönliche Sklavin zu ihm kommt, ihm einen Drink in die Hand drückt und ihm seine Krawatte abnimmt.
Eigentlich ist Sara Domina, aber bei Damien knickt sie jedes Mal so ein, als wäre er ihr Dom. Unglaublich, aber Damiens stahlharte Aura macht selbst aus 'ner professionellen Sadistin 'ne sabbernde Idiotin.
Ich bemerke auf einmal, wie einer seiner Securitys etwas zu ihm sagt.
Damien nimmt was von seinem Drink und nickt, bevor er Sara das halbvolle Glas zurückgibt.
Ich weiß nicht, was da oben los ist, allerdings wirkt Damien gerade so finster, als gäbe es wieder Trouble.
Und seine Miene wird noch finsterer, als er mich plötzlich mit Liam tanzen sieht.
„Scheiße", höre ich Liam sagen und er lässt mich sofort los, als Damien ihn fixiert und dabei eine eindeutige Handbewegung an seinen Hals macht. „Mit dir zu flirten, ist echt lebensgefährlich, Baby."
Ich will gerade etwas erwidern, als es mir plötzlich die Sprache verschlägt.
Fassungslos beobachte ich, wie diese kleine Schlampe, die letztens bei Damien gepennt hat, zu ihm kommt und sich ihm buchstäblich an den Hals wirft.
Dieses schlechtblondierte Flittchen mit den schulterlangen

Haaren und den abgefuckten Grunge-Klamotten schmeißt sich so krass an Damiens großen starken Traumbody ran, als wolle sie in ihn reinkriechen.
Und Damien, dieses dreckige Arschloch, erwidert ihre Umarmung auch noch, als würde ihm ihre jämmerliche Show gefallen!
Mit seinen großen kräftigen Händen streicht er über ihren Rücken und drückt sie dabei so fest an seine dicke Brust, als müsste sie ohne seinen Body draufgehen.
So ein mieses, verlogenes Schwein.
„Hat Blackrock 'ne Neue?" fragt Liam mich auf seine coole, gewohnt taktlose Art.
„Sieht fast so aus", murmele ich finster, während ich fassungslos dabei zusehe, wie Damien mit der kleinen Bitch das Bondage verlässt.

Sechstes Kapitel

„Vielleicht ist sie eine von Damiens Klienten, die ihn als Bodyguard engagiert hat“, versucht Bella mich zu beruhigen, nachdem ich stocksauer runter zur Bar gegangen bin und ihr erzählt habe, was gerade passiert ist.

Sie stellt mir einen dirty Tequila hin, den ich sofort dankbar vernichte.

Klar, habe ich auch schon daran gedacht, dass sie eine seiner Schutzpersonen sein könnte. Allerdings weiß ich, wie professionell Damien normalerweise in seinem Job ist. Körperkontakt ist in seinem Business absolut tabu. Obwohl Damien permanent gegen die dreisten Annäherungsversuche seiner weiblichen Kunden kämpfen muss, die scharf auf seinen durchtrainierten Martial Arts-Body sind und total heiß drauf Damiens Close Protection-Fähigkeiten im Bett kennenzulernen. Aber er ist absolut cool gegen solche Anmachen, das weiß ich.

„Wäre sie eine von Damiens Klienten“, sage ich schließlich zu Bella, „hätte sie sicher nicht bei ihm übernachtet oder würde ihn im Bondage besuchen.“ Diese glasklare Erkenntnis lässt mein Herz brutal zusammenkrampfen.

„Warum lässt du Damien nicht einfach sein Ding machen und vergnügst dich ein bisschen mit Liam?“ schlägt Bella auf einmal vor, während sie an der dünnen Stahlkette herumspielt, die ihren Ohrring mit ihrem Nasenpiercing verbindet. „Liam ist ein absoluter Traumtyp, und er betet dich an, Süße.“

Ich stoße einen abgrundtiefen Seufzer aus. „Ich will keinen

anderen“, sage ich dann trotzig. „Damien ist der Eine für mich, verstehst du?“ – „Dasselbe habe ich damals auch gedacht, bevor er mein Herz geschreddert und mich eiskalt abserviert hat“, erwidert Bella trocken. „Damien ist kein Ritter in goldener Rüstung, Süße. Er ist der Typ, vor denen Ritter in goldenen Rüstungen einen beschützen.“

Ich schlucke, als mir klar wird, wie wahr ihre Bemerkung ist. Damien ist kein romantischer Lover, der einem Rosen kauft, einen schick zum Essen ausführt, und auf Blümchensex steht.

Damien ist ein abgefuckter Gangster, der einem Handschellen schenkt, sich in ‘nem schicken Gourmettempel prügelt und dich danach auf der Motorhaube seines Lamborghini flachlegt.

„Mich in Damien zu verlieben war der größte Fehler meines Lebens“, bemerkt Bella düster und zündet sich eine Lucky an. „Ficken: okay.“ Sie zieht an ihrer Kippe und bläst den Rauch an mir vorbei. „Aber Gefühle für einen schwanzgesteuerten Alphatyp zu entwickeln, für den Chicks nur willige Sextoys sind, die man nach Gebrauch in den Müll kickt, ist purer Selbstmord.“

Ich kippe den Tequila, den sie mir hingestellt hat in einem Zug runter.

Kann es sein, dass ich mir die ganze Zeit, die ich mit Damien zusammen bin, was vorgemacht habe? Ich meine, ich hab wirklich geglaubt, dass das was Ernstes zwischen uns ist. Was, wenn ich mich geirrt habe?

„Du kommst heute Nacht mit zu mir, okay“, sagt Bella zu mir und streicht mir eine blonde Haarsträhne von meinem Sidecut hinters Ohr, nachdem ich mein leeres Glas frustriert auf die

Theke gestellt habe.
Ich will mich einfach nicht damit abfinden, dass mein Märchen mit Damien einfach so vorbei sein soll. Er war der heldenhafte Ritter für mich, der im richtigen Augenblick da war und mich gerettet hat. In jeder Hinsicht.
Damien hat nicht nur alles riskiert, um mich nach dem Unfall aus dem brennenden Autowrack zu befreien, sondern er hat mich auch nach meinen schlimmen Erinnerungen wieder ins Leben zurückgeholt.
Nach Skys Tod wollte ich eigentlich nur noch unsere Bucket List erledigen und mein Leben anschließend auch beenden – bis ich Damien kennengelernt habe. Er hat mir zum zweiten Mal das Leben gerettet. Ohne ihn wäre ich heute tot.
Damien ist der schöne, starke Märchenprinz, von dem ich immer geträumt habe.
Ein schmutziger, abgefuckter Märchenprinz, okay.
Aber er hat mich nie hängen lassen und mich immer beschützt. Und mit seinem geilen Body dafür gesorgt, dass ich nicht verhungern muss.
Damien ist ein Teil von mir, der Teil, den ich damals verloren habe als Sky gestorben ist.
Und er ist der einzige, mit dem ich über den Unfall reden kann. Und wenn er mir erzählt, was für eine Scheiße Sky und ich damals gebaut haben, habe ich das Gefühl, als würde Sky immer noch leben.

*

Als Bella und ich gegen fünf Uhr morgens zusammen mit Washington das Bondage verlassen, ist der stillgelegte U-Bahnschacht vor dem Club bereits menschenleer.

„Hättest du nicht abschließen müssen?“ erkundige ich mich bei Tyson, weil wir die letzten im Club waren.
Tyson schüttelt den Kopf. „Blackrock ist noch da.“
Ich stoße einen schweren Atemzug aus.
Ich weiß nicht, ob er alleine wiedergekommen ist, oder ob seine kleine Bitch bei ihm ist. Aber so wie er mich heute Abend ignoriert hat, scheint er auch kein großes Interesse mehr an mir zu haben.
Für einen kurzen Moment überlege ich, ob ich wieder zurückgehen soll, um noch mal mit ihm zu reden, als ich plötzlich sein kleines Flittchen die Treppen zu uns runterkommen sehe.
Will das Miststück wieder zu Damien?
Auf die U-Bahn wird sie hier sicher nicht warten, spottet mein Unterbewusstsein.
„Geht schon mal vor, ich hab noch was vergessen“, sage ich zu Bella und Ty.
Ich warte, bis die Beiden die Treppen hochgegangen sind, bevor ich mir Damiens kleine Schlampe vornehme.
„Lass deine dreckigen Finger von meinem Freund, du kleine Bitch, hast du verstanden!“ mache ich sie abgefuckt an, während ich ihr hinterherlaufe.
Sie dreht sich um und sieht mich irritiert an.
Okay, anscheinend hat Damien ihr nicht erzählt, dass er noch mit mir zusammen ist. So ein Arsch.
„Ich weiß nicht, was du meinst“, sagt sie hastig und will sich gerade verpissen, als ich sie an ihrer viel zu großen Army-Jacke festhalte. Damiens Army-Jacke, die er ihr anscheinend gegeben hat, damit sie mitten im Hochsommer nicht erfriert.

„Damien ist mein Freund, hast du kapiert?“ zähle ich sie an und fixiere sie mit einem finsteren Blick. „Wenn du dich noch einmal an ihn ranschmeißt, mache ich dich sowas von fertig, dass...“ Sie reißt sich plötzlich von mir los...
... und dann gerät die Situation völlig außer Kontrolle!

Siebtes Kapitel

„Das ist die Kleine!“ höre ich auf einmal eine Männerstimme hinter mir rufen. „Los, schnappt sie euch!“
Indie stürmt plötzlich wie eine Irre durch den U-Bahnschacht, während zwei kräftige Kerle sie verfolgen.
Bevor ich kapiere, was überhaupt los ist, packen mich zwei kräftige Männerhände und stoßen mich frontal gegen die Wand.
„Was soll das, verdammte Scheiße?“ keuche ich erschrocken, während meine Brüste hart gegen den Beton gepresst werden.
„Du bist doch sicher auch eine von Ace‘ Schlampen“ blafft mich der Typ an, der mich gepackt hat und dreht mich herum, so dass ich mit dem Rücken an der Wand festgenagelt bin.
„Lass mich los, verdammt!“ fahre ich den Kerl an, ein großer durchtrainierter Latino-Typ, der mich total an Luca erinnert.
Ich sehe auf einmal, wie die beiden anderen, die Indie verfolgt haben zu uns zurückkommen.
„Die kleine Schlampe hat sich verpisst“, sagt einer von denen zu dem Latino. „Wir versuchen sie auf der anderen Seite der Röhre abzufangen.“ – „Okay, ich kümmere mich solange um die Kleine hier. Vielleicht weiß sie ja was.“
Die beiden Typen verschwinden.
„Du hast gehört, was Sache ist, Süße“, macht der Latino mich an, während er mich mit seinem muskulösen Oberkörper gegen die Wand drängt. „Du kannst es dir aussuchen: Entweder du kooperierst mit uns, oder…“ Er hält mir zwei Finger an die Schläfe, so als wolle er mich abknallen.

Erschrocken stoße ich seinen Arm weg und will weglaufen...
... als ich plötzlich den kalten Stahl seiner Knarre an meinem Rücken spüre.
Scheiße!!!
„Du wirst mir jetzt sagen, was du mit Ace und seiner kleinen Schlampe zu tun hast“, blafft er mich an, während er den Lauf seiner Knarre fest gegen meine Kehle drückt.
„Ich kenne die beiden nicht“, keuche ich verzweifelt.
Mit einer geübten Handbewegung lädt der Typ seine Waffe durch, und ich kriege Todesangst.
„Wir werden dich genauso abknallen, wie Ace, wenn du mir nicht endlich sagst, was ihr mit dem Dope gemacht habt.“ Er presst die Knarre so fest gegen meinen Kehlkopf, dass ich keine Luft mehr kriege.
Ich röchele und habe das Gefühl das Bewusstsein zu verlieren, als ich plötzlich schwere Schritte höre, die selbstsicher auf uns zukommen.
„Was ist hier los?“ höre ich eine tiefe Männerstimme bellen.
Der Latino dreht sich hastig um.
„Fuck!“ knurrt er, als er Damien sieht, der abgefuckt zu uns kommt.
„Ich will nur das Mädchen, Blackrock“, erklärt er ihm nervös, ohne seine Waffe von meinem Hals zu lösen. „Ich verpiss mich mit der Kleinen und lass mich nie wieder in deinem Revier blicken, okay.“
Damien wirft einen kurzen Blick auf mich, und nickt plötzlich.
„Okay“, sagt er dann zu ihm. „Du kannst die Kleine haben. Ich bin eh fertig mit ihr.“
Ich starre ihn entsetzt an.

Was, zur Hölle…? Ist das sein verdammter Ernst?
„Verdammt, Damien", flehe ich ihn verzweifelt an. „Du musst mir helfen, der Typ will mich abknallen."
Damien zuckt bloß mit den Schultern. „Nicht mein Problem."
Seine stahlblauen Augen sehen mich eiskalt an, und ich muss auf einmal wieder an das denken, was er heute in seinem Büro zu mir gesagt hat: *Pass bloß auf, Kleine, sonst zeig ich dir mal, was für'n abgefuckter Macho ich sein kann.*
Ist das seine Rache, wegen Liam? Will Damien mich nicht mehr beschützen, nur weil ich wieder mit Liam geflirtet habe? Oder ist es wegen seiner Neuen?
Vielleicht hat Bella ja Recht, und Frauen sind für Damien tatsächlich nur Sextoys, die er benutzt und sie nach Gebrauch in den Müll kickt.
Jetzt gerade fühlt es sich tatsächlich so an, als würde er mir bei lebendigem Leib das Herz rausreißen und es einfach wegwerfen.
„Sorry, Kleine, aber du wolltest doch keinen Kontrollfreak, der auf dich aufpasst", bemerkt er relaxed. „Jetzt sieh zu, wie du alleine aus der Scheiße kommst."
Ich schlucke die Tränen runter, die gerade in mir aufsteigen.
Warum zur Hölle, macht Damien das mit mir?
„Wenn du sie nicht mehr willst, Blackrock, hast du sicher nichts dagegen, wenn wir uns ein bisschen mit ihr amüsieren, oder?" sagt der Latino dann, als wäre ich bloß ein Deal für die beiden.
Damien schüttelt den Kopf. „Fürchte nur, ihr werdet nicht viel Spaß mit ihr haben", erwidert er cool. „Die Kleine ist lausig im Bett."

Ich schnappe nach Luft, während Damien sich entspannt umdreht und geht, so als wäre ich ihm tatsächlich scheißegal. Warum hätte er nicht einfach mit mir reden können und wie jeder andere, normale Typ mit mir Schluss machen können? Aber anscheinend ist sowas nicht cool genug für Damien. Er schießt seine Frauen genauso dreckig ab, wie er sie fickt.
Ich höre, wie der Latino über Damiens Bemerkung lacht, als Damien sich plötzlich noch mal umdreht...

Achtes Kapitel

„Ich hab’s mir überlegt“, sagt Damien zu dem Latino, der seine Waffe runtergenommen hat. „Ich glaub, ich will die Kleine doch.“

Ich stoße einen erschrockenen Schrei aus, als Damien dem Typ plötzlich mit einem gesprungenen Roundhouse-Kick voll gegen den Kiefer tritt.

Der Typ geht sofort zu Boden.

Und ich mit ihm!

Der Schreck und die Power von Damiens Kick haben mich völlig überwältigt und mich zu Boden gerissen, wo ich schluchzend zusammenbreche.

Wie aus weiter Ferne kriege ich mit, wie Damien den Typ brutal zusammenschlägt, ohne wirklich zu begreifen, was hier gerade passiert.

„Hey Baby“, höre ich plötzlich Damiens besorgte Stimme und spüre seine kräftigen warmen Hände, die sich vorsichtig um meine Wangen legen. „Alles okay?“

Statt einer Antwort fange ich wieder an zu schluchzen, immer noch zitternd vor Angst, verwirrt und erschöpft, und mit den Nerven völlig am Ende.

„Fuck.“ Damien drückt mein Gesicht an seine starke Brust, so vorsichtig, als hätte er Angst mir mit seinen brutalen Schlägerhänden wehzutun. Ich spüre seine dicken Arme an meiner Wange, die von seiner Prügelorgie immer noch hart angespannt sind, und versinke förmlich an seinem durchtrainierten Oberkörper.

„Es ist alles gut. Ich bin da, Baby“, höre ich ihn murmeln,

während er seine Lippen auf meinen Scheitel drückt. „Ich bring dich jetzt nach Hause."
Willenlos lasse ich mir gefallen, wie er seine Hände unter meinen Körper schiebt und zusammen mit mir aufsteht.
Wie eine Ertrinkende klammere ich mich an Damiens starkem Nacken fest, schluchzend, unfähig ein Wort herauszukriegen, während er mit mir durch den U-Bahnschacht geht und mich die Treppen raufträgt.
Ich weiß nicht, ob er was mit Indie hat, ob er mich noch will und warum er gerade diese brutale Show abgezogen hat, aber jetzt gerade wirkt er so fürsorglich und protective, als wäre ich das wichtigste auf der Welt für ihn.
„Bist du okay, Kleine?" erkundigt Damien sich, nachdem er mich ins Penthouse gebracht hat.
Ich nicke erschöpft.
„Sorry, wegen der blöden Nummer eben, aber ich wollte nur verhindern, dass dir was passiert", sagt er dann cool.
Blöde Nummer?
Damien hat mir gerade eine brutale Kostprobe davon gegeben, wie es sich anfühlt von ihm verlassen zu werden, und das Ganze war für ihn nur 'ne blöde Nummer?
„Ich dachte, du meinst das ernst, Damien", platze ich schließlich völlig fertig heraus. „Verdammt, ich hab wirklich geglaubt, du willst mit mir Schluss machen."
Damiens Miene verfinstert sich plötzlich. Er sieht mich auf einmal an, als hätte ich ihm gerade voll eine reingehauen. Ohne ein Wort zu sagen, spannt er seine Hand an, die von seinem Fight eben leicht aufgeplatzt ist, und tritt dann mit einem harten Kick gegen den Punching Bag hinter sich.

„Ist das dein Scheißernst, Gi?“ fährt er mich abgefuckt an. Seine eisblauen Augen lasern mich finster unter seinen dunklen Brauen, die durch den Cut noch bedrohlicher wirken. „Du glaubst echt, dass ich mit dir Schluss mache, während dir ‘n Typ ‘ne Knarre an den Kopf hält, und mich dann einfach verpisse und dich mit dem Wichser alleine lasse?“ Er schüttelt den Kopf. „Was zur Hölle, hab ich dir getan, dass du mir so ‘ne Scheiße zutraust?“

Ich weiche seinem vorwurfsvollen Blick aus. „Ich dachte, du hast was mit Indie, okay?“ verteidige ich mich trotzig.

Und mache damit alles noch schlimmer.

Damien schweigt, bevor er mir mit einem harten Punch gegen den Boxsack demonstriert, was er von meiner Vermutung hält. Er ist richtig abgefuckt.

Die Fingerknöchel seiner rechten Hand bluten, aber das scheint ihn gerade absolut nicht zu interessieren. Und nach seinem Gewaltauftritt vor dem Bondage eben, habe ich gerade einen Höllenrespekt vor ihm. Ein brutaler Typ, der so groß und durchtrainiert ist wie Damien und einen Kerl mit einem einzigen Kick von den Füßen holen kann, kann einem echt Angst machen, wenn er wütend ist.

Damien kommt auf einmal zu mir, und ich kriege Panik, als er mich plötzlich mit seinen harten Brustmuskeln gegen das Fenster drängt.

„Ich will dich nicht verprügeln, verdammt“, blafft er, als er bemerkt, dass ich gerade tierisch Schiss vor ihm habe.

Leidenschaftlich vergräbt er seine Hände in meinen Haaren. „Ich würde nie irgendwas tun, dass dich verletzen könnte“, sagt er rau und streicht mit seinen kräftigen Lippen über meine. „Und ich hab auch nix mit Indie oder irgend'nem anderen Chick." Ich spüre seinen dicken Schwanz durch seine Jeans, der an meinem Bauch steinhart wird und mich gegen die Fensterscheibe presst. „Verdammt, Gi, ich will nur dich", knurrt er dabei mit seiner tiefen Bassstimme, die jeden Muskel in meinem Unterleib vibrieren lässt. „Wann kapierst du das endlich?" Seine bedrohlichen blauen Augen bohren sich in meine, und ich erschauere. Meine Pussy beginnt vor Sehnsucht zu zucken, und mein ganzer Körper gerät auf einmal komplett außer Kontrolle.

In diesem Augenblick wird mir klar, dass das einzige, wovor ich bei Damien Angst haben muss, seine unberechenbare Leidenschaft für mich ist. Und sein gefährlicher Body, der mich jedes Mal komplett durchdrehen lässt.

Hemmungslos packe ich sein T-Shirt, ziehe ihn zu mir und stelle mich auf meine Zehenspitzen, um ihn zu küssen.

Damien packt meinen Arsch und hebt mich zu sich hoch.

Und während unsere Lippen stürmisch miteinander ficken, reißen wir uns gegenseitig die Klamotten runter und fallen völlig außer Kontrolle übereinander her.

*

„Fuck. War ich das?" fragt Damien mich, als wir nach unserem Fick unsere Klamotten vom Boden aufsammeln. Er streicht vorsichtig über meinen Oberarm, auf dem ein riesiger blauer Fleck schillert. Anscheinend denkt er, er hätte mich bei seinem halsbrecherischen Kick verletzt, mit dem er den Latino weggepumpt hat.

„Bin wahrscheinlich irgendwo gegen gelaufen", beruhige ich ihn, ohne ihm zu sagen, dass der Typ mich eben gegen die

Wand geknallt hat. Aber ich will nicht, dass Damien sich wieder aufregt. Ich bin froh, dass er gerade zahm ist.
Als ich kurze Zeit später im Bad stehe und mich in dem Spiegel über dem Waschbecken betrachte, stellt Damien sich plötzlich hinter mich.
Wortlos legt er seine Arme um meinen nackten Oberkörper und küsst meinen Nacken, während seine kräftigen, von seinen Fights gezeichneten Hände meine Brüste massieren.
Ich kriege eine Gänsehaut, als ich uns zusammen im Spiegel sehe.
Gegen Damiens gewaltigen, bedrohlichen Body, mit den dunklen Linien seiner Tattoos, wirkt mein heller, zierlicher Körper total klein und unschuldig.
Alles an Damien ist irgendwie dunkel und brachial. Und abgrundtief verdorben.
Ich lasse meinen Hinterkopf gegen das Tribal auf seiner massigen Brust sinken und betrachte mein Gesicht. Mein schwarzer Eyeliner ist verschmiert und meine Lippe ist geschwollen von Damiens Bartstoppeln.
Ich erschauere, als ich auf einmal das Blut in meinen blonden Haaren bemerke, das seine aufgeplatzten Finger dort hinterlassen haben.
Nein, ich bin nicht mehr unschuldig.
Ich bin voll in Damiens gefährlicher abgefuckter Welt angekommen. Und mit jedem Mal, dass er mich fickt, macht er mich genauso dunkel und verdorben wie sich.

Neuntes Kapitel – Damien

„Ich hoffe, der Typ freut sich über unsere Überraschung", sagt Washington zu mir, als wir das Dope in den Kofferraum des prollig getunten BMW packen.
„Schätze nur, er wird keine Zeit mehr haben sich mit dem Stoff zu amüsieren", bemerke ich und leuchte mit meinem Flashlight ins Innere des Wagens. „Wir hätten den Wichser einfach verschwinden lassen sollen." Ich schlage die Scheibe auf der Beifahrerseite ein.
„Das is' 'ne Scheißidee, Mann", brummt Washington. „Solche Typen machen selbst wenn sie unterm Torf liegen noch Ärger." – „Nicht, wenn du den Job sauber erledigst." Ich stecke meine Hand durch das kaputte Wagenfenster und öffne die Tür. „Du könntest so jemanden in 'nem Bordell kaltmachen", bemerke ich, während ich das Pornoheft vom Beifahrersitz nehme. „Nicht selten, dass solche Perversen beim Ficken mit 'ner Professionellen krepieren." Ich werfe das Pornomagazin auf den Boden und lege ein Päckchen Gras auf den Sitz.
„Kann schon sein", murmelt Washington und knallt den Kofferraum zu. „Aber wenn die Bullen den ganzen Stoff hier finden, braucht er keine Nutten mehr."
Ich nehme die Browning aus meinem Holster und schraube den Schalldämpfer drauf. „Wahrscheinlich werden die dem im Knast ordentlich den Arsch rocken. Bullenpussys ficken die da drinnen am liebsten." Mit ein paar gezielten Schüssen baller' ich die Reifen des BMW platt und verpasse dann der Tür noch 'n paar hübsche Andenken.

„Rufen wir die Cops?“ fragt Washington mich, als wir kurze Zeit später im Wagen sitzen und unsere Sturmmasken runternehmen.
„Yep.“
Washington holt sein Handy raus, und ich schiebe die Browning zurück in mein Holster. „Erzähl‘ denen einfach, dass hier irgendwelche Idioten mitten auf der Straße rumgeballert haben.“ Ich werfe ‘nen Blick auf den durchlöcherten BMW. „Is‘ echt ‘ne verdammt gefährliche Gegend hier.“

Zehntes Kapitel – Gigi

Weil Damien „'n Date mit Washington" hat und sie noch einen „alten Bekannten besuchen wollen", was in Damiens Sprache heißt, dass sie wieder irgendjemand aufmischen wollen, fahre ich am Abend alleine ins Bondage.

Nach der Sache mit diesem Latino gestern, bin ich immer noch 'n bisschen gestresst. Obwohl ich mich langsam daran gewöhnt habe, dass ständig jemand versucht mich abzuknallen, seit ich mit Damien zusammen bin.

Aber das ist okay. Solange Damien auf mich aufpasst, hab ich kein Problem damit.

Und ehrlich gesagt, macht es mich tierisch an, zu sehen, wie Damien abgeht, wenn er wieder seine Martial Arts-Nummer abzieht.

Trotzdem mache ich mir Sorgen um ihn. Nach seinem Fight mit diesem FBI-Typ und den ganzen kriminellen Aktionen, die er immer bringt, hab ich echt Angst, dass die ihn irgendwann für den Rest seines Lebens einbuchten.

Mir wird ganz schlecht bei dem Gedanken.

Ich hab keine Ahnung, was ich dann tun würde. Mir Damien wegzunehmen ist, als würde man 'nen Junkie eiskalt auf Entzug setzen. Eine absolute Horrorvorstellung.

„Wo sind Damien und Ty eigentlich?" erkundigt sich Bella, als ich kurze Zeit später im Bondage bin und sie mir einen Drink mixt.

„Damien meinte, sie wollten 'nen alten Bekannten besuchen", erwidere ich und nehme das Glas, das sie mir hingestellt hat.

„Also mischen sie gerade wieder jemand auf", bemerkt Bella

scharfsinnig, während sie sich ‘nen Lolli in den Mund steckt.
„Yep“, bestätige ich, als ich Damien und Washington plötzlich in den Club kommen sehe. Die beiden haben schwarze Klamotten an und Eye Black unter den Augen, so schwarze Streifen, wie Footballspieler sie haben, um nicht von der Sonne geblendet zu werden – allerdings denke ich nicht, dass die beiden gerade vom footballspielen kommen.
Der DJ spielt gerade *Thug Life*, als ich auf einmal das Schulterholster mit der Waffe bemerke, das Damien cool über seinem engen, schwarzen Rollkragenpullover trägt.
„Damien marschiert einfach so mit ‘ner Knarre ins Bondage“, sage ich fassungslos zu Bella.
Sie zuckt mit den Schultern. „Warum nicht? Das ist sein Club, Süße.“
Kopfschüttelnd nehme ich was von meinem Drink.
„Mich würde echt mal interessieren, wem die beiden schon wieder den Arsch aufgerissen haben“, murmele ich dann, während ich beobachte, wie Washington und Damien sich ‘nen Fist bump geben.
„Warum findest du‘s nicht einfach raus“, schlägt Bella vor.
„Ich glaub nicht, dass Damien mir freiwillig erzählen wird, was für ‘ne kriminelle Aktion sie wieder gebracht haben“, werfe ich ein.
Bella nimmt ihren Lolli aus dem Mund. „Freiwillig vielleicht nicht, aber es gibt immer Mittel und Wege unsere Babys zum Quatschen zu bringen.“ Sie sieht mich mit einem verschlagenen, sexy Lächeln an. „Los, geh zu Damien und spiel ein bisschen mit deinen Waffen, Süße.“ Sie steckt mir ihren Lolli in den Mund, bevor sie sich wieder den anderen Gästen widmet.

*

„Hey, Baby“, begrüßt Damien mich, während er gerade das Magazin aus seiner Browning nimmt, als ich in seine Schaltzentrale im Club komme. „Alles okay bei dir?“

Ich nicke. „Was hast du heute Abend eigentlich mit Washington gemacht?“ erkundige ich mich neugierig.

„Nix besonderes, Baby“, antwortet er einsilbig und lädt cool die Waffe durch, um zu sehen, ob noch eine Kugel im Lauf ist.

Ich sehe ihn ungläubig an. „Und wofür brauchtest du dann die Knarre?“

Damien knallt das Magazin rein. „Bloß zur Sicherheit, Süße.“

Okay…?

Seit wann hat Mr. Kanonen-sind-nur-was-für-Pussys Angst um seine Sicherheit?

„Und eure Kriegsbemalung?“ lasse ich nicht locker und streiche mit meinem Finger über einen der sexy schwarzen Balken unter seinen Augen. „War die auch nur zur Sicherheit?“ – „Du hast es erfasst, Baby.“ Damien schenkt mir ‘n sexy Bad Boy Lächeln, steckt die Waffe zurück in sein Holster und geht dann zu seinem Schreibtisch.

Okay, anscheinend muss ich es wirklich auf Bellas Tour versuchen.

Während Damien am Schreibtisch sitzt und irgendwas auf seinem MacBook nachschaut, gehe ich zu ihm.

Ich klappe sein Notebook zu und setze mich vor ihn auf die Schreibtischplatte. Dann lasse ich meinen Fuß zwischen seine Beine wandern und streiche mit meinen Boots über seinen Hosenschlitz, den die dicke Beule seines Schwanz‘ prall ausfüllt.

„Was machst du da, Baby?“ keucht Damien überrascht.
Ich spüre, wie er unter meinem Fuß sofort steinhart wird, während ich vor ihm auf dem Schreibtisch sitze und lasziv an meinem Lolli lutsche.
„So, und jetzt erzählst du mir, was ihr heute Abend wirklich gemacht habt.“ Ohne meine Fußmassage zu unterbrechen, lasse ich den Lolli in meinen Mund gleiten und wieder raus. Rein, raus. Rein, raus.
„Willst du mich umbringen, Baby?“ sagt Damien hastig atmend.
Ich schenke ihm ein sexy Bad Girl-Lächeln. „Du hast es erfasst, Baby.“ Ich steige vom Schreibtisch und knie mich zwischen seine Beine. „Los, und jetzt sag mir, wen ihr heute Abend wieder aufgemischt habt“ fordere ich ihn auf und öffne seine Jeans.
„Wir haben niemanden aufgemischt“, erwidert er.
Ich massiere seinen stahlharten Schwanz. „Das glaube ich dir nicht, Damien.“ – „Doch, Baby“, keucht er. „Wir haben niemanden aufgemischt.“
Ich lasse sein Ding los, worauf er frustriert aufstöhnt.
„Und? Bist du immer noch sicher, dass ihr niemanden aufgemischt habt?“ frage ich ihn und lecke herausfordernd an meinem Lolli, um ihm zu demonstrieren, was ich mit seinem Schwanz anstellen werde, wenn er ein braver Junge ist und mir endlich die Wahrheit sagt.
„Fuck!“ keucht Damien.
„Okay“, sagt er dann hastig. „Wir haben ‘nen Typ fertiggemacht, der mich mal abgefuckt hat, okay.“
Ich sehe ihn neugierig an. „Warum?“ – „Is‘ ‘ne lange

Geschichte, Baby“, erwidert Damien ungeduldig, wobei seine hungrigen blauen Augen förmlich an meinem Mund kleben, den sein Schwanz so gerne haben würde.
Aber ehrlich gesagt, bin ich immer noch ‘n bisschen angefressen, wegen seiner Die-Kleine-ist-lausig-im-Bett Nummer letztens. Und darum werde ich ihn noch etwas leiden lassen.
„Ich hab Zeit, Damien“, erwidere ich relaxed, lehne mich zurück, nuckle genüsslich an meinem Lolli und streiche mit den Fingern meiner anderen Hand über seine Erektion. „Los, erzähl mir, warum hattest du Stress mit dem Typ.“
Damien sieht mich an, seine gefährlichen eisblauen Augen vor Lust verengt. „Ich erzähl’s dir später, okay?“
Ich muss lächeln. Is‘ echt ‘n geiles Gefühl diesen brutalen Gangster, vor dem alle Angst haben, so in der Hand zu haben.
„Okay“, nehme ich sein Angebot schließlich gnädig an und lege meinen Lolli weg. „Aber denk bloß nicht, dass ich es vergesse.“
Mit einem sexy Lächeln streicht Damien mit seinem Daumen über meine Lippe. „Natürlich nicht, Baby.“
Ich erwidere sein Lächeln und lasse meinen Kopf zwischen seine Beine sinken, um ihn von seinen Leiden zu erlösen.
Und ich bin mittlerweile auch so heiß und kribbelig, dass ich es kaum erwarten kann mich endlich über seine Wahnsinnserektion herzumachen.
Damiens Schwanz ist einfach nur atemberaubend. Stahlharte samtweiche Perfektion, durchzogen von dicken pulsierenden Adern. Sein Schwanz ist genau wie er: Kraftstrotzend und respekteinflößend, bedrohlich und einschüchternd. Und

gleichzeitig auf eine dunkle Art so verführerisch, dass man ihn einfach nur anfassen und seine Größe in seinem Mund spüren möchte.
Ehrfürchtig streiche ich einmal über seine komplette Länge, bevor ich meine Lippen an die breite Spitze ansetze und ihn so tief in meinen Mund gleiten lasse, dass er an meinen Rachen stößt.
Mit einem heißen Stöhnen vergräbt Damien seine Hände in meinen Haaren, während ich meine Zunge über die dicken Adern auf seinem Schwanz gleiten lasse und gleichzeitig seine Eier massiere, die so dick und schwer sind, als könnten sie seine Potenz kaum bändigen.
Ich brauche nicht lange, um Damien kommen zu lassen.
Und sein Höhepunkt ist so heftig, dass ich mich an seinen muskulösen Oberschenkeln festhalten muss, um von der Power seiner Stöße nicht weggepumpt zu werden.
„Du bist echt der Wahnsinn, Baby", keucht Damien völlig fertig, nachdem er in meinem Mund gekommen ist.
Ich nehme cool meinen Lolli vom Schreibtisch und stecke ihn mir in den Mund, wobei sich der Erdbeergeschmack mit dem Nachgeschmack seines Spermas zu einer heißen Mischung verbindet.
„Wolltest du mir nicht noch was erzählen", erinnere ich ihn wieder an den Grund meines Blowjobs, während Damien seine Hose schließt.
Er steht plötzlich auf, packt meine Hüften und setzt mich auf den Schreibtisch.
„Vielleicht ein andermal, Baby", erwidert er dann, während seine starken Oberschenkel meine Beine auseinanderdrücken.

Er nimmt meinen Lolli und lässt ihn über meine Lippen gleiten. „Jetzt gerade hab ich was ganz anderes mit dir vor.“
Bevor ich etwas erwidern kann, presst er seine Lippen auf meine und schiebt mir seine Zunge in den Mund. Und irgendwie hab ich das Gefühl, dass er mich gerade komplett verarscht hat.
Trotzdem war es geil zu sehen, wie sein Schwanz um meinen Mund gebettelt hat.
Während Damien mich immer noch küsst, streichen seine kräftigen Hände, mit denen er heute Abend sicher wieder irgendjemanden zusammengeschlagen hat, über meine Oberschenkel.
Ich spüre plötzlich etwas hartes, rundes, das sich langsam an meinen Innenschenkeln hochschiebt.
Ist das…? Will er…? Nein, das macht er nicht…
„Ahhh!!!!“ Ich keuche laut in seinem Mund auf, als Damien plötzlich den Lolli in mich reinschiebt.
„Gefällt dir das, Baby?“ fragt er mich mit einem sexy Lächeln, während er den Lolli immer wieder in meine Öffnung gleiten lässt und wieder raus. Rein und raus. Rein und raus.
Ich kann nichts erwidern, weil ich zu angetörnt bin von seiner heißen Nummer.
Und zu fassungslos darüber, dass Damien mich tatsächlich mit meinem Lolli befriedigt!
Er lässt den Lolli plötzlich aus mir rausgleiten und schiebt ihn anschießend genüsslich in seinen sexy Mund. „Mhhh“, brummt er dabei. „Ich liebe den Geschmack deiner süßen Pussy, Baby.“ Damien nimmt den Lolli, und ich keuche, als er ihn wieder in mich reinschiebt.

Der Daumen seiner anderen Hand massiert mit geübten Bewegungen meine Klit, als er seinen Mund über meinen gleiten lässt und mit seiner Zunge über meine Lippen streicht. Mit denselben Bewegungen, wie er normalerweise meine Pussy leckt!
Die typische heiße Damien Show, die mich wieder so durchdrehen lässt, dass ich bereits nach ein paar Sekunden zum Höhepunkt komme und förmlich explodiere.
K.O. in unter einer Minute.

*

Als ich nach unsrem Lollipop-Fick total erschöpft wieder runter in den Club gehe, kommt Bella mir mit einem breiten Lächeln entgegen. „Und?" fragt sie mich. „Hast du was aus Damien rausgekriegt?" – „Nicht wirklich", gebe ich zu. „Nur, dass er und Ty irgend'nen Typ fertiggemacht haben, mit dem Damien Stress hatte. Keine Ahnung, was da los war."
Bella grinst. „Ich schon." Genüsslich zündet sie sich 'ne Kippe an und blickt dabei zur Lounge, wo Washington gerade total groggy aus dem Dark Room kommt. „Ty hat sich zuerst 'n bisschen angestellt", erklärt sie mir dabei. „Aber als ich ihm gedroht habe, seinen Schwanz nicht mehr in den Mund zu nehmen, wurde er plötzlich sehr gesprächig." Bella zieht an ihrer Lucky und bläst siegessicher den Rauch an mir vorbei.
„Dann weißt du, was die beiden heute Abend gemacht haben?" frage ich sie aufgeregt.
Bella nickt. „'ne echt krasse Aktion." – „Okay?" Ich sehe sie ungeduldig an.
„Ty und Damien haben 'nen alten Bekannten fertiggemacht", verrät sie mir schließlich. „Die haben dem Kerl in 'ner Nacht

und Nebelaktion die Karre aufgebrochen und ihm soviel Koks untergejubelt, dass er dafür für den Rest seines Lebens in den Bau wandert, wenn die Bullen ihn erwischen." Lächelnd nimmt Bella einen Zug an ihrer Kippe. „Und die Bullen werden ihn erwischen", bemerkt sie dann. „Einer von Damiens Leuten hat den Cops bereits einen anonymen Hinweis gegeben." Bella bläst ein paar Rauchringe in die Luft. „Und spätestens in ein paar Stunden wird der Typ wissen, dass man Handschellen nicht nur zum Ficken braucht", fügt sie dann trocken hinzu.

Ich schüttele fassungslos den Kopf. „Scheiße", murmele ich dabei. Ich weiß nicht, was dieser Typ Damien getan hat. Aber ihn dafür für den Rest seines Lebens in den Knast zu bringen, ist echt heftig.

„Du wirst die Aktion nicht mehr Scheiße finden, wenn ich dir verrate, wer der Typ war, den Damien aus dem Verkehr gezogen hat", bemerkt Bella auf einmal.

„Wer?" frage ich sie ungeduldig.

Bellas eisblaue Augen sehen mich dunkel an. „Mike Short, der FBI-Typ, den die auf Damien angesetzt haben. Und der ihn angezeigt hat, weil Damien ihn zusammengetreten hat." Bella lässt ihre Kippe auf den Boden fallen und tritt sie mit der Spitze ihrer Schnallenboots aus, während ich sie fassungslos ansehe.

Damien hat Mike Drogen untergejubelt und ihn dann an die Bullen verpfiffen?

Das ist echt krass.

Keine Ahnung, was das jetzt für Damiens Prozess bedeutet, allerdings glaube ich, dass er genau weiß, was er tut. Damien ist ein Perfektionist, er überlässt nichts dem Zufall.

Er hat einen der teuersten und berüchtigtsten Anwälte der USA engagiert, um ihn zu verteidigen. Der Typ hat bereits Mafia-Größen aus dem Knast geholt und gilt in einschlägigen Kreisen als eiskalter Gangster-Anwalt.
Und Damiens Aktion ist ein absoluter Game Changer, der die Beweislage für den Prozess komplett verändert hat.
Damien hat aus 'nem sauberen FBI-Agent 'nen Kriminellen gemacht, der sich in illegalen Nachtclubs prügelt und im großen Stil Dope vertickt – und dafür wahrscheinlich lebenslang eingebuchtet wird.
Aber wenigstens weiß er jetzt, dass man sich besser nicht auf 'nen Fight mit Damien Blackrock einlässt.

Bella

Damien hat echt Eier!
Zuerst zerlegt er mitten im Bondage diesen FBI-Fuzzi, und dann knackt er seine Karre und packt ihm 'ne Riesenladung Koks in den Kofferraum. Das muss man erst mal bringen.
Aber für Damien kein Problem. Der erledigt so 'ne Aktion so cool, als wär's n Kindergeburtstag.
Damien ist so ein abgefuckter Gangster.
Aber was soll ich sagen: Ich find's cool.
„Diese verdammte Bitch!" platzt Gi plötzlich in meine Schwärmerei, während sie mit 'nem Killer-Blick den Clubeingang anvisiert, wo sich gerade irgendein Chick verzweifelt an Damien ranmacht.
Nix ungewöhnliches eigentlich.

„Das ist Indie", klärt sie mich auf, während ihre Augen die Kleine fast töten. „Die kleine Schlampe, die letztens bei Damien gepennt und ihn danach im Club angemacht hat."
Das ist Indie? Okay…
„Sieht aber nicht aus, als hätte Damien noch groß Bock auf sie", bemerke ich, weil er sie gerade übelst zusammenscheißt.
„Keine Ahnung." Gi ist richtig abgefuckt. Schiebt sie jetzt schon 'nen Film, wenn D. 'n anderes Chick zusammenscheißt? Zutrauen würde ich's ihr.
Okay, als Damien mich noch gefickt hat, bin ich auch jedes Mal ausgerastet, wenn er 'ne andere verbal bestraft hat. Aber das is' 'ne andere Geschichte.
„Wenigstens zieht Damien nicht mehr seine Beschützernummer bei ihr ab", stänkert Gi, als plötzlich 'n Typ in Armeeklamotten zu den beiden kommt und Indie zutextet.
Und Damien sieht nicht glücklich dabei aus. Er checkt den Kerl ab, wie 'n Sniper sein Opfer und lässt dabei seine Faust knacken, so als wolle er sich schon mal warm machen.
„Damien sieht aus, als würde er sich gerade auf 'ne Runde mit dem Typ vorbereiten", bemerke ich kaugummikauend. „Bin mal gespannt, wie lange der Freak durchhält." Ich mache 'ne große Blase, während die Show am Eingang gerade richtig spannend wird.
„Oh Scheiße", murmelt Gi, nachdem der Typ in den Army-Klamotten Indie voll eine mitgegeben hat. Er packt sie brutal am Arm, feuert ihr noch eine und brüllt sie an…
… als plötzlich Mr. Schwarzer-Gürtel den Ring betritt.
Pamm!
Mit einem Mörder-Kick tritt Damien dem Typ voll in die

Fresse, der daraufhin total angeschlagen gegen die Balustrade taumelt. Er versucht nicht mal sich zu wehren, bevor Damiens Gorillas angerannt kommen und ihn wegschaffen.
Ein typischer Damien-Fight: Kurz und schmerzhaft.
Indie hat sich verpisst und D. lässt cool seine Faust knacken, während Gi total aufgemischt neben mir steht.
„Dieses verdammte Miststück“, giftet sie, als wäre Indie für Damiens Aggro-Show verantwortlich. „Die Alte sollte echt aufpassen, dass sie mir nie wieder über den Weg läuft!“
Mit hochgezogenen Augenbrauen gehe ich ein bisschen auf Abstand, weil Gi mir gerade echt ‘n bisschen Angst macht.
Wenn sie das schon so abfuckt, will ich nicht wissen, wie sie abgeht, wenn sie erfährt, warum Damien sich so um dieses durchgeknallte Chick kümmert.

Elftes Kapitel – Gigi

Total ausgepowert klettere ich am Sonntagmorgen aus Damiens Bett. Er hat mich bereits um sechs Uhr das erste Mal geweckt: mit seinem Schwanz in mir!

Seine Art mir einen Guten Morgen zu wünschen.

Das Gefühl morgens aufzuwachen, während eine muskelbepackte, tätowierte Kampfmaschine auf dir liegt und dir mit einem hungrigen Blick sagt, dass er Appetit auf dich hat, während du seinen mega Schwanz in dir spürst, ist echt beängstigend – aber tierisch geil.

Damiens Hunger nach mir ist manchmal so krass, dass er nach dem Ficken einfach in mir bleibt und wir so zusammen einschlafen. Bis er mich irgendwann weckt, um wieder über mich herzufallen.

Ich weiß, dass unsere Leidenschaft füreinander total unnormal ist. Aber ich liebe es Damien in mir zu spüren, auch wenn er mich dafür zu den unmöglichsten Zeiten weckt.

Als ich runter in die Lounge des Penthouse komme, Ist Damien nicht da.

Ich gehe zur Balkontür, die weit offen steht.

Und bleibe wie gebannt im Türrahmen stehen.

Draußen, vor der beeindruckenden Kulisse der Wolkenkratzer Manhattans, steht Damien mit nacktem Oberkörper und in einer zerrissenen Jeans und macht gerade ein paar atemberaubende Tricks. Mit einem Schwert!

Die Waffe ist sicher einen Meter lang, mit einer breiten Klinge, die verdammt gefährlich aussieht.

Und das, was Damien damit anstellt, ist absolut

beeindruckend.
Schweißperlen glänzen auf seinen tätowierten Muskeln, während er das Schwert mit einer Hand über seinen Kopf gleiten lässt, so als wäre es absolut schwerelos. Beide Hände fest um den Griff geschlossen hält er die schwere Waffe konzentriert vor sich und bewegt sie dann kraftvoll durch die Luft, als würde er gegen einen unsichtbaren Gegner kämpfen – so schnell, dass es ein Wunder ist, dass er sich mit der scharfen Klinge nicht verletzt.
Mit angehaltenem Atem beobachte ich ihn. Und ich muss zugeben, dass mich seine Performance wahnsinnig anmacht.
„Wo hast du das gelernt?“ frage ich ihn beeindruckt.
„War Teil meiner Self-Defence-Ausbildung“, erwidert Damien, ohne sein Training zu unterbrechen.
„Hast du keine Angst dich zu verletzen?“ will ich wissen, weil sein martialisches Workout alles andere als ungefährlich aussieht.
Damien lacht, so als wäre meine Frage ein Scherz gewesen.
Anscheinend weiß er, was er kann.
„Los, komm her, Baby“, fordert er mich plötzlich auf.
Unsicher gehe ich zu ihm, während er das Schwert runternimmt.
„Ich will, dass du es auch mal versuchst.“ Damien hält mir die Waffe hin.
Ich nehme vorsichtig den Griff und versuche das lange Schwert gerade vor mir auszustrecken.
Allerdings ist es so schwer, dass es unmöglich ist, es lange so zu halten, geschweige denn es so elegant zu bewegen, wie Damien es gerade getan hat.

„Du musst die Ellbogen gerade halten“, erklärt Damien mir und stellt sich breitbeinig hinter mich.
Mein Herz beginnt automatisch schneller zu schlagen, als er seine dicken Arme um mich breitet und seine kräftigen Hände auf meine legt, um mit mir zusammen den Griff zu halten.
„So“, zeigt er mir dann, während er mit mir zusammen das Schwert hebt.
Kraftvoll lässt Damien die Waffe durch die Luft gleiten, und ich folge seinen Bewegungen, gefangen in seinen starken Armen, die wieder mal mit mir machen können, was sie wollen.
Ich weiß, dass eine einzige falsche Bewegung mir den Schädel spalten oder mir zumindest üble Verletzungen zufügen könnte, aber ich vertraue Damiens Können total.
Mühelos hält er das Gewicht des Schwertes und führt dabei meine Arme mit fließenden Bewegungen nach oben und von einer Seite zur anderen, so dass unsere Moves ein perfekter Flow sind.
Damien und ich sind im absoluten Gleichklang und unsere Körper bewegen sich in totaler Harmonie, so als wären wir nur eine Person. Dabei spüre ich, wie die dicken Muskeln seiner Brust an meinem Rücken arbeiten und seine harten
Bizeps sich gegen meine Arme pressen, während er alleine das ganze Gewicht des Schwerts hält.
Aber ich bemerke noch etwas: seinen Schwanz, der an meinem Arsch immer härter wird. Anscheinend törnt ihn unser gemeinsames Workout genauso an wie mich.
Das Gefühl hier draußen vor der Skyline von Manhattan in Damiens starken, beschützenden Armen mit dieser

gefährlichen Waffe zu spielen, ist wirklich mega erotisch.
Ich kriege plötzlich eine Gänsehaut. Es ist, als wären wir zwei dunkle Krieger, die zusammen gegen den Rest der Welt kämpfen.

*

Als wir nach unserem heißen Workout in der Küche sind, beobachte ich Damien, der gerade tonnenweise Proteinpulver in einen Riesenbecher Joghurt kippt und anschließend eine Packung gekochte Eier und ein paar Bananen aus dem Kühlschrank holt.
„Ich versteh echt nicht, wie du immer dieses gesunde Zeug runterkriegst“, bemerke ich, während ich mir einen Choco-Bagel aus der Tüte nehme.
„Das ist kein gesundes Zeug, Baby. Das ist Munition.“ Damien kickt die Kühlschranktür zu.
Ich schüttele amüsiert den Kopf. Stimmt, sein heißer Body ist ja ‘ne Waffe, die anscheinend immer geladen sein muss. Ein sehr beunruhigender Gedanke.
„Apropos Munition“, sage ich, als wir am Tisch sitzen und Damien seinen Joghurt in sich reinschaufelt. „Warum hast du eigentlich gestern im Bondage diesen Typ zusammengetreten?“ – „Du meinst den Fucker, der wegen Indie da war?“ antwortet er, so als könne er sich gar nicht mehr an die ganzen Typen erinnern, die er ständig rundmacht.
„Ja, kanntest du den?“
Damien schüttelt den Kopf und feuert den leeren Joghurtbecher quer durch die Küche in den Müll. „Aber wer in meinem Club ‘ne Frau schlägt, muss sich drauf einstellen von

mir auf die Fresse zu kriegen“, knurrt er dann und reibt sich über das Tattoo auf seiner Brust.

Ich seufze.

Klar ist es richtig, dass Damien Andere beschützen will. Aber kann er das nicht auch ohne jemanden direkt K.O. zu prügeln? Ich hab echt Angst, dass er für seine Boxereien irgendwann wieder im Knast landet.

Ich lege meinen angeknabberten Bagel weg, stehe auf und setze mich auf Damiens Schoß.

„Was ist los, Baby, willst du, dass ich dich füttere?“ fragt er mich mit ‘nem sexy Lächeln.

Ohne sein Lächeln zu erwidern, schüttele ich den Kopf. „Versprichst du mir was, Damien?“ beginne ich dann ernst.

„Was willst du von mir, Baby?“

Ich hole einmal tief Luft. „Ich will, dass du dich nicht mehr schlägst“, sage ich dann und streiche dabei über die Narben auf seinen Fingern.

Damien atmet einmal tief durch und verschränkt seine Hände im Nacken. „Weißt du, was du da von mir verlangst, Baby?“

Ich ziehe die dunklen Linien des Gangtattoos auf seiner Schulter nach. „Ich will einfach nicht, dass du wieder in den Knast musst, okay.“

Seine Miene wird auf einmal stahlhart. „Wer hat dir das erzählt?“ blafft er mich plötzlich an.

„Bella hat es mir gesagt, okay“, erwidere ich angefressen und stehe von seinem Schoß auf.

„Warum kann dieses verdammte Chick nicht einmal ihre Scheißklappe halten“, bellt Damien, während er ebenfalls aufsteht. Abgefuckt kickt er den Stuhl hinter sich weg.

„Willst du mir wenigstens sagen, warum…?“ – „Nein!“ schneidet er mir brutal das Wort ab. „Ich will nicht darüber reden, okay.“

Zwölftes Kapitel

Nach Damiens Ausraster gestern will ich jetzt erst recht wissen, warum er damals im Knast saß. Bella hat mir zwar erzählt, dass er wegen schwerer Körperverletzung verurteilt worden ist, allerdings hab ich keine Ahnung, was damals passiert ist. Und warum Damien so ein Scheißgeheimnis daraus macht.

Aber ich werde es herauskriegen, darauf kann er sich verlassen. Und aus diesem Grund habe ich mich gleich mal mit meiner 1A-Informantin getroffen:

Bella.

„Weißt du eigentlich, warum Damien damals in den Knast musste?“ frage ich sie, als wir am Abend auf der Feuerleiter ihrer Wohnung sitzen und Desperados trinken.

„Er hat wieder irgend'nen Typen rundgemacht“, erwidert Bella und zuckt mit den Schultern. „Mehr weiß ich auch nicht.“

Ich sehe sie skeptisch an, und sie weicht meinem Blick aus.

Bella weiß normalerweise alles über Damien. Und ich bin mir absolut sicher, dass sie auch über seine Knastkarriere voll informiert ist.

Aber warum will sie mir nichts erzählen?

Hat Damien sie etwa instruiert die Klappe zu halten?

„Hat Damien dir verboten darüber zu reden?“ Ich sehe Bella durchdringend an.

„Yep.“ Sie trinkt ‘nen Schluck Desperados. „Damien hat mich heute Nachmittag angefunkt und mir erklärt, dass er mich ‘n Kopf kürzer macht, wenn ich dir irgendwas darüber erzähle“,

erklärt sie mir und holt ihr Koksfläschchen aus dem Spitzenrand ihrer halterlosen Strümpfe.
Damien hat Bella tatsächlich direkt nach unserem Gespräch heute Mittag angerufen und ihr gedroht?
Ich fasse es einfach nicht.
„Warum macht er so ein Geheimnis daraus?“ frage ich Bella angefressen, während sie etwas von dem weißen Pulver auf ihren Handrücken gibt.
„Weil die Aktion, die Damien damals gebracht hat, echt krass war.“ Bella zieht das Koks weg und reibt sich über ihre Nasenlöcher. „Vergiss es einfach, Süße. Glaub mir, du willst gar nicht wissen, was passiert ist.“
Doch, natürlich will ich das wissen. Jetzt erst recht, wo jeder so einen Tanz darum macht.
„Du lässt dir echt von Damien den Mund verbieten?“ versuche ich Bella aus der Reserve zu locken, um sie zum Quatschen zu bringen.
„Ich mach das nur, weil ich dich nicht runterziehen will, okay“, rechtfertigt sie sich.
„Warum sollte mich das runterziehen?“ bohre ich weiter.
Bella sieht mich intensiv an. „Weil Damien wegen ‘ner Frau im Knast saß.“
Ich muss hart schlucken.
Er ist wegen ‘ner Frau eingebuchtet worden? Das ist echt übel.
„Erzählst du mir, was passiert ist?“ Ich sehe Bella mit ‘nem flehenden Blick an.
Und sie knickt ein.

„Okay“, sagt sie schließlich. „Aber sag später nicht, ich hätte dich nicht gewarnt.“ Sie zündet sich ‘ne Kippe an.
„Damien war damals mit ‘nem Chick zusammen“, beginnt sie dann. „Die Kleine war echt tierisch verknallt in ihn. Und tierisch kaputt.“ Sie zieht hastig an ihrer Lucky. „Auf jeden Fall“, erzählt sie dann weiter, „hat Damien irgendwann ihren Daddy auf die Intensivstation geprügelt.“ Bella sieht mich ernst an. „Der Typ war’n Cop.“ – „Oh, Scheiße“, murmele ich.
„Yep“, bestätigt Bella und trinkt einen großen Schluck Bier.
„Warum hat Damien ihn zusammengeschlagen?“ will ich wissen.
Ich sehe, wie Bella einmal tief durchatmet. „Weil der Wichser sie vergewaltigt hat“, sagt sie dann und trinkt den Rest der Flasche auf Ex. „Dieser Scheißcop hat sie gefickt und sie regelmäßig verprügelt.“ Bella sieht mich mit ‘nem dunklen Blick an. „Bis Damien Wind davon gekriegt hat.“ Sie zieht an ihrer Kippe. „Er hat diesen verdammten Bullen so zerlegt, dass man ihn danach mit ‘nem Schlauch ernähren musste“, sagt sie dann. „Damien hat den Wichser fast totgeprügelt. Und als er mit ihm fertig war und der Typ wimmernd und blutüberströmt auf dem Boden lag, hat Damien nochmal reingetreten und ihm eiskalt erklärt, dass er ihn das nächste Mal kaltmacht, wenn er sein Chick noch ein einziges Mal anrührt.“ Bellas eisblaue Augen sehen mich hart an. „Der Scheißbulle hat sie nie wieder angefasst.“
Ich atme einmal tief durch.
„Woher weißt du das alles?“ frage ich sie dann total betroffen. „Kanntest du seine Ex?“

Bella drückt ihre Kippe an einem der Stahlträger der Feuerleiter aus. „Kann man so sagen."

Dreizehntes Kapitel

Als ich nach meinem Treffen mit Bella im Auto sitze und nach downtown fahre, bin ich immer noch total verstört über das, was Bella mir erzählt hat.

Ich meine, dass Damien im Knast saß ist eine Sache, aber dass er eingebuchtet worden ist, weil er den Daddy seiner Ex fast totgeprügelt hat, ist echt krass.

Ich weiß nicht, wer dieses Mädchen war. Aber anscheinend hat sie ihm soviel bedeutet, dass er seine Freiheit für sie riskiert hat – und dass es ihm nichts ausgemacht hat, dass ihr Daddy 'n Bulle ist.

Ich dachte bisher immer, dass Damien vor mir bloß locker in der Gegend rumgevögelt hat, ohne dass ihm die ständig wechselnden Chicks, die er abgeschleppt hat, irgendwas bedeutet haben. Aber nach Bellas Story glaube ich das ehrlich gesagt nicht mehr.

Wollte Damien deshalb nicht, dass ich erfahre, warum er im Knast saß, und hat Bella verboten darüber zu reden?

Vielleicht hat er ja immer noch Kontakt zu seiner Ex und will nicht, dass ich was davon mitkriege.

Ich weiß, dass ich Damien versprochen habe nicht mehr so eifersüchtig zu sein, aber bei der Geschichte fällt es mir echt schwer die Füße still zu halten.

*

„Hey, Baby, wo warst du?" begrüßt Damien mich, als ich in die Lounge des Penthouse komme, wobei er seine Aggros gerade beim Kickboxen gegen den großen Boxsack rauslässt.

„Ich war bei Bella", erwidere ich ernst.

So ernst, dass Damien seine Kicks unterbricht, sich zu mir umdreht und mich mit seinen stechenden blauen Augen lasert. „Sie hat's dir gesagt, hab ich Recht?"
Ich nicke, und Damien puncht aggro gegen den Punching Bag. „Warum kann dieses verdammte Chick nicht einmal was für sich behalten?" knurrt er dabei abgefuckt.
„Warum wolltest du nicht, dass ich es erfahre?" mache ich ihn an und stelle mich vor ihn. „Weil es dir peinlich ist, dass du die Tochter von 'nem Bullen gefickt hast? Oder weil dir deine Ex immer noch was bedeutet?"
Damien hält den Punching Bag fest und sieht mich auf einmal irritiert an. „Dann hat Bella dir nicht erzählt, wer die Kleine war?" – „Nein", fahre ich ihn an. „Du sagst mir ständig, dass ich nicht so eifersüchtig sein soll, aber gleichzeitig machst du so ein Scheißgeheimnis aus allem. Selbst Bella weiß mehr über dich als ich, und wenn sie mir irgendwas erzählen will, drohst du ihr und machst alles, um zu verhindern, dass ich irgendwas über dich erfahre."
Ohne etwas zu erwidern, stellt Damien sich vor das Panoramafenster und fährt sich mit seinen bandagierten Händen über die Haare. Er hat mir seinen breiten, muskelbepackten Rücken zugewandt und verschränkt seine Hände in seinem kräftigen Nacken, wodurch er noch größer und beeindruckender wirkt – und extrem kalt und abweisend.
Ich hab keine Ahnung, was in ihm vorgeht. Aber ehrlich gesagt hab ich gerade echt Panik, dass hinter der ganzen Sache doch mehr steckt und ihm dieses Mädchen, für das er eingebuchtet worden ist immer noch was bedeutet.

Aber obwohl mich schon der Gedanke daran fast umbringt, muss ich einfach die Wahrheit erfahren.
Entschlossen gehe ich zu ihm.
„Wer ist das Mädchen, für das du ins Gefängnis gegangen bist, Damien?“ unterbreche ich die Stille zwischen uns.
Damien schweigt.
Dann dreht er sich plötzlich zu mir um.
Seine stahlblauen Augen sehen mich intensiv an, und er sagt nur ein Wort, das wie ein dunkles Echo durch den großen, stillen Raum hallt:
„Bella!“

Damien

„Bella?“ Gi sieht mich verstört an. „Das glaube ich jetzt nicht.“ Sie schüttelt den Kopf und lässt sich auf die Couch sinken.
Eigentlich hatten Bella und ich ‘nen Deal, mit niemandem über die ganze Knast-Scheißgeschichte zu reden. Aber nachdem Bella wieder ihre Klappe nicht halten konnte, musste ich Gi einfach sagen, was Sache ist.
„Dann ist Bella von ihrem Dad missbraucht und geschlagen worden?“ fragt Gi mich völlig fertig.
„Yep“, bestätige ich und versuche meine Aggros unter Kontrolle zu kriegen, als ich wieder daran denken muss, wie Bella damals schluchzend vor meiner Tür stand, ihr ganzer Körper grün und blau, und sie mir weismachen wollte, sie wäre die Treppe runtergefallen.

Wir haben uns damals gerade erst kennengelernt, und als ich sie ein paar Tage später zu Hause abholen wollte, hat ihr Dad ihr vor meinen Augen so übel eine mitgegeben, dass sie mir direkt vor die Füße gefallen ist.
Ich habe Bella genommen und sie ganz ruhig in meinen Wagen gesetzt. Und nachdem ich endlich aus ihr rausgekriegt habe, dass ihr Dad sie regelmäßig vermöbelt und vergewaltigt, bin ich nochmal zurück zum Haus gegangen.
Eine halbe Stunde später lag der Wichser auf der Intensiv des Queens Hospital.

Gigi

Völlig aufgewühlt sitze ich auf der Couch und versuche zu kapieren, was Damien mir gerade offenbart hat.
Dann war es Bella, für die Damien sich geprügelt hat und dafür ins Gefängnis musste? Das ist echt unfassbar.
„Warum hast du mir das alles nie erzählt?“ will ich von Damien wissen, während er die Box-Bandagen von seinen Händen löst.
„Weil ich nicht unglaublich stolz drauf bin, eingebuchtet worden zu sein“, erwidert er rau. „Außerdem glaub ich nicht, dass du’s cool findest, dass ich ‘nen Bullen zusammengetreten hab.“ Er wirft die Bandagen auf die Couch.
Und plötzlich dämmert es mir.
Damien wollte nicht, dass ich es erfahre, weil er dachte ich wäre enttäuscht, weil er wieder jemanden zusammengeschlagen hat und deshalb in den Knast musste.

Ich stehe auf, gehe zu ihm und lege meine Hände um seine unrasierten Wangen. „Ich verstehe, warum du es getan hast, okay“, erkläre ich ihm ernst. „Wenn ich mir vorstelle, mein Dad hätte mich geschlagen und...“ – „Würde dein Dad dich nur einmal anrühren“, unterbricht Damien mich hart, bevor ich zu Ende sprechen kann, „würde ich ihn sofort kaltmachen, das schwöre ich dir!“

Vierzehntes Kapitel

Der nächste Abend im Bondage ist echt hart. Am liebsten würde ich zu Bella gehen, sie in den Arm nehmen und ihr sagen, wie leid mir das tut, was ihr Dad ihr angetan hat. Aber da sie nicht wollte, dass ich es erfahre, muss ich so tun, als wäre alles normal. Keinen Plan, wie ich das anstellen soll.

„Gehst du mir aus dem Weg, Süße?“ Bella kommt plötzlich zu mir, während ich mit ‘ner Flasche Bier in der Hand auf einer der Boxen auf der obersten Ebene des Clubs sitze.

„Nein, ich hab dich bloß nicht gesehen.“ Scheiße, bin ich ‘ne schlechte Lügnerin.

Bella dreht sich ‘ne pinke Haarsträhne um den Finger und betrachtet mich kritisch. „Damien hat‘s dir gesagt, hab ich Recht?“

Ich hole einmal tief Luft und nicke.

„Okay, dann weißt du es ja jetzt.“ Bella stößt mit ihrer Flasche Corona gegen meine. „Cheers!“ Sie trinkt einen großen Schluck, während gerade der Queen-Song *The Show must go on* durch den Club dröhnt.

Bella

Der ganze Scheißfilm mit meinem Alten ist schon so lange her, als wär‘s in ‘nem anderen Leben passiert.

Trotzdem werd‘ ich nie vergessen, wie Damien den Scheißkerl zerlegt hat. Ich meine, ich fand Damien schon vorher superheiß, aber nach dieser Life-Performance seines Martial

Arts-Könnens war ich so höllisch scharf auf ihn, dass ich's gar nicht erwarten konnte, endlich von ihm flachgelegt zu werden.
Obwohl ich zugeben muss, dass ich bei unserem ersten Fick echt 'n bisschen Schiss hatte, als ich unter Damiens mörderisch heißem Schlägerbody lag.
Trotzdem hätte ich nie gedacht, dass irgendjemand die Eier hat sich mit meinem Erzeuger anzulegen. Der Typ war so ein brutales Arschloch, dem ist jeder aus dem Weg gegangen.
Nur Damien nicht. Er hat ihm so die Fresse poliert, bis er geheult hat wie'n kleines Mädchen.
Karma kann manchmal echt 'n Arschloch sein.
„Dein Dad ist 'n Cop?" höre ich Gi plötzlich fragen.
„Yep." Ich schenke ihr 'n sarkastisches Lächeln. „Cool, oder?"
Sie schüttelt ungläubig den Kopf.
„Damien und er waren von Anfang an BF's", erkläre ich ihr ironisch. „Trotzdem hätte ich nicht gedacht, dass Damien ihn so schnell zerlegt." – „Hast du Damien eigentlich im Knast besucht?" will Gi wissen.
Ich streiche über das Drachentattoo auf meinem Oberarm, das ich mir damals für Damien hab stechen lassen. „Jeden verdammten Tag", sage ich dabei und seufze, als ich wieder an meine hollywoodreife Show denken muss. „Und wenn die mich nicht zu ihm gelassen haben, hab ich draußen auf ihn gewartet. Ich war so verknallt in Damien, ich hätte wahrscheinlich vor dem Scheißbunker gepennt, wenn er mich nicht zusammengeschissen hätte, dass ich nach Hause gehen soll." Ich greife nach Gi's Bierflasche, um einen Schluck zu trinken. „Das Härteste aber war", sage ich dann, „dass ich mir

die ganze Zeit gewünscht habe, Damien hätte meinen Alten nicht zusammengeschlagen, weil mein Liebesfick wegen Damien schlimmer war, als alles, was der Scheißwichser mir angetan hat."

Ich sehe, wie Gi schluckt.

„Aber dein Dad hat dich danach in Ruhe gelassen, oder?" bemerkt sie dann vorsichtig.

„Der Drecksbulle hatte so eine Scheißangst noch mal von Damien auf die Fresse zu kriegen, der hätte sich nicht mal mehr getraut mir Hallo zu sagen, wenn er mir über den Weg gelaufen wäre", erkläre ich ihr abgefuckt.

„Dann hast du nicht mehr bei ihm gewohnt?"

Ich schüttele den Kopf. „Damien hat mir damals, bevor er in den Bau gegangen ist noch den Job im Bondage und die Wohnung organisiert, damit ich nicht mehr zu meinem Alten zurück muss."

Gi sieht mich perplex an. „Echt?" – „Yep." Ich grinse. „Mr. Brutalo kann manchmal richtig nett sein."

Gigi

Bellas Lebensbeichte hat mich echt schockiert. Allerdings muss ich zugeben, dass ich nach dem, was sie mir über Damien erzählt hat, jetzt fast noch mehr Respekt vor ihm habe. Ich meine, nicht dass ich es cool finde, dass er 'nen Cop zusammengeschlagen hat, aber in diesem Fall kann ich es ausnahmsweise mal verstehen.

Und dass Damien sich anschließend so um Bella gekümmert hat, obwohl er in den Knast musste, ist echt beeindruckend. So brutal Damien auch sein kann, er würde nie jemanden im Stich lassen, der seine Hilfe braucht.

*

„Gehen wir noch zu KFC, Baby?“ fragt Damien mich, als wir gegen Mitternacht das Bondage verlassen. „Ich brauch unbedingt noch ‘n bisschen Munition.“ – „Warum?“ frage ich belustigt. „Hast du vor wieder jemanden aufzumischen?“
Damien legt seinen schweren Arm um meinen Hals und zieht mich hart zu sich. „Die einzige, die ich heute noch aufmischen werde, bist du, Baby“, droht er mir dabei scherzhaft, als plötzlich zwei Rockertypen auf uns zukommen, von denen der eine Damien brutal anrempelt.
„Pass doch auf, du Motherfucker“, macht er ihn dabei an. Verdammt mutig.
Aber Damien reagiert gar nicht darauf und geht ruhig mit mir weiter.
„Was waren das für Arschlöcher?“ bemerke ich. Wohl etwas zu laut, weil ich merke, wie die Typen plötzlich hinter uns herkommen.
„Was hast du da gerade gesagt?“ pöbelt der eine mich an.
„Dass ihr zwei Arschlöcher seid“, erkläre ich ihm abgefuckt wegen ihrer Proll-Show.
„Deine kleine Schlampe hat echt ‘ne scheißgroße Klappe“, sagt der andere zu Damien.
Damien zuckt entspannt mit den Schultern. „Hab mich dran gewöhnt“, bemerkt er cool, während ich ihn mit hochgezogenen Augenbrauen ansehe. Was ist los mit ihm?

Normalerweise hätte er dem Typen für die „kleine Schlampe" schon längst eine mitgegeben. Aber er wirkt total relaxed. Hat er Schiss, weil die Typen zu zweit sind?
Wohl kaum.
„Los, gib uns deine Kohle", fordert einer von denen ihn plötzlich auf.
Damien holt tatsächlich 'n paar Scheine aus seiner Hosentasche und gibt sie dem Typ.
„Und jetzt du!" bin ich schließlich an der Reihe.
„Ich hab kein Geld, okay", fauche ich, weil ich keinen Bock hab mich von den Asis erpressen zu lassen.
Der Typ greift plötzlich nach meiner Tasche, die ich aber wütend festhalte.
„Lass die Kleine in Ruhe", mischt Damien sich ein. „Ihr habt doch eure Kohle." – „Du willst Stress?" bemerkt der andere und fängt plötzlich an Damien zu schubsen. „Kannst du gerne haben." Er stößt ihm hart gegen die Schultern, und Damien lässt es sich gefallen.
So kenne ich ihn gar nicht.
Der Typ schubst ihn wieder und provoziert ihn dabei, doch Damien lässt alles entspannt über sich ergehen.
Warum wehrt er sich denn nicht?
„Verdammte Scheiße, Damien", fahre ich ihn schließlich abgefuckt an. „Hau den Typen endlich eine rein!" – „Überleg dir gut, was du tust, du Pussy", sagt der andere zu Damien und greift plötzlich in die Tasche seiner Lederjacke. „Ich hab nämlich 'n Messer." Er zieht ein Butterfly raus, und ich weiche erschrocken zurück.

Ohne Vorwarnung kickt Damien dem Typ plötzlich das Messer aus der Hand. „Und ich hab 'ne Kampfsport-Ausbildung", erklärt er cool, bevor er ihn mit einem Kick um die eigene Achse auf die Bretter schickt.
„Was sollte das?" fahre ich Damien ärgerlich an, nachdem der andere Typ sich verpisst hat und Damien sich sein Geld wiedergeholt hat.
„Machst du mich jetzt an, weil ich mich nicht boxen wollte, oder weil ich es doch getan habe?" fragt er mich angefressen.
„Hä?" Ich sehe ihn verpeilt an.
„Zuerst sagst du, ich soll mich nicht mehr prügeln, und dann forderst du mich auf, den Typen eine reinzuhauen." Damien schüttelt den Kopf, während er mit dem Butterfly, das er dem Rocker abgezogen hat, ein paar Tricks macht. „Du bist manchmal echt 'ne Herausforderung, Baby."
Ich starre ihn sprachlos an. Er wollte sich nicht wehren, weil ich ihn letztens darum gebeten habe, sich nicht mehr zu schlagen?
Oh Mann.
Aber ich muss zugegeben, dass es mich echt tierisch anmacht, dass dieser gefährliche, unberechenbare Typ mir so aus der Hand frisst.

Fünfzehntes Kapitel

Bellas Geheimnis hat zum Glück nichts zwischen uns oder an unserer Freundschaft verändert. Ganz im Gegenteil, es hat uns nur noch enger zusammengeschweißt.

Ich bilde mir echt was drauf ein, dass sie mir das erzählt hat, weil sie normalerweise nie über ihre Vergangenheit redet. Irgendwie dachte ich bisher immer, Bella wäre so ein mystisches Wesen, dass es vor dem Bondage gar nicht gab, und das zur selben Zeit, wie der Club entstanden ist.

Aber anscheinend hatte Bella auch ein Leben vor dem Bondage. Und nach allem, was sie mir erzählt hat, verstehe ich auch, warum der Laden so wichtig für sie ist: Der Club ist die Familie, die sie nie hatte. Bella könnte nicht überleben, ohne die dunkle, abgefuckte Atmosphäre hier – und ohne Damien.

„Tust du mir 'n Gefallen, Baby?" fragt Damien mich, als wir am nächsten Abend in den Club kommen.

„Was?" will ich vorsichtig wissen, nachdem seine Türsteher ihn respektvoll begrüßt haben.

„Kümmer' dich 'n bisschen um Indie", fordert er mich auf. „Ich will nicht, dass die Kleine schon wieder Scheiße baut."

Ich weiß mittlerweile, dass er Indie bloß vor 'n paar Gangstern beschützt, die ihr an die Wäsche wollen, und dass er nichts mit ihr hat. Trotzdem hab ich keinen Bock ihren Babysitter im Bondage spielen zu müssen.

„Muss das sein?" erwidere ich seufzend.

„Yep", sagt Damien diktatorisch, während er sich im Club umsieht.

„Warum denkst du eigentlich immer, dass ich tue, was du mir sagst?“ frage ich ihn angefressen.
„Weil ich fünfzig verschiedene Arten kenne, dich zum Orgasmus zu bringen, Baby“, erklärt Damien mir mit einem souveränen Lächeln, das keinen Zweifel daran lässt, dass er genau weiß, welche Macht er über mich hat.
Nachdem ich ein paar Leute begrüßt habe, suche ich Indie.
Nach einer gefühlten Ewigkeit finde ich sie endlich in der Lounge, wo sie gerade auf einem der Samtsofas sitzt und sich entspannt 'nen Joint rollt.
Als sie mich sieht, lässt sie plötzlich ihr Dope fallen, springt auf und will sich verpissen. Anscheinend hat sie nach meiner Ansage letztens immer noch Schiss vor mir.
„Bleib bitte hier, Indie“, versuche ich sie aufzuhalten. „Ich will nur mit dir reden, okay.“
Sie bleibt stehen und dreht sich zu mir um. „Echt?“ fragt sie dann vorsichtig, so als hätte sie Angst, dass ich sie nur verarsche und ihr irgendwas tun könnte.
Ich hebe ihr Dope vom Boden auf und halte es ihr hin, als Friedensangebot sozusagen. „Ich würd nur aufpassen, dass Damien das hier nicht sieht“, warne ich sie dabei. „Der reißt dir den Kopf ab, wenn er mitkriegt, dass du in seinem Club 'nen Joint rauchst.“ – „Ich weiß“, erwidert sie mit 'nem schiefen Lächeln, während sie das kleine Plastiktütchen mit dem Gras nimmt. „Er hat mich bereits zusammengeschissen, weil ich letztens 'n bisschen Pep unter die Leute gebracht habe.“ Stimmt, sie war ja diejenige, die Damiens V-Leute mit Dope versorgt und Luca fast kastriert hat. „Anscheinend hat Mr. Hast-du-gerade-dein-Scheiß-Dope-in-meinem-Laden-

vertickt noch nicht mitgekriegt, dass sein Club ‘n Junkie-Paradies ist“, fügt sie dann hinzu, und ich muss grinsen.
Irgendwie gefällt mit ihr Humor.
Sie sieht mich auf einmal unsicher an. „Ich wollte nicht, dass du meinetwegen Beef mit Damien hast“, sagt sie schuldbewusst. „Ehrlich. Ihr seid echt ‘n superheißes Paar und ich hatte wirklich voll das schlechte Gewissen, als du mich mit ihm im Bett erwischt hast. Aber ich schwöre, ich hab Damien nicht angefasst, echt nicht. Obwohl ich echt gern gewusst hätte, wie sein geiler Body sich anfühlt, aber er hat mir gesagt, dass er ‘ne Freundin hat, und dass du mir den Arsch aufreißt, wenn…“ – „Okay, okay“, unterbreche ich sie, und muss lächeln. Nicht nur, wegen dem, was sie gerade gesagt hat, sondern weil mich ihre Art voll an Sky erinnert. Sky hat auch immer wie ein Wasserfall losgequatscht und einen nie zu Wort kommen lassen.
Die gute, alte Sky.
Gott, ich vermisse sie immer noch wie verrückt.
Ich halte Indie schließlich meine Hand hin. „Ich bin übrigens Gigi.“ – „Indie“, erwidert sie und nimmt meine Hand.
„Ich bin die, die ständig Trouble macht.“ Sie wirft grinsend ihre halblangen blonden Haare zurück, und ich muss zugeben, dass ich sie eigentlich gar nicht so unsympathisch finde.
„Warum hast du Luca eigentlich letztens in die Eier getreten?“ will ich neugierig wissen.
„Dieser Latin-Lover-Typ?“ fragt sie, und ich nicke, während sie ihr kariertes Hemd auszieht und es um ihre Hüften knotet.
„War nix persönliches“, erklärt sie mir. „Ich hab den Typ bloß mit jemandem verwechselt.“ Sie blickt auf einmal auf meinen

Unterarm. „Woher hast du die?“ wechselt sie dann das Thema, als sie meine Narbe bemerkt.
„War’n Unfall“, erkläre ich ihr kurz und reibe mir über die lange Narbe.
Ich bemerke auf einmal, wie Indie blass wird, während sie auf das Tattoo mit dem Schriftzug Sky an meinem Handgelenk starrt.
„Alles okay?“ erkundige ich mich.
Sie nickt hastig.
„Ich musste nur gerade an jemanden denken“, bemerkt sie dann total verstört, als Bella plötzlich zu uns kommt.
„Wenn der DJ weiter diesen 80er Scheiß spielt, zünd ich ihn irgendwann an“, motzt sie und fächelt sich mit ihrer schwarzen Federboa Luft zu, die sie über ihrem Netz-Catsuit trägt, in dem sie den ganzen Abend an der Stange getanzt hat. Ihr Blick fällt auf einmal auf das Tütchen mit dem Marihuana, das Indie immer noch in der Hand hat. „Ist das Haze?“ fragt sie angetörnt.
Indie nickt. „Eigene Züchtung“, erklärt sie ihr stolz. „Nur die besten Blätter und ein THC von über Fünfundzwanzig.“
Ich verstehe kein Wort, aber Bella flippt gerade richtig aus.
„Wenn du willst, kann ich uns ‘ne Tüte drehen“, bietet Indie ihr schließlich an.
Und während die beiden sich happy in den Marihuana-Himmel abschießen, gehe ich runter, um mir was zu trinken zu besorgen.
Als ich zur Bar komme, sehe ich Damien, der hinter der Theke steht und seine Bar Girls brieft. Mein heißer

Nachtclubbesitzer sieht wirklich unglaublich sexy aus, wenn er so bossy seine Chicks rumkommandiert.

„Krieg' ich 'n Corona?“ frage ich ihn, als er mich bemerkt.

Damien holt 'ne Flasche aus einem der Kühlschränke. „Das letzte für heute Abend, Baby“, stellt er autoritär klar und stellt mir mein Bier auf die Theke.

„Du bist zwar echt sexy als Bar Boy“, bemerke ich, während ich ihm die ungeöffnete Flasche hinhalte. „Allerdings befürchte ich, dass du bei dem Job verhungern würdest.“ – „Deshalb bin ich auch kein Bar Boy“, kontert Damien und nimmt mir das Corona ab, „sondern Clubbesitzer.“ Er hält die Flasche ein Stück von sich weg und schlägt mit der Handkante den Kronkorken weg. *Wow.*

„Hast du Indie gefunden?“ fragt er mich dann, als er mir mein Bier gibt

Mit hochgezogenen Brauen nehme ich die Flasche und blicke dabei besorgt auf seine Hand, die nach seinem gefährlichen Karateschlag sicher höllisch wehtun muss. Aber es ist nicht mal 'n Kratzer zu sehen. Damien scheint echt Hände aus Stahl zu haben.

„Indie sitzt mit Bella in der Lounge und raucht ... 'ne Zigarette“, kann ich mich gerade noch aufhalten. Wenn Damien mitkriegt, dass Indie ihr selbstgezüchtetes Gras mit Bella testet, geht er sicher wieder voll ab. Und nach dem, was er gerade mit meiner Bierflasche gemacht hat, möchte ich ihn heute nur ungern auf jemanden loslassen.

„Wo kommt Indie eigentlich her?“ will ich von ihm wissen, weil ich das Gefühl habe, sie schon mal irgendwo gesehen zu haben.

„Sie hat mit ihrem Ex in irgend'nem Shithole in Harlem gelebt", erklärt Damien mir ausweichend, als plötzlich einer seiner Securitys zu ihm kommt und was zu ihm sagt.
„Okay, ich komme." Damien kommt um die Bar rum und drückt mir 'nen Kuss auf die Lippen. „Mach dir nicht so viele Gedanken über Indie, okay."
Er verschwindet mit dem Typ, und ich sehe ihm verpeilt hinterher. Zuerst sagt er, ich soll mich um Indie kümmern, und wenn ich mich für sie interessiere, blockt er ab. Das macht doch überhaupt keinen Sinn.
Allerdings bestätigt es mich in meiner Vermutung, dass irgendwas mit Indie nicht stimmt.
Als ich wieder in die Lounge komme, ist Indie weg und Bella liegt total stoned auf einem der Sofas und bläst Rauchringe in die Luft.
„Wo ist Indie?" frage ich sie, als ich zu ihr komme.
„Hat sich verpisst." Bella hält das Pack mit dem Dope hoch. „Aber ihr Hammer Weed ist noch da." Sie grinst total breit, und ich schüttele amüsiert den Kopf.
„Woher hat Indie das ganze Zeug eigentlich?" frage ich sie und lasse mich in einen der schwarzen Plüschsessel fallen.
„Frag Damien", erwidert Bella und zieht an ihrem Joint.
„Was hat Damien mit Indies Stoff zu tun?" erkundige ich mich irritiert, nachdem eine Gruppe Punks an uns vorbeigegangen ist.
Bella richtet sich auf. „Er ist ihr bester Kunde, Süße", bemerkt sie dabei kryptisch und drückt den Joint aus.
Ich sehe sie verpeilt an. „Was meinst du damit?"

Bella verstaut das Pack mit dem Marihuana in ihrem Ausschnitt und zündet sich ‘ne Zigarette an. „Indie vertickt im richtig großen Stil“, erklärt sie mir dabei. „Sie und ihr Ex versorgen die komplette Szene in Gotham mit ihrem Stoff.“ Sie zieht an ihrer Kippe und bläst den Rauch an mir vorbei. „Und Damiens Dealer stehen ganz oben auf ihrer Liste.“
Mir klappt die Kinnlade runter. Damien macht wieder Drogengeschäfte?
Das glaube ich jetzt nicht.
Dann hat er sich deshalb von Anfang an so rührend um Indie gekümmert, weil sie seine Pusher mit Dope versorgt.
Das ist echt übler, als alles, was ich mir bisher vorgestellt habe.

*

Als ich gegen Morgen als letzte mit Damien und seinen Leuten im Bondage bin, versuche ich immer noch zu begreifen, warum Damien wieder Drogendeals macht.
Ich meine, er ist Nachtclubbesitzer und CEO von ‘nem Milliardenimperium und hat genug Kohle, um sich alles leisten zu können, was er will. Warum muss er nebenbei noch diese kriminellen Spielchen spielen? Macht er das, weil er sich langeweilt? Oder braucht er einfach den Kick?
Ich hab keine Ahnung.
Eigentlich sollte ich mich ja mittlerweile dran gewöhnt haben, dass mein Freund ‘n Gangster ist, trotzdem find ich’s echt krass, dass Damien wieder Drogengeschäfte macht.
Ich setze mich auf eins der Podeste mit den Pole Stangen und beobachte Damien, der gerade seinen Türstehern und Securitys ein paar Anweisungen gibt. Dabei kaut er cool auf

'nem Streichholz rum, während die Gorillas, die für ihn arbeiten ihm so aufmerksam zuhören, als wäre er ihr Guru. Wahrscheinlich hoffen sie, was von Damien lernen zu können und irgendwann auch mal so 'ne steile kriminelle Karriere hinzulegen wie er, denke ich sarkastisch.
„Sorry, dass du so lange warten musstest, Baby", entschuldigt Damien sich, nachdem er sein konspiratives Meeting beendet hat.
Bevor ich ihm wegen der Dope-Geschichte 'ne Ansage machen kann, legt er seine Hände unter meinen Arsch und hebt mich zu sich hoch, um mich zu küssen.
Obwohl ich echt stinksauer auf ihn bin, schlinge ich instinktiv meine Beine um seine Hüften, unfähig seinem Body widerstehen zu können.
Während Damien mich so hungrig küsst, dass ich Angst habe zu ersticken, massiert er meinen Arsch und lässt sein Becken zwischen meinen Hüften kreisen, so als hätte er es keine Sekunde länger ohne meinen Körper ausgehalten. Dabei presst sein kraftvoller Oberkörper sich so hart gegen meinen, dass ich spüren kann, wie die Muskeln seines Sixpack und seiner Brust unter seinem T-Shirt an meinem Oberkörper arbeiten.
Ich bin sofort wieder mega angetörnt, obwohl das Ganze nur ein Kuss ist. Ein Kuss von Damien.
Damiens sexuelle Energie ist so brutal, dass es unmöglich ist sich dagegen zu wehren. Selbst ein einfacher Kuss wird mit seinen starken Lippen und dem Einsatz seines brutal heißen Bodys zu einem sexuellen Erlebnis, das einen komplett durchdrehen lässt.

Als Damien mich wieder auf meine Füße stellt, brauche ich einen Moment, um wieder runterzukommen. Ich muss auf einmal wieder daran denken, was Bella mal gesagt hat, dass sie als sie mit Damien zusammen war kein Dope brauchte, weil sein Body ihre Droge war. Und jetzt gerade kann ich echt verstehen, was sie damit meinte.

„Kann ich mal kurz stören?“ Einer von Damiens Securitys kommt plötzlich zu uns, und Damien lässt mich los.

„Die Kleine ist schon wieder abgehauen“, erklärt der bullige Typ mit der Glatze ihm, wobei er vorsorglich auf Sicherheitsabstand bleibt, falls Damien wieder austickt.

„Verdammt!“ blafft Damien abgefuckt. „Ich dachte, die Pfeifen an der Tür haben sie im Auge.“ – „Hatten sie auch“, brummt der Typ. „Aber die Kleine hat sich durch den Notausgang verpisst.“

Damien schließt kurz die Augen, so als müsse er sich runterbringen und verhindern wieder irgendwas kaputt zu machen.

„Okay“, sagt er dann etwas ruhiger. „Seht einfach zu, dass ihr die Kleine findet und sie wieder herbringt.“ – „Wie sollen wir das machen, Blackrock? Wir haben keinen Plan, wo sie hin ist und...“ – „Is‘ mir scheißegal, wie ihr das macht“, unterbricht Damien ihn abgefuckt. „Hauptsache ihr bringt die Kleine wieder her.“

„Okay, Boss.“ Der Typ verpisst sich, und ich sehe Damien durchdringend an.

„Machst du dir Sorgen um dein Dope?“ provoziere ich ihn sarkastisch.

Damien sieht mich irritiert an, so als hätte er überhaupt keinen Schimmer, wovon ich rede.
„Bella hat mir erzählt, dass du wieder ins Drogengeschäft eingestiegen bist", kläre ich ihn schließlich auf.
Damien schüttelt den Kopf. „Ich weiß nicht, was Bella wieder geschmissen hat, dass sie dir so 'nen Scheiß erzählt", sagt er dann abgefuckt. „Aber ich mache keine Deals mehr, okay." – „Aber warum machst du dann so 'nen Hype um Indie?"
Damien streicht sich mit beiden Händen über seine kurzen Haare. „Das is' echt 'ne Scheiß-Geschichte, Gi."
Ich sehe mit großen, flehenden Augen zu ihm hoch.
Und Damien wird weich.
„Okay", sagt er schließlich. „Wenn du's unbedingt wissen willst, erzähl ich's dir." Er nimmt sein Glas Scotch, das auf einem der Tische steht und trinkt einen Schluck.
„Indies Ex hat Gras, Crack und noch 'ne Menge anderen Scheiß produziert", erklärt er mir dann. „Sein Stoff war so legendär in der Szene, dass die Dealer irgendwann nur noch sein Zeug vertickt haben." Damien sieht mich mit 'nem harten Blick an. „Bis einer von den Drogenbossen, die sich den Markt teilen die Schnauze voll hatte und ihn umgelegt hat."
Ich starre Damien entsetzt an. „Indies Freund ist umgebracht worden?"
Damien zuckt mit den Schultern. „Passiert, wenn man sich mit den falschen Leuten anlegt." Er trinkt was von seinem Scotch.
„Und was hat Indie mit der ganzen Sache zu tun?" will ich wissen.
„Nachdem die Ace kaltgemacht haben, haben die Typen Indie ins Visier genommen", erklärt er mir. „Die wollen den Stoff,

den Ace gebunkert hat, als Entschädigung sozusagen. Und wir reden hier von ‘ner Menge Stoff. Das Zeug ist sicher ‘n paar tausend Scheine wert.“ – „Warum gibt Indie denen das Dope nicht einfach, damit die sie in Ruhe lassen?“ – „Weil sie keinen Plan hat, wo der Stoff ist“, erklärt Damien mir. „Aber das interessiert diese Scheißverbrecher genauso wenig, wie die Tatsache, dass sie fast noch ‘n Kind ist.“ Abgefuckt stellt Damien sein Glas weg.

„Und warum ist Indie damit ausgerechnet zu dir gekommen?“ frage ich ihn schließlich.

„Weil ich die Typen, die hinter ihr her sind kenne“, antwortet er. „Außerdem weiß ich, wer ihr Ex war.“ Er schenkt mir einen entschuldigenden, sexy Blick. „Ace hat damals auch meine Dealer mit Dope versorgt, als ich noch im Geschäft war.“

Ich sehe ihn erstaunt an. Dann hatte Bella also doch Recht, irgendwie. Oh Mann.

Doch trotz Damiens Geständnis habe ich irgendwie das Gefühl, als wäre da noch etwas mit Indie, das er mir nicht sagen will. Etwas, das so wichtig ist, dass er bereit ist sich mit dem Drogenkartell anzulegen und seinen Kopf für sie hinzuhalten, nur um ihr den Arsch zu retten.

Sechzehntes Kapitel

„Wollten wir nicht zu Ty und Bella?“ frage ich Damien ein paar Tage später, als er seinen Rover vor einem heruntergekommenen Hochhausblock in einem üblen Viertel in der South Bronx anhält.

„Planänderung.“ Damien öffnet das Handschuhfach und nimmt cool ‘n Bündel Scheine raus.

„Los komm“, sagt er dann und steigt aus dem SUV, während ich gleichzeitig Tys Jeep bemerke, der ein paar Meter weiter auf der anderen Straßenseite parkt.

Ich folge ihm. Und ahne bereits, dass die Beiden wieder irgend’ne dreckige Nummer vorhaben.

Während wir zu Washingtons Jeep gehen, scannt Damien so konzentriert das Terrain wie jemand, der gerade feindliches Gebiet abcheckt. Dabei hat er seine große Hand auf meinem Rücken, so als wäre ich einer seiner Kunden, den er gerade protective zu ‘nem öffentlichen Auftritt führt.

Nur mit dem Unterschied, dass das hier nicht das Regierungsviertel oder der Red Carpet der Academy Awards ist, sondern eine der übelsten Locations in New York.

Die Gegend ist das krasse Gegenteil von Manhattan. Graue, Betonsilos, die mit Graffitis vollgesprayt sind und aussehen, als würden sie bald abgerissen. Dazwischen verfallene Bauruinen mit dunklen Ecken, in die sich selbst die Cops nicht trauen. Ein Paradies für Gangster.

Es ist, als wären wir plötzlich nicht nur in einem ganz anderen Teil von New York, sondern in einer ganz anderen Welt. Einer

Welt, die so arm und heruntergekommen ist, dass sich niemand aus Manhattan hierher verirren würde.
Das unheimlichste aber ist, dass die Straßen total ausgestorben sind, so als wüssten die Leute, welchen üblen Typen man hier begegnen kann.
Typen wie Damien und Tyson!
„Hey, Bro." Washington und Damien geben sich 'nen Ghetto-Handshake, als wir zum Jeep kommen.
„Hey, Süße", begrüßt Bella mich und drückt mir 'nen Smack auf den Mund, worauf sie sofort 'nen finsteren Blick von Damien kassiert.
„Hast du die Kohle?" erkundigt sich Ty bei Damien.
„Yep." Damien lässt seine Hand an seine Jeanstasche wandern, wo er das Bündel mit den Scheinen verstaut hat, das neben der dicken Beule seines Schwanz' kaum auffällt. „Ich hoffe, der Wichser nimmt die Kohle. Ich hab keinen Bock nochmal wiederkommen zu müssen."
Ich sehe Bella fragend an, doch sie zuckt bloß mit den Schultern. Anscheinend hat sie auch keinen Plan, was Damien und Ty vorhaben.
„Echt 'ne gemütliche Gegend hier", bemerkt Bella ironisch und macht 'ne Kaugummiblase, während wir zu einem der graffitibeschmierten Hochhäuser gehen.
„Und deshalb ist es gesünder, einfach mal die Klappe zu halten", brummt Damien, als gerade drei Typen von 'ner Gang ein paar Meter weiter in einer der Bauruinen verschwinden.
„Warst du nicht auch in der *Hood,* D.?" quatscht Bella entspannt weiter, als Ty sie plötzlich mit einem harten Griff um den Hals zu sich zieht.

„Halt die Klappe, Bella", blafft er sie dabei an.
„Die Typen waren nicht von der *Brotherhood*", erklärt Damien ihr rau. „Das ist *Riot*-Territorium."
Ich sehe ihn erschrocken an.
Die *Riots* und die *Brotherhood* sind die mächtigsten und gefährlichsten Gangs in NY. Und bis aufs Blut verfeindet. Man hört ständig, dass es wieder irgendeine Schießerei gegeben hat, bei der ein Gang-Mitglied draufgegangen ist.
Und ich will mir gar nicht vorstellen, was passieren würde, wenn einer von den *Riots* mitkriegen würde, dass Damien mal in der *Brotherhood* war. Wahrscheinlich würden die ihn ohne mit der Wimper zu zucken sofort umlegen, weil er ihr Revier betreten hat. Eine beschissene Vorstellung.
Allerdings scheint Bella auch gecheckt zu haben, dass ihre dreisten Sprüche in dieser Gegend lebensgefährlich sein können, weil sie ausnahmsweise mal den Mund hält, während wir zu dem Hochhausbunker gehen.
Im Basement des zehnstöckigen Komplex' befinden sich ein paar ehemalige Läden, die heute mit Brettern vernagelt sind.
Wir gehen zu einem Club mit einem billigen Neonschild, vor dem ein dicker weißer Jaguar parkt.
Damien klingelt an der Tür aus Panzerstahl, worauf jemand durch das vergitterte kleine Fenster in der Tür uns unfreundlich fragt, was wir wollen.
„Ich will zu Vincent Liotta", erklärt Damien ihm nicht weniger unfreundlich.
Ein bulliger Typ mit einer breiten Narbe auf der Wange öffnet die Stahltür und sofort tasten er und ein anderer Gorilla Damien und Washington nach Waffen ab. Danach

durchsuchen die Typen uns, so routiniert und professionell, als würde es keinen Unterschied für sie machen, dass wir Frauen sind.

„Mr. Liotta ist in seinem Büro“, knurrt der Bulle mit der Narbe dann und macht eine Kopfbewegung zu einer Tür am Ende der Bar.

Mir wird schlecht, als ich die ganzen üblen Typen in dem Laden sehe, die an der Theke sitzen, sich volllaufen lassen und dabei den Bar Girls an die Wäsche gehen.

Damien legt sofort seine Hand um meine Hüften. Mit einem finsteren Blick, der keinen Zweifel daran lässt, dass er den ersten Kerl, der mich berührt sofort plattmacht.

Gefolgt von Washington und Bella gehen wir durch die dunkle Bar.

„Was kostet die Kleine?“ höre ich plötzlich, wie einer der Typen Washington fragt.

„Was hast du da gerade gesagt?“ Abgefuckt packt Tyson den Kerl am Shirt und knallt ihn mit dem Rücken gegen die Wand. „Die Kleine ist keine von euren abgefuckten Schlampen, hast du kapiert?“ Washington puncht ihm voll in den Magen, worauf der Fettsack aufkeucht.

„Lass den Wichser leben, Bro“, versucht Damien ihn runterzubringen. „Du kannst den Penner fertigmachen, wenn wir wieder rauskommen.“

Tyson lässt den Typ los, der sich sofort verpisst.

Als wir zu dem Büro kommen, klopft Damien kurz an und öffnet dann die Tür.

Der ganze Raum ist abgedunkelt und in einem Ledersessel mit dem Rücken zu uns sitzt irgendein Typ, wahrscheinlich dieser

Liotta. Vor ihm steht ein riesiges Aquarium mit Goldfischen, die er gerade hingebungsvoll füttert.
„Was willst du von mir, Blackrock?“ fragt er Damien, ohne sich zu uns umzudrehen. Er hat einen starken italienischen Akzent, wie jemand, der es gewohnt ist nur mit seinen Landsleuten zu reden.
„Du weißt, warum ich hier bin“, erwidert Damien und baut sich vor seinem Schreibtisch auf.
„Du willst, dass ich die kleine Crack-Schlampe in Ruhe lasse, richtig?“ bemerkt Liotta, und ich bin mir ziemlich sicher, dass er Indie meint.
„Die Kleine is‘ fast noch ‘n Kind“, sagt Damien abgefuckt. „Sie hat nichts mit deinen dreckigen Geschäften zu tun.“ – „Die kleine Hure hat eine Menge mit meinen Geschäften zu tun“, erwidert Liotta und steht auf. Der Typ ist riesig und ein absolutes Kraftpaket. Aber nicht so wie Damien, sondern eher eine Mischung aus Fett und Muskeln, was ihn allerdings nicht weniger bedrohlich aussehen lässt.
Er dreht sich auf einmal zu uns um.
Mir läuft ein eiskalter Schauer über den Rücken, als ich sein Gesicht sehe. Er hat nur noch ein Auge und eine breite Narbe am Hals, so als hätte mal jemand versucht ihm die Kehle aufzuschlitzen.
„Die Kleine sollte gut aufpassen“, knurrt er auf einmal, „denn wenn sie meinen Leuten über den Weg läuft, kann ich für nichts garantieren.“
Ich bemerke plötzlich, wie er mich ansieht.

„Ist das die kleine Schlampe, wegen der du Mario letztens zusammengeschlagen hast?“ fragt er Damien, während er mich gierig mustert.
Ich bemerke, wie Damiens Bizeps sich hart anspannen.
„Die beiden sind nur zwei Nutten, die wir auf dem Strip aufgerissen haben“, mischt Washington sich plötzlich ein, bevor Damien reagieren kann. Wahrscheinlich um zu verhindern, dass Damien ausrastet und Liotta denkt, ich würde ihm was bedeuten, was mich sofort zur Zielscheibe für diese Typen machen würde.
„Du hast Mario übel zugerichtet, Blackrock“, bemerkt Liotta finster und streicht über die Narbe an seinem Hals.
„Nicht mein Problem, dass deine Jungs nichts draufhaben“, erwidert Damien entspannt.
Liotta kommt auf einmal um den Schreibtisch herum. „Noch dasselbe Großmaul wie damals“, sagt er dabei. Und bevor ich kapiere, was abgeht, packt Washington mich plötzlich an den Schultern und zieht mich von Damien weg.
Im selben Moment sehe ich, wie Liotta seine Hand hinter seinem Rücken hervorholt und eine Knarre auf Damien richtet.
Mit blitzschnellen Reaktionen kickt Damien Delucas Hand weg, der einen Schmerzensschrei ausstößt, während die Waffe durch die Luft fliegt und mitten im Raum liegen bleibt.
Eine Spielzeugpistole. Der Typ hat Damien bloß mit einer Spielzeugpistole aus Plastik verarscht.
Von seinem Schrei alarmiert stürmen sofort zwei von Liottas Gorillas in das Büro und halten Damien fest, so als hätten sie Angst, dass er Liotta plattmacht. Sie werden wissen, warum.

„Immer noch so schnell und gut in Form wie damals“, bemerkt Liotta anerkennend, während er seine Hand reibt, die nach Damiens Kick höllisch wehtun muss.
„Ich bin nicht hergekommen, um zu fighten“, sagt Damien abgefuckt, während die beiden Typen ihn immer noch festhalten. „Ich will einfach nur, dass du das Mädchen in Ruhe lässt.“ – „Warum sollte ich das tun?“ erwidert Liotta süffisant und geht wieder hinter seinen Schreibtisch.
„Weil ich dir zehn Riesen dafür gebe!“
Liotta macht seinen Leuten ein Zeichen, dass sie Damien loslassen sollen. „Zehn Riesen? Das hört sich doch gut an“, bemerkt er dann und lässt sich in seinen Sessel fallen.
Damien holt die Kohle aus seiner Hosentasche und wirft sie ihm auf den Tisch. „Zehn Riesen und du lässt die Kleine in Ruhe.“
Liotta nimmt das Bündel und lässt die Scheine durch seine Finger gleiten. „Ich werde ihr kein Haar krümmen“, bestätigt er dabei den Deal. Er gibt die Kohle einem seiner Schläger, wobei er etwas auf Italienisch zu ihm sagt.
Er weiß nicht, dass ich fließend italienisch spreche und jedes Wort verstehen kann, dass er sagt: *Macht die Kleine kalt!*

Damien

„Wir sind nur zwei Nutten, die ihr auf dem Strip aufgerissen habt?“ pöbelt Bella, als wir Liottas Drecksladen verlassen und auf die Straße kommen.

„Du wolltest doch immer wissen, wie's ist 'ne Professionelle zu sein, Baby", kontert Washington mit 'nem dreckigen Grinsen, bevor Bella ihm voll mit dem Ellbogen in die Rippen puncht.
War 'ne Scheißidee die Chicks mitzunehmen, aber wenn Liotta 'n paar heiße Girls sieht, ist er wesentlich kooperativer.
Während wir zu unseren SUV's gehen, blicke ich mich finster in der beschissenen Gegend um. Ich hasse es mit Gi in der Hood rumzuhängen. Hier laufen 'ne Menge üble Typen rum, die kein Problem damit haben jemanden für 'n paar Dollar abzuknallen, oder wenigstens ins Koma zu prügeln.
Ich weiß das, schließlich war ich mal einer von denen.
„Wenigstens lassen die Wichser Indie jetzt in Ruhe", bemerkt Washington, als wir auf die andere Straßenseite gehen.
„Für die Kohle, müsste er ihr eigentlich die Füße küssen", erwidere ich schlecht gelaunt.
Normalerweise halt ich nix davon solchen Motherfuckern Kohle in den Arsch zu schieben. Ich kläre solche Sachen lieber auf meine Art. Aber weil's Gi jedes Mal abfuckt, wenn ich Randale mache, versuch ich ausnahmsweise mal 'n braver Junge zu sein und niemandem wehzutun.
„Er wird Indie nicht in Ruhe lassen!" mischt Gigi sich auf einmal ein.
Washington und ich sehen sie fragend an.
„Als er seinen Gorillas die Kohle gegeben hat", erklärt sie uns, „meinte er, dass sie Indie kaltmachen sollen."
Fuck.
„Dann war das das italienische Zeug, das er zu dem Typ gesagt hat?" frage ich sie.

Gi nickt.
Klar, die Kleine ist schließlich 'n absolutes Sprachentalent und spricht fließend italienisch.
„Bringen wir die Chicks nach Hause und kommen nochmal wieder?" schlägt Washington vor Liottas Club aufzumischen.
Ich schüttele den Kopf und überlege.
„Deluca!" bemerke ich dann.
Washington sieht mich entgeistert an. „Du willst zu Deluca?" fragt er mich ungläubig. „Ich halte das für keine gute Idee, Bro." – „Hast du 'ne Bessere?" frage ich ihn.
Washington schweigt.
Ich weiß selbst, dass es 'n Selbstmordkommando ist sich mit Deluca anzulegen, aber es is' unsere einzige verdammte Chance, um zu verhindern, dass Indie kaltgemacht wird.

*

„Wer ist dieser Deluca?" will Gi wissen, als wir im Rover sitzen.
„Deluca ist der Kopf des Drogenkartells", kläre ich sie auf. „Er kontrolliert den gesamten Markt in Nordamerika. Wer ihm in die Quere kommt, wird sofort plattgemacht." Ich sehe sie an. „So wie Ace." – „Ich dachte, Liotta hätte Ace umgebracht." – „Liotta ist nur einer von Delucas Bluthunden, die sich die Hände für ihn schmutzig machen", erkläre ich ihr. „Deluca ist der, der das Sagen hat. Er bestimmt, was auf dem Markt läuft und wer zu verschwinden hat." Ich starte den Wagen. „Allerdings glaub ich nicht, dass Deluca Liotta den Auftrag gegeben hat, Indie umzulegen", bemerke ich, während wir durch die dreckigen Straßen der Hood fahren.

„Aber warum will er sie dann umbringen?“ Gi sieht mich fragend an.
„Liotta ist ‘n abgefucktes Arschloch“, erwidere ich. „Ich könnt mir gut vorstellen, dass er Indie kaltmachen will, weil sie nicht weiß, wo Ace das Dope gebunkert hat.“
Ich sehe, wie Gi einmal tief durchatmet.
„Woher hat er eigentlich die Narbe an seinem Hals?“ erkundigt sie sich dann, während wir durch den Teil der South Bronx fahren, in dem ich aufgewachsen bin. „Der Typ sah aus, als hätte ihm mal jemand die Kehle aufgeschlitzt.“
„Liotta war bei den *Riots*“, bemerke ich, und werde sofort wieder sentimental, als ich an die Gang denke.
Ich blicke auf die Straße, die verfallenen Häuser, die graffitibeschmierten Mauern und Bauruinen, zwischen denen ich aufgewachsen bin. Hier ist alles noch genauso abgefuckt wie damals. Wenn du hier groß geworden bist, weißt du, was Armut und Gewalt bedeuten. Und, dass dein Leben ganz schnell zu Ende sein kann, wenn du zur falschen Zeit am falschen Ort bist.
Trotzdem vermisse ich das Ghetto.
Es war cool mit meinen Homies auf der Straße rumzuhängen und zu wissen, dass die Leute Angst vor einem haben.
Wir waren frei und unabhängig und hatten alles, was wir brauchten. Und wenn nicht, haben wir‘s uns einfach genommen.
Ich vermisse das Leben auf der Straße. Denn obwohl ich heute ‘n zivilisiertes Leben auf der Sunnyside von Gotham führe und scheißviel Kohle habe, ist ein Teil von mir immer in den dreckigen Straßen der Bronx geblieben.

„Sind die *Riots* und die *Brotherhood* nicht verfeindet?“ reißt Gi mich aus meinen Gedanken.
Ich schenke ihr ‘n martialisches Lächeln. „Jetzt weißt du, woher er die Narbe hat.“
Gi sieht mich schockiert an.
„Meine Homies können ziemlich ungemütlich werden, wenn man einen aus der Gang dumm anmacht.“
Sie schüttelt den Kopf. „Und das ist ‘n Grund ihm gleich die Kehle aufzuschlitzen?“ – „Wenn er vorher versucht hat jemanden von der *Hood* abzuknallen schon.“
Gi schweigt.
Ich steh nicht drauf mit ihr über die Gang zu reden, weil ich sie nicht in meine abgefuckte Welt runterziehen will. Gi hat selbst schon genug Scheiße erlebt, da muss ich sie nicht noch mit meiner brutalen Vergangenheit abfucken. Is‘ schon beschissen genug, dass ich sie in diese ganze Sache mit Indie reingezogen habe.
Vor allem, weil ich Gi irgendwann die Wahrheit über Indie sagen muss.

Siebzehntes Kapitel – Gigi

„Weißt du eigentlich, woher Damien diesen Liotta kennt?“ frage ich Bella am nächsten Abend, als ich in ihrem Gothictempel auf ‘nem Barhocker sitze und sie mir ‘n paar Boxerbraids flechtet.

„Von ‘nem Gang Fight“, beantwortet Bella meine Frage, während gerade ‘n Song von Eminem aus den Boxen ihres iPod kommt. „Liotta war damals bei den *Riots*, als Damien noch in der *Brotherhood* war.“

Ich sehe sie in dem großen Spiegel vor mir überrascht an. „Dann war Damien dabei, als seine Homies Liotta die Kehle aufgeschlitzt haben?“

Bella erwidert meinen Blick mit ‘nem dunklen Ausdruck in ihren schwarz geschminkten Augen. „Damien war der Grund, warum sie es getan haben.“

Ich starre sie entgeistert an. „Die haben ihn wegen Damien fast kaltgemacht?“

„Yep.“ Bella macht das Gummi in einen meiner Zöpfe. „Bei ‘nem Clash zwischen den *Riots* und der *Hood* hat Damien Liotta so zerlegt, dass er später sein Auge verloren hat“, erzählt sie mir dann. „Daraufhin wollte Liotta sich an Damien rächen. Die feige Ratte hat versucht ihn auf offener Straße aus ‘nem fahrenden Wagen abzuknallen.“

Ich starre sie entsetzt an.

„Damien hat echt tierisch Glück gehabt“, fährt Bella fort. „Er hat nur ‘nen Streifschuss abgekriegt, weil gerade ‘ne Bullenstreife vorbeigekommen ist und Liotta und der Typ, der gefahren ist sich verpissen mussten.“ Sie schüttelt abgefuckt den Kopf. „'n Mitglied von 'ner anderen Gang im Vorbeifahren abzuknallen, ist so ziemlich das Dreckigste, das man in 'nem Gang Fight machen kann." Sie sieht mich mit 'nem gefährlichen Lächeln an. „Deshalb haben Damiens Homies ihn sich vorgenommen und ihm 'ne kleine Lektion verpasst."

Ich atme einmal hart durch.

Klar, wusste ich, dass Damiens Gangvergangenheit kein Ponyhof war, aber dass es so krass abging, hätte ich echt nicht gedacht. Wie auch? Damien spricht schließlich nie darüber, und wenn ich ihn mal danach frage, blockt er immer sofort ab, so wie gestern.

Trotzdem find ich's irgendwie auch cool, dass mein Freund so 'ne gefährliche Vergangenheit hatte.

„Was haben die jetzt eigentlich mit Indie gemacht?" wechselt Bella auf einmal das Thema und zieht ihr Metallica-Shirt aus, um in eine schwarze Corsage zu schlüpfen.

Ich zucke mit den Schultern und gehe zu ihr, um ihr mit der Schnürung zu helfen. „Schätze Damiens Leute kümmern sich um sie", erwidere ich und streiche mit meinen Fingern über das Damien-Tattoo auf ihrem Rücken.

„Meinst du, die lassen Indie trotzdem noch ins Bondage?" fragt Bella hoffnungsvoll.

„Warum interessiert dich das?" will ich wissen, während ich die Bänder ihrer Corsage straff ziehe. Ich muss grinsen. „Bist du etwa scharf auf Indie?"

Bella dreht sich plötzlich zu mir um.

Und bevor ich checke, was los ist, vergräbt sie ihre Hände in meinen Haaren, zieht meine Lippen auf ihre und küsst mich so hart und wild, dass mir die Luft wegbleibt.

Das hat sie von Damien gelernt, definitiv.
„Hast du jetzt gecheckt, auf wen ich scharf bin?“ fragt sie mich dann mit ‘nem sexy Lächeln, als sie mich wieder loslässt.
Ich nicke sprachlos und total groggy.
„Gut.“ Bella nimmt die Kette mit ihrem Koks und legt sie sich um den Hals.
„Ich steh nicht auf Indie“, stellt sie dann klar und wischt mit dem Daumen ihren schwarzen Lippenstift von meinem Mund. „Ich bin nur scharf auf ihr Dope, Süße.“

*

„Deine Kleine ist da, Blackrock“, sagt einer der Türsteher zu Damien, als ich später mit Bella ins Bondage komme.
„Okay.“ Damien sagt noch kurz was zu einem seiner Leute, und Bella geht zu Washington, um so stürmisch über ihn herzufallen, als hätten sie sich ‘ne Ewigkeit nicht mehr gesehen.
„Was ist los?“ frage ich Damien, als er mich nach einem heißen Begrüßungskuss wieder runterlässt.
Damien macht eine Kopfbewegung zu Parker, meinem schwulen Bodyguard, den er damals damit beauftragt hat, mich zu beschützen. „Parker wird in Zukunft ‘n Auge auf dich haben“, erklärt er mir dabei. „Solange wir die Sache mit Liotta nicht geklärt haben, ist‘s mir lieber, wenn jemand auf dich aufpasst.“ – „Warum?“ frage ich ihn genervt, weil ich keine Lust habe, wieder ständig mit meinem privaten Sicherheitsdienst unterwegs zu sein. „Glaubst du, die wollen mich auch kaltmachen?“ – „Das nicht“, erwidert Damien mit ‘nem ernsten Blick. „Aber es könnte sein, dass Liottas Leute es auf mich abgesehen haben.“

Ich sehe ihn erschrocken an.
Natürlich kann ich mir nach Bellas Story gestern gut vorstellen warum. Liotta hat noch 'ne Rechnung mit Damien offen, nachdem er seinetwegen sein Auge verloren hat und seine Homies ihm die Kehle aufgeschlitzt haben. Aber das wäre alles kein Problem gewesen, wenn Indie nicht wäre.
„Ich will einfach nur, dass du safe bist, okay“, versucht Damien mich zu beruhigen und streicht mit dem Daumen über meine Wange.
Ärgerlich schiebe ich seine Hand weg. „Gar nichts ist okay“, fahre ich ihn dabei an. „Zuerst zahlst du 'ne Riesensumme damit die Typen Indie in Ruhe lassen und jetzt setzt du auch noch dein Leben für sie aufs Spiel?“ Ich schüttele abgefuckt den Kopf. „Warum kann Indie nicht einfach zu den Cops gehen und die Typen anzeigen?“ – „Was soll sie den Bullen sagen? Dass die Jungs hinter ihr her sind, weil sie ihnen auf dem Drogenmarkt Konkurrenz gemacht hat?“ erwidert Damien. „Die würden sie sofort einbuchten, wenn sie denen ihre Geschichte erzählt.“
Klar, weiß ich das.
Trotzdem kann ich einfach nicht verstehen, warum Damien Indie unbedingt den Arsch retten will.
„Wieso tust du das alles, Damien?“ frage ich ihn schließlich verzweifelt. „Ich meine, du willst dich mit der Drogenmafia anlegen und dein Leben für Indie riskieren. Warum?“
Damien schweigt und blickt an mir vorbei.
Plötzlich sieht er mich an. „Weil sie Skys kleine Schwester ist!“

Achtzehntes Kapitel

Total geschockt stehe ich am Clubeingang, während die ganzen gut gelaunten Partypeople an mir vorbeilaufen, und versuche zu kapieren, was Damien mir gerade offenbart hat.

Indie ist Skys kleine Schwester?

Das kann nicht sein.

Damien verarscht mich doch, oder?

Indiana... schießt es mir auf einmal durch den Kopf.

Skys jüngere Schwester hieß Indiana.

Ich habe sie das letzte Mal nach dem Unfall gesehen. Sie muss damals Zwölf oder so gewesen sein, als Sky gestorben ist.

Ich spüre, wie mir Tränen in die Augen schießen, als ich wieder daran denke. Ich war nicht auf der Beerdigung, weil ich zu schwer verletzt war, aber Skys Mutter hat zu ihrem ersten Todestag eine Trauerfeier arrangiert.

Und ich erinnere mich noch genau daran, wie fertig Indiana damals war. Sky war immer ihr großes Vorbild gewesen. Indiana hat ihre große Schwester angebetet. Und als sie bei dem Unfall gestorben ist, ist ihre ganze Welt zusammengebrochen. So wie meine.

Ich muss plötzlich wieder daran denken, wie Indie auf mein Tattoo und den Schriftzug Sky gestarrt hat, und wie verstört sie danach gewirkt hat.

Und dass sie mir von Anfang an so bekannt vorkam. Sie hat dieselben türkisgrünen Augen wie Sky. Und dasselbe kackfreche Mundwerk.

Dann hat Damien sich deshalb so um Indie gekümmert, weil er von Anfang an wusste, dass sie Skys kleine Schwester ist?

„Tut mir Leid, dass ich’s dir nicht früher gesagt habe, Baby“, höre ich Damien sagen, während er mit dem Daumen eine Träne von meiner Wange streicht.
„Es tut dir Leid?“ Ich schüttele ärgerlich den Kopf. „Seit wann, weißt du es?“ will ich dann von ihm wissen.
Damien zögert.
„Meine Türsteher haben mir damals ihren gefälschten Ausweis gezeigt, als sie das erste Mal in den Club gekommen ist“, rückt er schließlich mit der Sprache raus.
„Dann wusstest du die ganze Zeit, dass Indie Skys Schwester ist und hast mir nichts gesagt?“ Ich kann das einfach nicht fassen. Vor allem, weil er mir weismachen wollte, dass er Indie damals aus purer Nächstenliebe mit ins Penthouse gebracht hat.
„Ich wollte dich nicht runterziehen, Baby“, erwidert Damien, als plötzlich einer seiner Leuten zu uns kommt.
„Blackrock?“ unterbricht er uns vorsichtig.
„Jetzt nicht!“ blafft Damien den Koloss an, der daraufhin beschwichtigend die Hände hebt und wieder verschwindet.
„Du wolltest mich nicht runterziehen?“ fahre ich Damien an. „Dachtest du etwa, ich hätte Sky und den Unfall vergessen?“
Er fährt sich mit beiden Händen über die Haare und verschränkt sie dann in seinem Nacken. „Indie steckt ziemlich in der Scheiße, okay.“
Ich schüttele den Kopf. „Was hat das damit zu tun?“
Damien sieht kühl zu mir runter. „Ich wollte einfach nicht, dass du wieder ‘ne Freundin verlierst, falls ihr irgendwas passiert, okay.“

*

Ich brauche eine Weile, um Damiens Worte sacken zu lassen. Er wollte mir nicht sagen, dass Indie Skys Schwester ist damit es nicht so schwer für mich wird, wenn die Typen sie kaltmachen? Das glaube ich jetzt nicht.

„Du bist so ein verdammt unsensibles Arschloch, Damien!" Ich stoße ihn weg, und Damien sieht mich an, als könne er überhaupt nicht verstehen, wie Scheiße seine Bemerkung gerade war.

Wütend lasse ich ihn stehen und bahne mir einen Weg durch die Leute, runter zur Bar in der Lounge.

Ich will gerade einfach nur alleine sein – und mich hemmungslos abschießen.

Nach ein paar Shots, die Jazz mir zum Glück ohne dumme Fragen zu stellen hingestellt hat, habe ich den Schmerz, der nach den Erinnerungen an Sky und den Unfall wieder in mir hochgekommen ist, einigermaßen betäubt.

Trotzdem bin ich stinksauer auf Damien. Warum denkt er immer, er wüsste, was gut für mich ist? Hätte er mir damals, als er Indiana mit ins Penthouse gebracht hat direkt gesagt, dass sie Skys kleine Schwester ist, hätte ich sie doch nie so übel angezählt.

Aber anscheinend hat er ihr auch nicht erzählt, wer ich bin, sonst hätte sie sicher nicht so verstört auf mein Sky-Tattoo gestarrt.

Ich kippe noch einen Tequila runter, als ich plötzlich den Typ bemerke, der letztens mit Indie hier war – und den Damien vermöbelt hat.

„Hey", quatsche ich ihn total breit an. „Weißt du, ob Indie hier ist?" – „Bist du 'ne Freundin von ihr?" erwidert er, ohne meine Frage zu beantworten und fährt sich mit der Hand durch die langen, unordentlichen Haare. Der Typ sieht aus, wie 'n ziemlich abgefuckter Kurt Cobain-Verschnitt, und wirkt als wäre er genauso stoned.

„Yep", antworte ich mit 'nem halben Lächeln.

Der Typ mustert mich auf einmal prüfend. „Dann weißt du Bescheid über die ganze Dope-Sache?" fragt er mich dann.

„Kann man so sagen", sage ich seufzend. „Warum fragst du? Hast du auch was damit zu tun?"

Er blickt sich auf einmal nervös um. „Kennst du 'nen Ort, wo wir ungestört quatschen können?"

Ich zucke mit den Schultern und deute schließlich mit dem Kopf zu der Tür, die in den Dark Room führt.

Keine Ahnung, was dieser Typ von mir will, aber ich muss zugeben, dass er mich gerade echt neugierig macht.

„Okay, dann komm", fordert er mich auf.

Ich folge ihm ohne zu zögern, obwohl ich mich noch genau daran erinnere, wie er Indie letztens angebrüllt und geschlagen hat.

Aber ich bin gerade zu betrunken und durcheinander, um darüber nachzudenken, wie unvorsichtig es ist, alleine mit diesem abgefuckten Typ im Dark Room zu verschwinden.

*

„Was soll das?" frage ich irritiert, während ich beobachte, wie der Typ hastig die Tür des Dark Room abschließt.

Er antwortet nicht und kommt stattdessen energisch auf mich zu.

„Und jetzt erzählst du mir, wo Ace das Dope gebunkert hat", blafft er mich plötzlich an.

In diesem Augenblick wird mir klar, was für ein naiver Vollidiot ich war. Dieser abgefuckte Typ ist einer von den Junkies, die Ace und Indie mit Stoff versorgt haben. Und anscheinend braucht er dringend 'nen Schuss.

„Ich weiß nichts von dem Dope, okay", sage ich ärgerlich und gehe zur Tür, als der Typ mir plötzlich brutal in den Rücken springt.

Mit einem lauten Keuchen gehe ich zu Boden.

„Erzähl mir keinen Scheiß, du verfickte Schlampe", fährt er mich an und tritt mir in die Seite. „Du sagst mir jetzt, wo der Stoff ist, oder ich mach dich so fertig, dass dich selbst dein Freund nicht mehr wiedererkennt!" – „Ich weiß es nicht", wimmere ich, während ich zusammengekrümmt auf dem Boden liege und mir die Seite halte. Ich habe tierische Schmerzen und eine Scheißangst. Niemand weiß, dass ich hier bin. Und mir ist sonnenklar, dass ein Junkie auf Entzug zu allem fähig ist...

Damien

Keinen Plan, warum Gi jetzt wieder abgefuckt ist.

Okay, das Timing war echt beschissen.

Und vielleicht hätte ich ihr die ganze Sache 'n bisschen früher sagen müssen. Und 'n bisschen sanfter.

Aber ich bin nicht unglaublich gut darin sanft zu sein.

„Kann ich jetzt mal kurz stören, Blackrock?" Jones, der mich eben schon genervt hat, kommt zu mir.

„Was?“ blaffe ich ihn an, weil’s mich abfuckt, dass die Jungs nicht mal irgendwas alleine machen können.
„Dieser Penner, dem du letztens die Fresse poliert hast, ist wieder da?“ – „Der Scheißjunkie, der Indie eine reingehauen hat?“
Jones nickt.
„Der verdammte Wichser hat Hausverbot! Wer von den Vollidioten an der Tür hat den reingelassen?“ – „Keine Ahnung, ich hab den Typ nur eben unten an der Bar gesehen, als du mit deiner Kleinen Stress hattest...“ – „Ich hatte keinen Stress mit Gi!“ unterbreche ich ihn angepisst, und Jones hebt entwaffnet die Hände, so als fürchte er, ich würd ihm gleich eine mitgeben. „Seht zu, dass ihr den Wichser findet und ihn vor die Tür setzt“, gebe ich ihm dann Anweisung, als sich plötzlich Parker, Gi’s Bodyguard über mein Earpiece meldet.
„Giorgina ist gerade mit ‘nem Typ im Dark Room verschwunden“, informiert er mich.
Weil ich annehme mich verhört zu haben, halte ich meinen Finger an den Knopf im Ohr, während ich Parkers Worte wiederhole.
„Yep“, bestätigt er und gibt mir dann ‘ne kurze Personenbeschreibung von dem Kerl. „Zirka 1,80, lange, dunkelblonde Haare, kariertes Hemd, zerrissene Jeans und definitiv auf BTM.“
Fuck! Das ist dieser Scheißjunkie, der Indie letztens eine reingehauen hat.
„Soll ich eingreifen?“ will Parker wissen, während ich runter in den Club laufe.
„Nein“, ziehe ich ihn von der Sache ab. „Ich erledige das!“

Ich hab keinen Plan, warum Gi mit diesem abgefuckten Junkie im Dark Room verschwunden ist. Allerdings hab ich ‘ne ganz üble Vermutung, was der Wichser von ihr will.
Aggro stürme ich über den Dancefloor, während die Clubbesucher mir sicherheitshalber aus dem Weg gehen.
Ich weiß, dass ich Gi versprochen habe keine Randale mehr zu machen, aber wenn dieser verdammte Penner ihr auch nur ein Haar krümmt, erledige ich ihn!
Als ich in die Lounge komme, erwartet Parker mich bereits. „Die Tür ist abgeschlossen“, informiert er mich und sieht mich ratlos an. „Was machen wir jetzt?“
Ich nehme Anlauf und beantworte seine Frage mit einem gezielten Kick gegen das Türschloss, das daraufhin mitsamt der Tür zu Bruch geht.
Meine Art ‘n Problem zu lösen.
Ich stürme in den Raum, auf das Schlimmste eingestellt.
Doch das, was ich dann zu sehen kriege, toppt meine abgefucktesten Erwartungen.
Gi liegt wimmernd auf dem Boden und versucht ihr Gesicht zu schützen, während dieser verdammte Wichser immer wieder in sie reintritt.
Was dann passiert, gerät so außer Kontrolle, dass selbst Parker und meine anderen Leute, die gerade in die Lounge kommen, mich nicht mehr aufhalten können.

Neunzehntes Kapitel – Damien

Nachdem ich diesen Scheißjunkie von Gi weggezogen habe, kicke ich ihm so hart in die Fresse, dass er sofort zu Boden geht.

„Es ist alles okay, wir haben die Situation unter Kontrolle", höre ich Parker zu Gi sagen, während ich gerade komplett die Kontrolle verliere.

Ich packe den Wichser am Hemd, ziehe ihn zu mir hoch und boxe ihm gegen den Kiefer, bevor ich ihn gegen die Wand pumpe seinen Kopf runterziehe und ihm mein Knie in die Fresse ramme.

Der Typ keucht und hält schützend seine Arme vor sein Gesicht, so wie Gi eben…

Er jammert, dass ich aufhören soll.

Aber ich bin noch lange nicht fertig mit dem Penner.

Mit einem Roundhouse-Kick treffe ich seinen Schädel und bringe ihn zum Schweigen. Dann prügele ich weiter, so als wäre das ganze einer meiner illegalen Fights, in denen entweder dein Gegner oder du draufgehst.

„Es ist gut, Blackrock!" höre ich jemanden sagen, bevor zwei meiner Securitys versuchen mich von dem Typ wegzuziehen.

Ich verpasse einem von den Jungs 'nen Ellbow Check und befreie mich mit 'nem Sidekick von dem anderen, bevor ich wieder auf den Scheißjunkie losgehe.

Ich weiß, dass ich nicht im Cage bin, und dass der Typ schon lange genug hat. Aber in meinem Hirn läuft immer noch der Film ab, wie der Scheißwichser Gi eben zusammengetreten

hat. Und ihr hübsches Gesicht, das vor Angst und Schmerz gezeichnet war, als ich ihn von ihr weggezogen habe.
Als ich den Kerl irgendwann bewusstlos getreten habe, lasse ich von ihm ab.
Ich gehe zu Gi. Parker hat sie auf die Couch gesetzt, wo sie schluchzend zusammengebrochen ist.
„Ruft einen Krankenwagen!“ belle ich meine Leute an, die wie die Ölgötzen in der Gegend rumstehen und mich anglotzen.
Ich setze mich zu Gi und ziehe sie vorsichtig in meine Arme.
„Shhh“, versuche ich sie zu beruhigen. „Ich bin ja da.“
Schluchzend klammert Gi ihre Arme um mich.
Sie zittert, und ich bemerke auf einmal, wie sie nervös zu dem Scheißjunkie rüber blickt, so als hätte sie Angst, dass er noch mal aufstehen und ihr wieder eine reinhauen könnte.
„Der Penner wird dir nichts mehr tun, Baby“, beruhige ich sie, während ich den Kerl ebenfalls beobachte, der nach seiner Runde mit mir ziemlich beschissen aussieht. Er liegt in seinem eigenen Blut auf dem Boden und rührt sich nicht mehr. Der Typ wird definitiv niemandem mehr irgendwas tun!

Gigi

Ich habe solche Schmerzen, dass ich mich kaum bewegen kann. Ich stehe total unter Schock. Aber nicht nur, weil dieser Junkie mich gerade so brutal zusammengetreten hat, sondern auch wegen Damiens Reaktion.
Damien ist so übel ausgerastet und hat auf den Typ eingeprügelt, als wolle er ihn umbringen. Selbst die

Muskelberge, die für ihn arbeiten, haben es nicht geschafft, ihn von dem Kerl wegzuziehen. Damien kam mir vor, wie eine unberechenbare Kampfmaschine, die sich von niemandem aufhalten lässt. Und ehrlich gesagt hab ich Angst, dass er diesen Typ tatsächlich umgebracht hat.
Während Damien mich immer noch festhält, höre ich plötzlich, wie dieser Junkie stöhnt, und zucke sofort vor Schreck zusammen.
„Schafft den Wichser hier raus!“ bellt Damien, worauf seine Leute den Typ packen und ihn wegschleifen.
„Hast du Schmerzen, Baby?“ fragt er mich dann sanft und tastet vorsichtig mit seinen kräftigen Händen meinen zitternden Körper ab, so als wolle er abchecken, ob irgendwas gebrochen ist. Dabei kann ich das Adrenalin riechen, das sich mit dem herben Duft seines Parfums vermischt.
„Fuck, du blutest ja.“ Damien reißt auf einmal sein Hemd auf und feuert seine Krawatte auf den Boden. Dann zerreißt er sein Hemd, schiebt vorsichtig den Ärmel meines Shirts hoch und bindet mir einen der Stofffetzen um die Wunde an meinem Oberarm. „Wo bleibt denn der verdammte Krankenwagen?“ blafft er dabei abgefuckt.
„Ich brauche keinen Krankenwagen“, sage ich leise.
Damien streicht vorsichtig über meine Wange. „Bist du dir sicher, Baby?“
Ich nicke. „Ich will einfach nur nach Hause.“ – „Okay, Baby, ich bring dich hier raus.“
Während Damien mich durch den Club trägt, beobachten uns die Leute verstohlen. Keiner traut sich uns direkt anzusehen, so als hätten sie zu viel Respekt vor Damien – oder als hätten

sie Angst ihn mit ihren neugierigen Blicken zu provozieren. Damiens muskelbepackter Oberkörper mit den ganzen dunklen Tattoos ist immer noch entblößt, und die Haut an seinen Fingerknöcheln ist von seiner Gewaltorgie aufgeplatzt. Und sein Blick ist so finster und martialisch, dass selbst ich Angst vor ihm hätte, wenn ich ihn nicht kennen würde.

*

Nachdem Damien mich ins Penthouse gebracht hat, trägt er mich hoch ins Schlafzimmer und legt mich auf sein großes Bett.
Ohne ein Wort zu sagen, fängt er plötzlich an mich auszuziehen. Aber nicht auf seine gewohnt stürmische Art, sondern ganz vorsichtig, so als hätte er Angst mir wehzutun.
Ich hab keine Ahnung, was Damien mit mir vorhat, aber nachdem er eben diesen Typ so brutal zusammengeschlagen hat, der mich verprügelt hat, lasse ich mir alles willenlos gefallen. Nicht weil ich Angst vor Damien habe, sondern weil ich weiß, dass er nie irgendwas tun könnte, das mir schaden würde.
Als Damien mich bis auf meinen Slip ausgezogen hat, verschwindet er auf einmal in das angrenzende Bad.
Ein paar Augenblicke später kommt er mit Verbandszeug und einer Plastikflasche Muay Thai-Öl wieder ins Schlafzimmer, ein Körperöl, mit dem normalerweise MMA-Kämpfer ihre Blessuren nach einem Fight behandeln.
Ohne sich um seine verletzten Hände zu kümmern, löst Damien das Stück seines Hemdes von meinem Oberarm.
„Das wird jetzt ein bisschen brennen“, bereitet er mich vor, bevor er vorsichtig die Wunde desinfiziert.

Ich beiße die Zähne zusammen, und versuche daran zu denken, was Damien ertragen musste, als er noch im Cage gekämpft hat. Und als er meinetwegen angeschossen wurde und Washington ihm anschließend ohne Betäubung die Kugel entfernt hat. Die Narbe an seinen seitlichen Bauchmuskeln ist immer noch deutlich zu erkennen – und wird mich für immer daran erinnern, dass Damien sein Leben riskiert hat, um mich zu beschützen.

Nachdem er meinen Arm verbunden hat, nimmt Damien das Körperöl vom Nachttisch. Sein Oberkörper ist immer noch nackt, als er etwas von dem Öl in seinen zerschundenen Händen verreibt und es ganz vorsichtig auf meinen Blessuren verteilt.

Ich seufze leise, als ich seine kräftigen Hände spüre, die sanft über die Blutergüsse auf meinem Oberkörper gleiten, die in allen erdenklichen Facetten von Rot bis Lila schimmern.

Dabei beobachte ich fasziniert das Spiel von Damiens Muskeln, während er nur in seiner Jeans auf meinem Becken sitzt und mich massiert. Ein mega heißer Anblick, der mich meine Schmerzen völlig vergessen lässt.

„Ich hoffe dieser Scheißbastard verreckt", höre ich Damien auf einmal murmeln, und erschauere, als ich wieder daran denken muss, wie dieselben Hände, die gerade so sanft meinen geschundenen Körper verwöhnen, diesen Typ im Dark Room eben fast totgeprügelt haben.

Ich lasse meinen Blick über seinen beeindruckenden Körper wandern, seine breiten Schultern, seine dicke Brust mit dem dunklen Tattoo, das sich auf seinem gewaltigen Bizeps fortsetzt, sein hammerhartes Sixpack...

Mein Atem beschleunigt sich und ich spüre, wie ich auf einmal total feucht werde beim Anblick seines durchtrainierten gefährlichen Bodys, der bei den falschen Leute zu ‘ner tödlichen Waffe werden kann.

Und die Vorstellung, wie meisterhaft Damien jeden Zentimeter seines Wahnsinnskörpers beherrscht, lässt meine Hormone völlig verrücktspielen.

„Okay, Baby, dann lasse ich dich jetzt mal in Ruhe“, bemerkt Damien auf einmal und steht von meinem Becken auf.

Sprachlos beobachte ich, wie sein sexy Fighter-Arsch im Bad verschwindet.

Was soll das? Er kann doch jetzt nicht einfach abhauen, nachdem er mich mit seiner heißen Massage so scharf gemacht hat.

Hat er vielleicht ein Problem damit, weil mein Körper so übel aussieht?

Ich hab keinen Schimmer. Allerdings bin ich gerade echt frustriert.

Warum will Damien mich nicht?

Mein körperlicher Entzug nach ihm ist gerade schlimmer, als die Schmerzen, die ich nach den brutalen Tritten dieses Typen habe.

Damien

Als ich ins Bad komme, drehe ich als erstes den Wasserhahn im Waschbecken auf und halte meinen Kopf unter das eiskalte Wasser.

Nachdem ich Gi's Wahninnsbody eingeölt habe, bin ich so scharf auf sie, dass ich erst mal 'ne Abkühlung brauche, bevor ich wieder auf sie losgelassen werden kann.
Fuck, ich brauch diese Frau nur anfassen und mein Body spielt schon komplett verrückt.
Mit einem harten Griff packe ich mir in den Schritt und bändige meinen Schwanz, der so dick und hart ist, dass er sie wahrscheinlich durch den Beton ficken könnte.
Aber nachdem dieser Scheißkerl sie so übel zugerichtet hat, ist sie gerade sicher nicht unheimlich scharf drauf, von mir flachgelegt zu werden.
Ich stelle das Wasser ab und fahre mir über die nassen Haare. Dann betrachte ich meine Hände, die nach meinem Fight mit diesem Motherfucker echt beschissen aussehen.
Klar, weiß ich, dass es Scheiße war so abzugehen. Vor allem, weil Gi dabei zusehen musste, wie ich diesen Typ zerlegt habe. Aber nachdem dieser Wichser sie so brutal zusammengetreten hat, sind bei mir alle Sicherungen durchgeknallt.
Eigentlich hab ich erwartet, dass Parker Gi rausschafft, als er mitgekriegt hat, dass die Situation eskaliert. Aber ich schätze, er wusste schon warum er sie dalässt. Wahrscheinlich hat er gehofft ich lass den Typ leben, wenn sie dabei ist.
Als ich wieder ins Schlafzimmer komme, schläft Gi bereits. Sie liegt auf der Seite und ihre heißen Kurven zeichnen sich so sexy unter dem weißen Laken ab, dass ich meine komplette Selbstbeherrschung brauche, um nicht brutal über sie herzufallen.

Fuck, die Kleine bringt mich mit ihrem heißen Body irgendwann noch um.
Ich versuche cool zu bleiben, während ich mich von meiner Jeans und meinen Boxern befreie. Dabei konzentriere ich mich auf die Tattoos auf meiner Brust und meinem Sixpack, um ein bisschen runterzukommen. Keinen Plan, was die Chicks an 'nem tätowierten aufgepumpten Männerbody so geil finden. Ich gehör' nicht zu den Typen, die ins Gym laufen und pumpen, um die Mädels mit ihrem Body zu beeindrucken. Ich trainiere, um mein Mädchen verteidigen zu können, und um Typen, die mir dumm kommen auf die Bretter zu schicken.
Nachdem ich meinem knallharten Schwanz 'n bisschen Luft verschafft habe, überlege ich kurz, ob ich nicht besser ins Gästezimmer verschwinde, um nicht die ganze Nacht mit 'ner geladenen Waffe neben Gi pennen zu müssen.
Aber ehrlich gesagt, find ich die Idee richtig Scheiße. Ich steh drauf Gi's sexy Body zu spüren, auch wenn ich ihn nicht ficken darf.
Nachdem ich mich zu ihr ins Bett gelegt habe, dreht sie sich ohne aufzuwachen zu mir um. Sie macht im Schlaf ein paar sexy Geräusche … und ihre Hand wandert instinktiv an meinen Schwanz.
Fuck!
Ich liege stocksteif da, während Gi ihre mörderisch heißen Kurven an mich presst und gleichzeitig mein Ding packt, das in ihrer kleinen Hand immer größer wird.
Aber ich bin cool.

Zumindest heute Nacht werde ich mal die Finger von ihr lassen ... auch wenn sie gerade meinen Schwanz rockt und ihre nackten Titten an meinem Oberarm reibt, der bis zum Explodieren angespannt ist.
Aber ich hab mich voll unter Kontrolle.
Ich muss nicht ständig über Gi herfallen wie ein verdammtes sexgeiles Monster. Ich kann auch einfach nur mit ihr im Bett liegen und diese Dinge tun, auf die Chicks so stehen, kuscheln und so'n Zeug.
Ja, ich werde brav neben ihr liegen ... mit 'ner Megalatte ... und meine dreckigen Finger von ihrem heißen Body lassen... während einer ihrer sexy Schenkel sich gerade um mein Bein schlingt...
Scheiß drauf!!!
Als hätte jemand bei mir alle Sicherungen rausgezogen, packe ich Gi, werfe sie auf den Rücken und lege mich über sie. Dann presse ich meinen Mund auf ihren sexy Schmollmund und küsse sie so brutal und hungrig, als wolle ich sie bereits mit meinen Lippen vögeln.
Ich merke, wie Gi in meinem Mund keuchend nach Luft schnappt, so als wäre sie gerade erst richtig aufgewacht. Aber da kann ich jetzt keine Rücksicht drauf nehmen. Nach meinem brutalen Entzug kann sie mich jetzt nur noch mit roher Gewalt davon abhalten, über sie herzufallen.
Um wenigstens ein bisschen auf ihre Verletzungen aufzupassen, stütze ich meinen schweren Body auf meine Unterarme, damit ich ihr mit meinem Kampfgewicht nicht noch mehr wehtue.

„Sorry, dass ich dich geweckt habe, Baby", bemerke ich dabei, während ich ihr kurz die Möglichkeit gebe Luft zu holen.
Stürmisch wirft Gi ihre Arme um meinen Nacken, schlingt ihre Wahnsinnsbeine um meine Hüften und presst ihren Mund auf meinen, bevor ihre Lippen mich brutal ficken.
Okay, anscheinend hat sie kein Problem damit, dass ich sie gerade vergewaltigen will.
Gi keucht, als ich mit der vollen Größe meines betonharten Schwanz' über ihre Pussy streiche und gleichzeitig mit meiner Zunge tief in ihren Mund stoße.
Ihre kleinen Hände packen meinen Arsch. „Ich will deinen geilen Fighter-Arsch immer, Damien", keucht sie dabei gegen meine Lippen, bevor sie mir ihre Zunge reinschiebt, meinen Arsch zu sich zieht und ihr Becken so hart gegen meins stößt, als wolle sie *mich* ficken.
Gott, ich liebe dieses wilde, durchgeknallte Chick, das anscheinend immer hungrig nach meinem Body ist.

Gigi

Nachdem Damien mich zweimal hintereinander so krass durchgevögelt hat, dass ich mich kaum noch rühren kann, liege ich total ausgepowert in seinen starken Armen und kuschele mich an seinen begnadeten Body. Trotz seiner Schlägerei mit diesem Junkie im Dark Room heute Abend hat Damien keinen einzigen Kratzer an seinem beeindruckenden Körper. Echt faszinierend, wenn ich mir vorstelle, was der Kerl mit mir gemacht hat. Aber Damien ist der einzige Typ, den ich

kenne, von dem andere sich widerstandslos plattmachen lassen – so wie ich.
Keine Ahnung, warum Damien plötzlich so leidenschaftlich über mich hergefallen ist, als ich schon geschlafen habe. Aber ich muss zugeben, dass ich es echt geil fand von seinem Hunger nach mir geweckt zu werden.
„Hast du noch Schmerzen?“ reißt Damien mich aus meinen Gedanken, während seine großen Hände sanft über meine Haare streichen.
„Ein bisschen“, lüge ich, obwohl mir immer noch alles wehtut, aber ich will nicht, dass Damien mich für ‘ne Pussy hält.
„Sorry nochmal, wegen Indiana“, sagt er plötzlich. „Ich weiß, ich hätte dir das früher sagen müssen, aber ich versuche einfach ständig dich vor jeder Scheiße zu beschützen, verstehst du das?“
Ich sehe zu ihm hoch, in seine aufrichtigen stahlblauen Augen, die noch vor ein paar Stunden so gefährlich ausgesehen haben, als wollten sie den Typ umbringen, der mich zusammengetreten hat.
„Ich weiß, dass du es nur gut gemeint hast, Damien“, erwidere ich. „Aber das war einfach ’n Riesenschock für mich. Ich meine, seit dem Unfall habe ich nichts mehr von Indiana gehört und dann taucht sie plötzlich im Bondage auf und bittet ausgerechnet dich um Hilfe, weil irgendwelche Leute sie kaltmachen wollen.“ Ich schüttele den Kopf. „Das ist einfach total krass.“
Damien streicht mir zärtlich eine Haarsträhne aus der Stirn. „Mach dir keine Sorgen, Baby. Ich pass schon auf, dass Indie nix passiert“, sagt er dabei, als sich plötzlich der

Vibrationsalarm seines Smartphones auf dem Nachttisch meldet.
„Sorry, aber ich muss mal kurz drangehen“, entschuldigt Damien sich und löst sich von mir.
Ich hab mich mittlerweile dran gewöhnt, dass mitten in der Nacht sein Handy klingelt, weil es wieder Trouble im Bondage gibt. So ist das halt, wenn man mit ‘nem Nachtclubbesitzer zusammen ist.
„Das ist nicht euer Scheißernst“, höre ich ihn auf einmal zu dem Typ am anderen Ende der Leitung sagen.
Hastig steht Damien aus dem Bett auf, klemmt das Handy zwischen seine Schulter und schlüpft in seine Jeans, während er mit finsterer Miene zuhört, was der Anrufer zu ihm sagt.
„Okay, ich komme“, sagt er schließlich, bevor er den Anruf beendet und sein teures Smartphone auf den Stuhl feuert. „Fuck!“ – „Was ist denn passiert?“ will ich beunruhigt wissen und richte mich im Bett auf.
„Indie“, erwidert Damien, während er das Holster mit seiner Waffe über seine nackten Schultern zieht. „Sie ist weg!“

Zwanzigstes Kapitel

Ich sehe Damien verwirrt an. „Was heißt, Indie ist weg?“
Damien schnappt sich sein Jackett vom Stuhl und zieht es über seinen entblößten Oberkörper mit dem Waffengurt. „Meine Leute haben sie an ‘nen sicheren Ort gebracht, um sie vor Liottas Leuten zu beschützen“, erklärt Damien mir, während er seine Waffe aus dem Holster nimmt und sich versichert, dass sie geladen ist. „Auf jeden Fall scheint sie Bock auf Party gehabt zu haben und ist aus dem Fenster geklettert, um jetzt als lebende Zielscheibe durch Gotham zu laufen.“ Damien steckt kopfschüttelnd die Knarre zurück in sein Holster. „Die Kleine ist völlig irre.“
Ich steige aus dem Bett und schnappe mir ebenfalls meine Klamotten, um mich anzuziehen.
„Was machst du da?“ fragt Damien mich irritiert.
„Ich komme mit, okay“, stelle ich klar und schlüpfe in meine Jeans.
„Du gehst nirgendwohin, Baby“, erklärt Damien diktatorisch. „Los, leg dich wieder hin.“
Ich schüttele ärgerlich den Kopf. „Indiana ist in Lebensgefahr, da werde ich mich sicher nicht ins Bett legen und friedlich pennen.“ – „Ich kümmere mich darum, okay.“ Damien sieht mich mit einem autoritären Blick an. „Und du wartest hier!“
Ich erwidere seinen Blick mit einem festen Ausdruck. „Ich werde Indiana nicht im Stich lassen“, erkläre ich ihm dabei ernst. „Das bin ich Sky schuldig!“
Ich sehe, wie Damien einmal tief durchatmet.
„Okay“, sagt er schließlich. „Dann zieh dich an.“

*

Als wir eine halbe Stunde später zu dem ehemaligen Abstelllager im U-Bahnschacht kommen, in dem Damiens Leute Indie versteckt haben, wird mir schnell klar, warum sie abgehauen ist. Der trostlose Betonbunker ist total eng und dunkel und sieht alles andere als gemütlich aus.

„Habt ihr Indie gefunden?“ blafft Damien die beiden schwerbewaffneten Gorillas an, die auf Indie aufpassen sollten.

„Negativ, Boss“, erwidert einer von den Typen. „Aber Washington, Scott und Tyler durchkämmen noch die Clubs, vielleicht wollte sie ja wirklich bloß ‘n bisschen Party machen.“

Damien baut sich bedrohlich vor dem Typ auf. „Wenn der Kleinen irgendwas passiert ist“, knurrt er ihn mit einem furchteinflößenden Blick an, „reiß‘ ich euch sowas von den Arsch auf, dass ihr nur noch im Stehen scheißen könnt.“

Ich sehe, wie der Muskelprotz schluckt.

„Warum konntest du Indie nicht irgendwo unterbringen, wo’s n‘ bisschen weniger abgefuckt ist?“ mache ich Damien an, weil ich mir gut vorstellen kann, dass sie keinen Bock hatte in diesem Loch zu bleiben.

„Ich hätte sie auch im Four Seasons einquartieren können“, kontert Damien ironisch. „Aber ich dachte, ich mach‘s ‘n bisschen spannender und bring sie irgendwohin, wo Liottas Killer sie nicht so schnell finden.“

Ich will gerade etwas erwidern, als ich sehe, wie Washington und die beiden anderen Gorillas durch den Schacht zu uns laufen.

„Die Kleine ist wie vom Erdboden verschluckt“, keucht Tyson, als sie zu uns kommen. „Wir haben alle Clubs und Bars in der Nähe abgesucht, aber niemand scheint Indie irgendwo gesehen zu haben.“ Er sieht Damien ernst an. „Sollen wir Liotta noch mal besuchen?“

Damien schüttelt den Kopf.

„Ich geh zu Deluca!“ sagt er auf einmal. „Er ist der einzige, der Liottas Leute zurückpfeifen kann.“

Washington sieht ihn kopfschüttelnd an. „Das is’n absolutes Selbstmordkommando, Bro“, sagt er dann. „Wenn Deluca checkt, dass du in der Ace-Sache mit drinsteckst, bist du der Nächste auf der Abschussliste.“ – „Wahrscheinlich hat Liotta ihm das nach unserem Date eh schon gesteckt“, erwidert Damien unbeeindruckt.

„Trotzdem musst du ihn nicht noch mit den Eiern draufstoßen“, bemerkt Washington. „Deluca hat dich sowieso schon im Visier.“ – „Warum?“ mische ich mich ein.

Tyson sieht mich dunkel an. „Weil Blackrock ihm schon mal in die Quere gekommen ist.“

Ich sehe fragend zu Damien.

„Wir haben Deluca mal ‘nen big Deal versaut “, rückt er schließlich mit der Sprache raus. „Gab ‘n bisschen Trouble und laute Musik, aber sonst nix besonderes.“

Mit „lauter Musik“ meint Damien ‘ne Schießerei.

Nix besonderes also, denke ich sarkastisch.

„Hältst du‘s wirklich für ‘ne gute Idee, dich mit diesem Deluca zu treffen?“ frage ich Damien, als wir wieder zum Auto gehen.

Damien sieht mich an. „Ich kann Indie auch draufgehen lassen.“

Ich stoße einen schweren Seufzer aus. Klar weiß ich, dass wir dringend was tun müssen, um zu verhindern, dass Indie was passiert.
Aber die Vorstellung, dass Damien sich mit diesen Leuten anlegen und sein Leben riskieren will, um Indiana das Leben zu retten, ist echt hart.
Aber ich werde Damien die Sache nicht alleine durchziehen lassen. Ich muss Indie helfen. Das bin ich Sky schuldig. Sie würde mir nie verzeihen, wenn ihrer kleinen Schwester irgendwas zustößt...

Einundzwanzigstes Kapitel

„Haben Sie eine Einladung, Sir?“ fragt einer der Typen mit den Maschinengewehren Damien, als wir mit dem Lamborghini vor dem hohen weißen Eisentor von Delucas Anwesen in Southampton vorfahren.
Damien schenkt dem schwerbewaffneten Gorilla ‘n cooles Lächeln und holt sein Smartphone raus, und ich beobachte überrascht, wie er dem Typ sein Ticket für die Gartenparty zeigt.
Der Gorilla nickt und gibt dann dem anderen ein Zeichen, das Tor zu öffnen.
„Du hast ‘ne Einladung?“ frage ich Damien erstaunt, während wir auf das noble Anwesen fahren.
Damien lässt sein Handy lässig in seiner Brusttasche verschwinden. „Nein, aber ‘n paar gute Hacker die wissen, wie man so ‘n Ding crackt.“
Ich schüttele verblüfft den Kopf. Okay, er ist CEO von ‘nem Security Imperium, da ist sowas sicher kein großer Akt.
Aber ich bin echt froh, dass Damien mich mitgenommen hat.
Natürlich war er nicht begeistert, als ich ihm eröffnet habe, dass ich Indie nicht im Stich lassen und die ganze Sache gemeinsam mit ihm durchziehen möchte. Aber nachdem ich ihn gefragt habe, ob er dasselbe nicht auch für seinen Buddy tun würde, ist er eingeknickt.
Als wir auf dem großen Parkplatz aus dem Lamborghini steigen, gibt Damien einem der Boys, die für das Parken der Autos zuständig sind seinen Wagenschlüssel.

„Wenn du ’n Kratzer in mein Baby machst, reiß ich dir den Arsch auf“, sagt er dabei mit seinem typischen Damien-Charme.
Ich stoße ihm mit dem Ellbogen in die Rippen und schenke dem Typ, der gerade echt Angst vor Damien hat, ein aufmunterndes Lächeln, um ihm zu signalisieren, dass Damien nur Spaß gemacht hat.
Nachdem der Boy supervorsichtig mit Damiens Lamborghini weggefahren ist, gehen wir durch das Gartentor auf das Anwesen mit der protzigen Südstaatenvilla. Genauso wie man sich die Hütte von ‘nem Drogenboss vorstellt, ein dekadenter Gangster-Tempel, mit vergoldeten Säulen und teuren Statuen, der keinen Zweifel daran lässt, dass Deluca gut im Geschäft ist. Und die schicken Leute, die auf der noblen Gartenparty rumhängen, sind sicher alle nicht weniger stinkreich.
Ich muss zugeben, dass ich mich gerade alles andere als wohl fühle. Nicht nur wegen der Typen mit den MG’s, die hier überall unauffällig rumstehen, sondern wegen Damien. Mit ihm so ‘ne Veranstaltung zu besuchen ist, als würde man mit ‘ner Ladung Sprengstoff zu ‘ner Pyro-Show gehen.
Ich weiß, dass Damien die ganzen reichen Typen, die auf solchen Events rumhängen hasst, und dass er sofort explodiert, wenn einer von denen ihn nur anhustet. Und das kann hier echt lebensgefährlich sein, denke ich beunruhigt, während ich die Sniper beobachte, die auf dem Dach der Villa postiert sind.
„Versprich mir, dass du cool bleibst, okay“ versuche ich Damien ein bisschen zu entschärfen.

Damien legt seinen Arm um meinen Hals und zieht mich zu sich. „Ich bin immer cool, Baby“, erwidert er dabei mit ‘nem sexy Lächeln und drückt mir ‘nen Kuss auf den Scheitel. „Obwohl ich den Verein hier echt gern ‘n bisschen aufmischen würde“, murmelt er dann mehr zu sich selbst.
Okay, verstehen kann ich ihn schon, denn die Leute hier sind echt schräg. Nicht so schräg, wie die Typen, die im Bondage rumlaufen, sondern eher „normal“ schräg. Echt beängstigend. Aber Damien und ich haben unser Bestes gegeben, um hier so wenig wie möglich aufzufallen.
Gut, ein fast zwei Meter großer, 130 Kilo schwerer, tätowierter Kampfkoloss wie Damien fällt überall auf, selbst wenn er so ‘ne schicke Businesshose und ‘n blütenweißes Hemd trägt, wie die anderen Typen hier. Er hat die Ärmel hochgekrempelt, so dass man seine kräftigen, tätowierten Unterarme sehen kann, und sein Hemd ist bis zum Ansatz seiner dicken Brust offen und entblößt einen Teil seines sexy Tribals.
Nein, Damien ist definitiv nicht unauffällig. Aber megascharf.
„Können Sie mir ‘n Scotch mixen?“ fragt er einen der Kellner, die mit Tabletten voller Champagner die Runde machen. „Was möchtest du, Baby?“ – „Ich hätte gern ‘n Black Vodka“, sage ich, und weiß natürlich schon was kommt.
„Einen Scotch und ein Wasser für die Lady“, gibt Damien schließlich unsere Bestellung auf, und der Kellner verschwindet.
„Damien?“ Eine Blondine in einem weißen Cocktailkleid kommt auf einmal zu uns und begrüßt Damien, in dem sie sich

auf ihre Zehenspitzen stellt und ihm rechts und links angedeutete Küsse auf die unrasierte Wange gibt.
Ohne mich loszulassen oder seine andere Hand aus der Hosentasche zu nehmen, erwidert Damien ihre Begrüßung.
„Damien Blackrock ist der beste Bodyguard, den man in New York kriegen kann", sagt sie dann zu ihren Begleitern, drei Typen in dunklen Anzügen, die alles andere als sympathisch aussehen.
„Bodyguard, hä?" bemerkt einer von den Kerlen mit 'nem schiefen Lächeln. „Dann bist du einer von denen, die Leute vor Typen wie uns beschützen." Der Fettsack blickt grinsend zu seinen beiden Begleitern.
„Ich bin einer von denen, die Typen wie euch den Arsch aufreißen", kontert Damien cool, während er seine Hand in den tiefen Rückenausschnitt meines Neckholderkleids schiebt und entspannt meinen Arsch massiert.
Ich hab keine Ahnung, worum es hier geht, allerdings muss ich grinsen, als ich bemerke, wie der Dicke vorsichtshalber auf Abstand geht, so als hätte er Angst, Damien könne ihm demonstrieren, was er mit seiner Bemerkung meint. Dass der Fettsack keine Runde mit Damien durchhalten würde, ist wohl selbst ihm klar.
„Damien hat früher auch mal für die Familie gearbeitet", versucht das Blondchen schließlich zu schlichten, und auf einmal dämmert es mir. Das Ganze hier ist 'ne Mafia-Veranstaltung! Krass.
„Du hast mal für die gearbeitet?" frage ich Damien, als wir wieder alleine sind und der Kellner uns unsere Getränke gebracht hat.

„Ich hab mal ‘n paar von den Jungs beschützt, kurz bevor ich Blackrock Security gegründet habe“, erwidert Damien und trinkt entspannt was von seinem Scotch. „Hat sich aber nicht gelohnt“, bemerkt er dann. „War ‘n Höllenjob und die Bezahlung war lausig.“ Er schenkt mir ‘n sexy Lächeln, und ich schüttele sprachlos den Kopf.

Ich bemerke auf einmal, wie Damien mit zusammengekniffenen Augen zur Veranda der Villa blickt, wo gerade ein älterer Mann in einem weißen Anzug, ein paar von den schwerbewaffneten Jungs zusammenpfeift.

„Sieht aus, als kriegen wir gleich Besuch“, bemerkt Damien cool, als der Tross plötzlich in unsere Richtung kommt, die MP’s im Anschlag, bereit uns sofort abzuknallen.

Ich muss zugeben, dass ich gerade echt Schiss kriege.

Instinktiv rücke ich dichter zu Damien, der sich protective vor mir aufbaut, während ich Schutz hinter seinen breiten Schultern suche.

„Ich kann mich nicht erinnern, dich eingeladen zu haben, Blackrock“, begrüßt der Typ in dem weißen Anzug Damien mit einem starken italienischen Akzent, während die Typen mit den MP’s uns umringen.

„Deine Ladies an der Tür waren so freundlich uns reinzulassen, Deluca“, bemerkt Damien entspannt, während er ermutigend meinen Arsch drückt.

Das ist Deluca? Der Typ sieht aus wie‘n netter alter Herr, der gerade vom Bingo kommt, aber nicht wie einer der gefährlichsten Drogenbosse Nordamerikas.

„Schmeißt die Idioten am Tor raus!“ fordert er zwei seiner Leute auf, die daraufhin sofort losrennen, um die Typen, die uns reingelassen haben zu feuern.
„Und was verschafft mir die Ehre deines Besuchs?“ wendet er sich dann unfreundlich an Damien, wobei er mich interessiert mustert.
„Ich bin gekommen, um mit dir reden“, erwidert Damien kurz.
Deluca fixiert ihn misstrauisch. „Eins muss man dir lassen“, sagt er dann. „Du hast echt Mut, Blackrock.“ Er holt eine Zigarre aus seiner Hemdtasche, worauf sofort einer seiner Kulis angelaufen kommt, um ihm Feuer zu geben. „Los, sag, was willst du von mir?“ fordert er Damien dann auf.
„Es geht um die Kleine von Ace“, erklärt Damien ihm. „Liotta hat sie immer noch im Visier, obwohl sie keine Ahnung hat, was Ace mit dem Stoff gemacht hat. Die Kleine hat eine Scheißangst ... seit ihr Ace abgeknallt habt...“
Deluca hebt eine Hand. „Stopp!“ knurrt er diktatorisch. „Ace hat bekommen, was er verdient hat“, stellt er klar. „Was diese Kleine angeht, habe ich Liotta niemals den Auftrag gegeben, irgendwas zu tun.“ Er schüttelt ärgerlich den Kopf. „Ich würde nie eine Frau bedrohen lassen“, sagt er dann mit seinem italienischen Akzent und sieht mich an. „Das ist nicht mein Stil.“
Damien schweigt. „Okay“, sagt er schließlich. „Dann werde ich die Sache wohl mit Liotta klären müssen.“
Deluca sieht ihn auf einmal scharf an. „Sieh nur zu, dass du die Sache freundlich klärst“, bemerkt er mit einem bedrohlichen Unterton. „Liotta gehört zur Familie.“ Er wirft seine Zigarre auf den Boden. „Wenn du einem von der Familie schadest...“

sagt er dann und tritt mit roher Gewalt die Zigarre aus, „...machen wir das hier mit dir!“

*

„Was hast du jetzt vor?“ frage ich Damien, nachdem wir die gemütliche „Familien“-Feier verlassen haben und im Wagen sitzen.
„Liotta den Arsch aufreißen!“ Ohne mich anzusehen, tritt Damien aufs Gas.
Ich schüttele den Kopf. „Das ist Selbstmord, Damien.“ Delucas Drohung war mehr als eindeutig, und seine bewaffneten Muskelprotze sahen nicht so aus, als hätten sie ein Problem damit jemanden abzuknallen. Diese Typen werden wahrscheinlich nur dafür bezahlt, Leute unter die Erde zu bringen.
„Ich hab von Anfang an gewusst, dass Deluca Liotta niemals den Auftrag gegeben hat, Indie kaltzumachen“, sagt Damien abgefuckt, ohne auf meine Bemerkung zu reagieren. „Die ganze Scheißaktion is‘ nur ‘n Rachefeldzug, weil Liotta bei Ace leer ausgegangen ist.“
Ich will gerade etwas erwidern, als der Klingelton seines Smartphones uns plötzlich unterbricht.
„Was willst du, Tyler?“ blafft Damien, während er das Headset an seinem Ohr fixiert.
Sein Gegenüber sagt irgendwas, und ich zucke zusammen, als Damien plötzlich voll auf das Lenkrad schlägt, während er mit fullspeed über den Interstate heizt. „Fuck!“
„Was ist los?“ erkundige ich mich vorsichtig, nachdem Damien das Gespräch beendet hat.
„Liottas Leute haben Indie gecasht!“

Ich starre ihn entsetzt an. „Sie ist tot?“ – „Indie lebt“, beruhigt Damien mich sofort. „Allerdings weiß ich nicht, was Liotta mit ihr vorhat.“

Ich fahre mir mit beiden Händen durch die Haare und atme einmal tief durch. Meine Nerven liegen gerade völlig blank. Vor allem, weil ich immer wieder Skys Stimme in meinem Kopf höre: *Wenn Indiana irgendwas passiert, Gi, reiß ich dir den Arsch auf!*

Ich bemerke, wie Damien plötzlich hinter sich greift und eine von seinen Jeans und ein T-Shirt vom Notsitz des Lamborghini nimmt.

„Zieh das an!“ fordert er mich auf und gibt mir die Sachen.

„Warum?“ frage ich irritiert.

„Weil wir zu Liotta fahren und Indie rausholen!“

*

Nachdem ich bei Tempo Zweihundert mein sexy Neckholderkleid gegen Damiens viel zu große Klamotten getauscht habe, krempele ich die Hosenbeine seiner Jeans hoch und mache einen Knoten in das viel zu weite T-Shirt.

„Sieht sexy aus“, höre ich Damien sagen, während ich skeptisch an mir herabsehe.

„Sehr witzig.“ Ich hasse es, wenn Damien mich verarscht. Ich fühle mich alles andere als sexy in seiner zehn Nummern zu großen Jeans und seinem XXL-Shirt. Vor allem, weil ich weiß, wie heiß Damien darin aussieht.

„Ich mein’s ernst, Baby“, beteuert er und nimmt eine Hand vom Steuer um meine Titten zu streicheln, die sich unter dem weißen T- Shirt ziemlich deutlich abzeichnen. „Du siehst in

meinen Klamotten heißer aus als ich.“ Er schenkt mir ein sexy Lächeln.
Ich verdrehe die Augen.
Damien nimmt plötzlich meine Hand und legt sie zwischen seine Beine.
„Glaubst du mir jetzt?“ fragt er dann, während ich seinen dicken harten Schwanz spüre, der fast den Stoff seiner Businnesshose sprengt. Oh Mann.
Als wir vor Liottas Haus in Queens aus dem Wagen steigen, weiß ich immer noch nicht, was Damien vorhat.
„Glaubst du, Liotta macht uns einfach so die Tür auf und lädt uns auf ‘nen Kaffee ein?“ frage ich ihn ironisch, als wir vor dem Tor stehen, das mit einer schweren Eisenkette gesichert ist.
„Weiß nicht, hab nicht vor ihn zu fragen“, bemerkt Damien und nimmt das Vorhängeschloss ins Visier.
„Du willst bei ihm einbrechen?“ – „Yep.“
Ich betrachte das Schloss ebenfalls, ein Hochbügel Lock mit ‘nem einfachen Stahlzylinder, nichts wirklich anspruchsvolles.
„Soll ich das Ding knacken?“ biete ich Damien an.
Damien schüttelt den Kopf. „Dauert zu lange.“ Er macht einen leichten Tritt gegen das Schloss, so als wolle er den perfekten Winkel bestimmen. Dann geht er ein paar Schritte zurück und springt mit einem spektakulären Kick gegen das Tor, das daraufhin sofort aufspringt.
„Wow!“ bemerke ich beeindruckt.
„Los, komm!“ Damien stößt das Tor auf, und ich folge ihm immer noch beeindruckt von seinem Stunt in den lieblosen, zubetonierten Vorgarten.

Als wir zu der verschlossenen Haustür kommen, stehen wir vor dem nächsten Problem ... das Damien auf dieselbe martialische Weise löst, wie eben: Er tritt die Tür ein!
„Die haben bestimmt ein Sicherheitssystem", sage ich besorgt, weil ich Kameras an der Fassade bemerkt habe.
„Keins, das ich nicht kennen würde", antwortet Damien cool und betritt das Haus. Klar, er ist ja in der Security-Branche.
Zielstrebig geht er auf einen Sicherungskasten zu, hinter dem sich eine Menge Drähte und Kabel befinden. Er tippt etwas in den kleinen Computer ein, reißt ein paar Kabel raus und verdrahtet sie mit ein paar anderen.
„Jetzt können die sich die Wiederholung von gestern ansehen." Damien kickt den Kasten zu.
Während ich hinter Damien die breite Treppe raufgehe, sehe ich mich neugierig um.
Das Haus ist groß, aber total geschmacklos eingerichtet. Alles hier ist Fake, die Statuen, die Bilder großer Meister, die mit Reißzwecken an den Wänden befestigt sind, selbst die Säulen wirken, als wären sie aus Styropor, ganz anders als Delucas Protztempel.
Unbehaglich folge ich Damien zu einer großen Tür, hinter der man Musik hört.
Ich zucke zusammen, als ein großer Muskelprotz in einem dunklen Anzug plötzlich aus einem der anderen Zimmer kommt. „Was macht ihr hier?" blafft er uns an und kommt energisch auf uns zu.
Damien reagiert sofort und schickt den Typ mit 'nem blitzschnellen Kick auf die Bretter.

„Wir wollen zu Liotta, falls es dich noch interessiert“, bemerkt er dann, während der Typ wimmernd auf den Fliesen liegt und die Hand gegen seinen blutenden Kiefer presst.
„Warum hat Liotta ‘nen Sicherheitsdienst?“ will ich wissen, als wir zu der Tür gehen.
„Wahrscheinlich feiert er wieder eine seiner Sexorgien.“ Damien stößt die Tür auf, und ich bleibe angewidert im Türrahmen stehen.
In dem Raum amüsieren sich mehrere Typen, hässliche alte Fettsäcke, mit ein paar jungen sexy Girls. Die Kerle sind so mit Fummeln und Flirten beschäftigt, dass sie uns überhaupt nicht zu bemerken scheinen.
Ich bemerke plötzlich Liotta, der mit nacktem Oberkörper in einem Sessel ausgestreckt liegt, während eine junge, hübsche Asiatin auf seinem Schoß sitzt und seine fette Brust massiert.
Zielstrebig geht Damien zu ihm und baut sich vor ihm auf. „Wo ist Indie?“ blafft er ihn an.
Liotta zuckt erschrocken zusammen. „Wie bist du hier reingekommen, Blackrock?“
Damien macht eine Kopfbewegung zum Eingang. „Durch die Tür“, antwortet er dabei, und ich muss lachen.
Rücksichtslos stößt Liotta sein Animiergirl vom Schoß und will aufstehen. Doch Damien stößt ihn mit einem harten Punch gegen die Brust zurück in den Sessel. „Du sagst mir jetzt, was du mit Indie gemacht hast.“ – „Oder was?“ provoziert Liotta ihn. „Willst du mich vielleicht in meinem eigenen Haus abknallen?“
Damien lächelt dunkel. „Das ist nicht mein Stil.“ Er lässt seine Finger knacken. „Ich kläre sowas lieber auf meine Weise.“

Liotta steht auf. „Ich geb' dir jetzt 'nen guten Rat, Blackrock", knurrt er Damien an. „Du verpisst dich jetzt aus meinem Haus und vergisst diese Kleine." Liotta mustert mich plötzlich mit einem dreckigen Lächeln. „Es sein denn, du willst, dass wir dein hübsches Blondchen da auch auf den Strich schicken."
Ich schnappe nach Luft, als Damien ihm plötzlich voll
eine reinhaut.
Die haben Indie auf den Strich geschickt? Diese verdammten Schweine?
Liotta stößt einen Schmerzensschrei aus und presst seine Hand gegen seine blutende Nase, als auf einmal fünf von den Sicherheitsleuten in den Raum stürmen.
Die alten Säcke, die sich gerade noch mit ihren Girls amüsiert haben, schnappen sich hastig ihre Sachen und räumen das Feld, so als hätten sie Angst unter die Räder zu kommen.
Entsetzt beobachte ich, wie einer von den Gorillas Damien festhält, während die anderen sofort auf ihn einprügeln.
„Ihr feigen Schweine!" mache ich die Typen an, während ich hilflos dabei zusehe, wie die Typen Damien fertigmachen.
„Sieht aus, als müsstest du dir 'nen neuen Freund suchen, Kleine", höre ich Liotta auf einmal schadenfroh sagen. „Meine Männer haben alle 'ne Kampfsportausbildung, und ich denke nicht, dass sie viel von ihm übriglassen werden." Er lacht.
Wütend greife ich nach einer halbvollen Champagnerflasche, die auf einem der Tische steht...
...und ziehe Liotta das Ding mit voller Wucht über den Schädel.
Sein Lachen verwandelt sich in einen lauten Schmerzensschrei, bevor er keuchend zu Boden geht.

Sofort kommt einer von den Schlägern, die immer noch versuchen Damien fertigzumachen, und packt mich.
Ich schlage wie eine Verrückte um mich, während der Muskelprotz mich aus dem Raum schleift.
„Damien!“ rufe ich dabei immer wieder verzweifelt.
Doch die anderen Typen halten ihn immer noch fest und prügeln auf ihn ein, während Liottas Gorilla mich brutal gegen den Türrahmen und in das angrenzende Zimmer stößt.
Ich sehe hilflos zu Damien, und unsere Blicke treffen sich kurz.
Und dann, geht die Show richtig los!

*

„Lass deine verdammten Scheißfinger von ihr!“ höre ich Damien bellen und sehe durch den Türspalt, wie er einem von den Typen voll in die Fresse springt, während der andere ihn immer noch festhält.
Brutal reißt er sich los, macht einen 360°-Kick und pumpt den Kerl weg, der mindestens genauso groß und schwer ist wie er.
„Fuck!“ bellt der Gorilla, der mich in den anderen Raum geschleift hat. Er lässt mich plötzlich los und rennt nach druben, um seinen Buddies zu helfen, die Damien gerade absolut beeindruckend fertigmacht. Mit einem spektakulären Sprung kickt er einem von denen gegen den Schädel, während er in der Luft gleichzeitig mit dem anderen Bein den zweiten Typ auf die Matte schickt.
„Pass auf, Damien!“ warne ich ihn, als der andere Gorilla von hinten auf ihn losgehen will.
Damien fährt herum und kann den Typ gerade noch abwehren.

„Ich bin der einzige, der die Kleine anfasst, hast du kapiert?“ bellt er ihn an, bevor er ihn mit ein paar rasendschnellen Kicks in die Ecke drängt. Der Typ krümmt sich an der Wand zusammen und versucht nur noch defensiv seinen Kopf zu schützen, während Damien ihn brutal zusammenschlägt.
Ich bemerke auf einmal, wie Liotta sich bewegt und etwas vom Sessel nimmt.
Ich erstarre, als ich sehe, was es ist: Eine Knarre, die er sofort auf Damiens Kopf richtet. Und diesmal ist es keine Spielzeugpistole!
Scheiße!!!
Für den Bruchteil einer Sekunde stehe ich wie gelähmt da, und dann knallen bei mir alle Sicherungen durch.
Ich stürme auf Liotta zu, der mich erst jetzt bemerkt, und kicke ihm die Waffe aus der Hand. Den Trick hab ich von Damien gelernt.
Die Knarre fällt auf den Boden, und Liotta und ich stürmen gleichzeitig darauf zu.
Doch ich bin schneller.
Ich schnappe mir das Ding und richte es auf Liotta.
Meine Hand zittert, als ich mit der Waffe auf seinen Kopf ziele. Unsicher blicke ich zu Damien, der den anderen Typ gerade K.O. gekickt hat.
„Gib mir die Waffe, Kleine“, fordert Liotta mich auf. „Oder willst du mich abknallen?“ Er lacht, aber es klingt nicht sehr überzeugend. Der Typ hat eine Scheißangst vor mir.
Aber dafür, dass er Damien abknallen wollte und Indie auf den Strich geschickt hat, hat er‘s verdient draufzugehen!

Ohne meine Waffe runterzunehmen, sehe ich wieder zu Damien. Er wirkt nervös, so als würde er mir nicht zutrauen, dass ich Liotta abknalle.
Und Liotta grinst. Wahrscheinlich denkt er auch, dass ich ihn nur verarsche und nicht den Mut habe ihn kaltzumachen. Amüsiert fordert er mich noch einmal auf ihm die Waffe zu geben…
Und dann drücke ich ab!

Zweiundzwanzigstes Kapitel

Der Schuss hallt ohrenbetäubend durch den Raum.

Und Liotta geht sofort zu Boden.

Bevor ich realisiere, was passiert ist, bemerke ich plötzlich, dass einer von Liottas Schlägern sich aufgerappelt hat.

Doch bevor er auf mich losgehen und mir die Waffe abnehmen kann, pumpt Damien ihn von den Füßen.

„Los komm', wir verschwinden!" fordert er mich anschließend auf.

Ich stehe wie gelähmt da, mit der Knarre in der Hand, und sehe zu Liotta, der in einer großen Blutlache liegt.

Hab ich den Typ kaltgemacht?

„Wir müssen hier weg, Baby", höre ich Damien sagen und spüre, wie er seine Arme unter meinen Körper legt und mich hochhebt.

Sofort schlinge ich meine Arme um seinen Hals.

Ich bin gerade einfach nur unfassbar erleichtert, dass ihm nichts passiert ist. Obwohl wir beide einiges abbekommen haben. Mein T-Shirt ist zerrissen und ich bin voller blauer Flecke. Aber Damien hat es noch übler erwischt. Sein rechtes Auge ist dick und geschwollen, seine Lippe aufgeplatzt und seine Wange blutet. Total martialisch, aber irgendwie auch supersexy. Ja, Damien sieht sogar noch heiß aus, wenn er auf die Fresse gekriegt hat.

„Bist du okay, Baby?" erkundigt Damien sich, nachdem er mich in den Wagen gesetzt hat und ebenfalls eingestiegen ist.

Ich nicke tapfer. Aber ehrlich gesagt, bin ich total verstört – schließlich habe ich gerade jemanden umgebracht.

Ich blicke verstohlen zu Damien, während er den Lamborghini startet und den Motor laut aufheulen lässt.
Die Typen haben ihn wirklich übel zugerichtet.
Aber er lebt.
Und dafür würde ich Liotta nochmal abknallen!

*

Nachdem Damien seine Leute angefunkt hat und sie drauf angesetzt hat Indie aus Liottas Puff zu holen, hält er den Wagen an der Promenade von Rockaway Beach an.
„Was wollen hier?" frage ich ihn irritiert, während ich raus aufs Meer blicke, das ruhig in der Dunkelheit liegt.
„Ich brauch kurz 'n bisschen Wasser", erwidert Damien und zieht lässig sein Shirt aus. „Hab keinen Bock, dass die Bullen mich einsacken, weil ich wie'n abgefuckter Schläger aussehe."
Er steigt aus dem Wagen, und ich sehe ihm sprachlos hinterher, wie er mit nacktem Oberkörper zum Strand geht.
Während er über den Sand läuft, dreht er sich zu mir um und gibt mir mit einer Kopfbewegung zu verstehen, dass ich mitkommen soll.
„Hast du Angst alleine im Dunkeln?" frage ich ihn scherzhaft, nachdem ich zu ihm gelaufen bin.
„Wovor sollte ich Angst haben?" erwidert er meine Frage mit 'nem sexy Lächeln. „Ich kenne fünfzig verschiedene Arten jemanden zu töten, Baby." Er legt seinen schweren Arm um meine Schulter und zieht mich hart zu sich. Und ich bin mir ziemlich sicher, dass seine Bemerkung kein Scherz war. Ich hab schließlich bereits erlebt, wozu er fähig ist, als er Crow damals totgeprügelt und Rick mit bloßen Händen das Genick

gebrochen hat. Schockierend, aber irgendwie auch beeindruckend.

Trotzdem hoffe ich, dass ich seine anderen achtundvierzig Killer-Methoden niemals kennenlernen werde.

Nachdem wir unsere Schuhe ausgezogen haben, gehen wir zum Wasser und Damien wäscht das Blut von seinen Händen und aus seinem Gesicht.

Ein Stück weiter sitzen ein paar coole Typen am Lagerfeuer, trinken Bier und hören Hard Rock. Aber die Freaks sind so breit und mit sich selbst beschäftigt, dass wir hier wahrscheinlich 'ne Leiche vergraben könnten, ohne dass das irgendjemanden interessieren würde.

„Komm her, Baby", fordert Damien mich auf und zieht mich dann in seine Arme.

Ich lasse mich an seine nackte, stahlharte Brust sinken. Nach dem Höllentrip heute bin ich gerade echt mega erschöpft und todmüde.

„Was du mit Liotta gemacht hast", höre ich Damien auf einmal sagen, „war übrigens verdammt cool."

Ich blicke unsicher zu ihm hoch. „Ich hab ihn kaltgemacht, oder?"

Damien schüttelt den Kopf. „Sah nicht aus wie 'ne tödliche Verletzung", sagt er dann. „Der Penner hat nur 'n bisschen Blut verloren, nix dass ihn umbringen wird."

Ich atme erleichtert auf. Zwar bereue ich nicht, dass ich auf Liotta geschossen habe, allerdings hätte ich ihn nur ungern auf dem Gewissen gehabt.

„Der Wichser hätte mich sicher abgeknallt, wenn du nicht so schnell regiert hättest", bemerkt Damien. „Aber dass du ihn

gleich plattgemacht hast…“ Er zieht anerkennend die Augenbrauen hoch. „…wow.“
Ich sehe ihn intensiv an. „Du hast mir nicht zugetraut, dass ich abdrücke, stimmt’s?“
Damien reibt sich über das Tribal auf seiner nackten Brust. „Ich hab dir nicht zugetraut, dass du triffst“, sagt er dann.
Ich boxe ihm gegen die Schulter.
„Woaw!“ keucht er, und erst jetzt bemerke ich den fetten Bluterguss, den er dort hat, und erinnere mich wieder daran, was er heute einstecken musste.
„Sorry.“ Ich sehe schuldbewusst zu ihm hoch. „Tut’s sehr weh?“ – „Wenn du mir nicht noch mehr auf die Fresse haust nicht.“ Damien schenkt mir ‘n sexy Lächeln. „Aber nachdem du mir eben den Arsch gerettet hast, darfst du das, Baby.“
Lächelnd packe ich seinen durchtrainierten Knackarsch und ziehe ihn zu mir. „Ist ja auch ein geiler Arsch“, sage ich dabei und stelle mich auf meine Zehenspitzen, um Damien zu küssen.
„Und er gehört nur dir, Baby“, knurrt Damien gegen meine Lippen, bevor er seine Zunge tief in meinen Mund schiebt.
Was dann kommt ist, als hätte irgendjemand bei uns beiden ’ne Sicherung rausgezogen.
Wild knutschend machen wir uns übereinander her, während aus dem Ghettoblaster nebenan der Song *Wild Thing* dröhnt. Wir fallen in den Sand und ich lande mit meinem kompletten Körpergewicht auf Damien, der mich sofort wieder auf seine Lippen zieht.
Ich weiß nicht, ob die Typen am Lagerfeuer uns beobachten, aber ehrlich gesagt, ist mir das gerade scheißegal. Nach allem,

was heute passiert ist, will ich Damien einfach nur spüren, unter mir, auf mir … in mir.
Es war das erste Mal, dass Damien und ich 'ne Aktion gemeinsam durchgezogen haben. Und es hat sich verdammt geil angefühlt. Wir haben diese Typen fertiggemacht, als wären wir tatsächlich zwei dunkle Krieger, die gemeinsam gegen den Rest der Welt kämpfen. Und so wie Damien bei Liotta abgegangen ist und diese Typen plattgemacht hat, bin ich schon wieder so scharf auf seinen Mörderbody, dass man mich nur noch mit Gewalt von ihm trennen könnte.
„Du bist heute echt brutal drauf, Baby“, keucht Damien, als ich ungeduldig die Knöpfe seiner Jeans aufreiße.
„Hast du Angst, dass ich dir wehtue?“ erwidere ich mit einem sexy Lächeln, während ich mit meinen Händen über seine aufgepumpte Brust und sein Sixpack fahre.
Ich keuche überrascht, als Damien plötzlich meinen Arsch packt und mich herumwirbelt, so dass er über mir ist. „Sei bloß vorsichtig, dass ich *dir* nicht wehtue“, knurrt er dabei. „So scharf wie ich gerade auf dich bin, kann ich für nichts garantieren.“ Seine rauen Hände schieben mein viel zu großes T-Shirt hoch, bevor seine kräftigen Lippen sich so hungrig über meine Brüste hermachen, dass ich vor Lust und Schmerz aufstöhne.
Rücksichtslos reißt Damien meine Jeans auf.
Ich bohre keuchend meine Fingernägel in seine Rückenmuskeln, als er gleichzeitig zwei Finger in mich reinstößt und seine Zunge in meinen Mund schiebt.
Sein schwerer Body liegt auf mir und ich spüre, wie seine kraftvollen Oberschenkel brutal meine Beine

auseinanderschieben, so dass ich mich kaum noch bewegen kann und völlig in seiner Gewalt bin. Aber ich liebe das Gefühl Damien so ausgeliefert zu sein. Der Kick so von ihm dominiert zu werden, wenn man weiß, was für eine gefährliche Waffe sein heißer Body ist und gerade mitgekriegt hat, wie er abgeht, wenn er jemanden plattmacht, ist absolut krass.
Aber seine gefährlichste Waffe ist definitiv sein Schwanz! denke ich und stöhne laut auf, als Damien mich mit einem einzigen harten Stoß erobert.
Während wir es mitten am Strand miteinander treiben, keuchen und stöhnen wir zu der lauten Musik, die zu uns herüberschallt.
Ja, unsere Liebe ist wie ein Rocksong: wild, laut und verdammt gefährlich.

Dreiundzwanzigstes Kapitel

Our Darkness von Anne Clark dröhnt dumpf durch den künstlichen Nebel der riesigen Halle, als ich am nächsten Abend ins Bondage komme. Die Stimmung ist heute total goth und die Go-Go's, die in den Käfigen tanzen sind kalkweiß geschminkt mit blutroten Lippen, als wären sie Vampire.

Während ich mich durch die Menge schiebe und dabei meinen Leuten Hallo sage, fühle ich mich, als würde ich nach Hause kommen und meine Familie begrüßen. Alles hier ist so vertraut und familiär, als wäre es mein Wohnzimmer. Es ist meine Party, eine Party, die nie zu Ende geht und auf der die Leute cool und sexy sind, und es nichts gibt, dass uns vom Feiern abhalten könnte.

„Hey, Gi", begrüßt Melody mich und umarmt mich. „Eure Nummer in Queens gestern", bemerkt sie dann und zeigt mir 'nen Daumen hoch. „Echt cool."

Okay, anscheinend hat sich die Liotta-Sache im Bondage bereits rumgesprochen.

„Ich weiß nicht", erwidere ich skeptisch. „Die Nummer war echt hart." – „Hey, du bist mit Damien Blackrock zusammen", erwidert Melody und spielt an dem silbernen O-Ring ihres Nietenhalsbands herum. „Der Typ kennt nur die harte Tour." Sie grinst, und ich sehe sie verpeilt an. Keinen Schimmer, was ihre Anspielung soll, allerdings befürchte ich, dass sie schon ziemlich breit ist.

Nachdem ich runter zur Bar gegangen bin, begrüße ich Bella.

„Willst du 'nen Drink, Süße?" fragt sie mich, nachdem wir uns 'nen Smack auf die Lippen gegeben haben.

„Immer“, erwidere ich gut gelaunt und werfe meine Jacke über einen der Barhocker.
Bella mixt mir irgendwas Schwarzes mit vielen Umdrehungen, für das Damien mir sicher den Kopf abreißen wird. Scheiß drauf. Heute Abend will ich einfach nur Fun haben.
Sie stellt mir den Drink auf die Theke. „Coole Nummer gestern übrigens“, bemerkt sie dabei anerkennend. Und spätestens jetzt weiß ich, wer Melody über unseren Auftritt bei Liotta informiert hat. Wahrscheinlich hat Bella Tyson wieder mit ‘nem Blowjob zum Quatschen gebracht.
„Ich muss mit Ty unbedingt auch mal zum Rockaway, um es am Strand zu treiben“, fügt sie dann hinzu und grinst dreckig.
Ich starre sie mit aufgerissenen Augen an. Damien hat Tyson erzählt, dass wir es am Strand miteinander getrieben haben? Das glaub ich jetzt nicht.
Dann war es das, was Melody mit ihrer Anspielung eben meinte. Na großartig!
„Damien hat Ty von unserem Fick am Strand erzählt?“ frage ich Bella empört.
„Yep.“ Sie grinst. „Und anscheinend warst du echt gut“, bemerkt sie dann. „Denn als Ty das Gespräch mit Damien beendet hat, hatte er ‘nen Riesenständer und ist voll über mich hergefallen.“
Oh, my God!
Okay, ist ja auch irgendwie ‘n Kompliment. Trotzdem find ich’s krass, dass Damien mit Ty über unsere Ficks quatscht.

Damien

„Was heißt, ihr habt sie nicht rausgeholt?“ blaffe ich Cooper an, nachdem er mir erklärt hat, dass Indie immer noch bei diesen Motherfuckern ist.

Sara kommt zu mir und gibt mir ‘nen Drink, um mich zu beruhigen, und damit ich die Jungs nicht in ihre Einzelteile zerlege.

„Ihr solltet bloß in diesen Scheißpuff reinmarschieren, Indie mitnehmen und sie herbringen“, kotze ich weiter, während Sara mir meine Krawatte abnimmt und ich die obersten Knöpfe meines Hemds öffne. „Was verdammte Scheiße ist so schwer daran?“

Cooper blickt hilflos zu Washington, der gerade in den Club kommt.

„Die haben Indie in einen von Liottas Bumsschuppen in Queens gebracht“, erklärt er mir, nachdem ich ihn wegen der Sache interviewt habe. „Der Laden ist besser gesichert als Fort Knox.“ Er nimmt sein Holster ab. „Wenn du da reinwillst, musst du entweder ‘n Scheißfreier sein oder brauchst ‘ne verdammte Armee.“

Ich trinke abgefuckt was von meinem Scotch.

„Vielleicht solltest du versuchen alleine in den Laden zu kommen“, schlägt Washington schließlich vor. „Als Kunde meine ich.“

Ich überlege und sehe mich im Club um. „Keine schlechte Idee“, bemerke ich, während ich Gi beobachte, die gerade megasexy mit ein paar Freundinnen tanzt. Die Kleine ist so verdammt heiß. Vor allem in diesen höllisch scharfen Hot

Pants – die ich ihr eigentlich in der Öffentlichkeit verbieten sollte.
„Warum nimmst du die Kleine nicht einfach mit?“ reißt Sara mich aus meinen Gedanken.
Washington und ich sehen sie fragend an.
„In solche Studios kannst du auch deine eigenen Girls mitbringen“, erklärt sie uns. Sie muss es wissen, sie ist schließlich ein Profi in dem Gewerbe. „Du könntest Gi als deine Nutte mitbringen und ‘n Zimmer mieten, dann könnt ihr euch freier in dem Laden bewegen und Indie suchen.“
Washington sieht mich begeistert an, aber ich find den Plan richtig Scheiße. Nicht, dass ich ein Problem damit hätte, dass Gi meine Nutte wäre. Aber die ganze Aktion ist alles andere als ungefährlich. Und ich bin nicht unglaublich scharf drauf, dass Gigi in Liottas Scheißpuff irgendwas passiert.
„Das is‘ echt ‘ne coole Idee, Bro“, versucht Washington mich zu überreden. „Du hast Gi schließlich auch mit zu Deluca genommen. Außerdem könnten wir sie mit ‘nem Tracker ausstatten, dann haben wir sie immer auf dem Schirm.“
Ich blicke nochmal zu Gi, die gerade mit dem Zippo von ‘ner Freundin ‘n paar Tricks macht. Ihre Nummer bei Liotta war echt krass. Ich hätte ihr echt nicht zugetraut, dass sie den Wichser einfach abknallt. Aber sie ist total cool geblieben und hat einfach abgedrückt, wie’n Profi. Ich bin echt verdammt stolz auf die Kleine. Vielleicht sollte ich die Puff-Aktion ja doch mit ihr durchziehen.
Obwohl sie’s sicher nicht cool finden wird, meine Nutte spielen zu müssen.

Gigi

„Du willst, dass ich deine Nutte spiele?“ Ich sehe Damien mit hochgezogenen Augenbrauen an, während wir am Eingang des Bondage stehen.
„Hast du ein Problem damit, Baby?“ Er lächelt dieses heiße unwiderstehliche Damien-Lächeln, das mich sofort wieder dahinschmelzen lässt. Und mich fast vergessen lässt, dass er mich auf den Strich schicken will.
„Meine Leute haben’s verkackt Indie rauszuholen“, erklärt er mir. „Deshalb müssen wir beide den Job jetzt erledigen.“ – „Indie ist immer noch in Liottas Puff?“ frage ich ihn entsetzt.
Damien nickt. „Die Jungs haben ihr Bestes gegeben, aber um in den Scheißladen reinzukommen, brauchst du ‘nen verdammten Panzer. Wahrscheinlich ist der Schuppen illegal, darum können wir da nicht einfach reinmarschieren und Indie mitnehmen…“ – „Aber wenn du als Kunde da auftauchst, lassen die dich rein?“ unterbreche ich ihn.
„Yep. Und damit ich mich in Ruhe in dem Puff umsehen kann, brauche ich dich. Du bist sozusagen meine Alibi-Nutte.“ Damien smiled mich sexy an. Und ehrlich gesagt, gibt es definitiv schlimmeres als Damiens Nutte zu sein. Bei ‘nem Typ wie ihm prügeln sich die Huren wahrscheinlich darum von ihm gefickt zu werden.
„Okay“, sage ich schließlich. „Und wann ziehen wir die Sache durch?“ – „Sobald Washington und die anderen Stellung bezogen haben und uns grünes Licht geben. “ – „Noch heute Nacht?“ frage ich beunruhigt, und Damien nickt.

Ich werde auf einmal nervös. „Kann ich mich wenigstens noch umziehen?“ frage ich ihn, um ein bisschen Zeit zu gewinnen.
Damien sieht mit ‘nem prüfenden Blick an mir runter. „Warum? Dein Nutten-Outfit ist doch perfekt“, bemerkt er dann mit ‘nem dreckigen Lächeln, und kassiert dafür ‘nen Ellbow-Check in die Seite.
„Hey, ich hab gestern echt genug auf die Fresse gekriegt“, beschwert er sich, und ich krieg fast ein bisschen Mitleid mit ihm. Passiert nicht oft, dass Damien einstecken muss. Außer bei mir vielleicht. Aber da er es nie bringen würde zurückzuboxen, ist das okay für mich.
„Was gibt’s?“ höre ich ihn plötzlich fragen, während er einen Finger an sein Earpiece hält.
„Okay“, sagt er schließlich zu dem Typ, der ihn angefunkt hat. „Dann machen wir’s so.“ Er sieht mich an. „Kannst du runtergehen und Bella holen“, fordert er mich auf. „Ich brauch noch ‘ne zweite Nutte.“

Vierundzwanzigstes Kapitel

Nachdem Washington den Vorschlag gemacht hat, Bella als Verstärkung mitzunehmen, sitzen wir gemeinsam in Damiens Rover und fahren Richtung Queens.

Obwohl ich froh bin, dass Bella auch dabei ist, hab ich echt Schiss vor der ganzen Aktion. Und keinen Plan, was uns in dem abgefuckten Bordell erwartet.

„Wie sieht's eigentlich mit der Bezahlung aus?" erkundigt Bella sich cool bei Damien. „Du weißt hoffentlich, dass zwei Luxusnutten wie wir nicht billig sind, oder?"

Damien sieht sie im Rückspiegel mit 'nem sexy Blick an. „Das kommt ganz darauf an, wie gut du deinen Job machst, Süße", kontert er dabei.

Bella smiled dreckig. „Ist das 'ne Aufforderung?" – „Nein, 'ne Drohung", erwidert Damien ernst. „Wenn du die Aktion verkackst, leg ich dich übers Knie." – „Verdammt, hört sich das geil an", seufzt Bella schwärmerisch. „Ich werd' schon bei der Vorstellung total feucht, D." – „Sei bloß vorsichtig, dass ich Washington das nicht stecke", droht Damien ihr scherzhaft.

„Warum? Ty reißt dir den Arsch auf, wenn ich ihm erzähle, dass du mich angemacht hast", gibt Bella grinsend zurück.

Damien lacht. Wahrscheinlich, weil er weiß, dass Tyson nicht den Hauch einer Chance gegen ihn hätte. Beim fighten und beim ficken.

„Könntet ihr vielleicht aufhören, vor meiner Nase miteinander rumzumachen", mische ich mich scherzhaft ein.

„Bleib cool, Süße", bemerkt Bella, während sie von hinten ihre Arme um meinen Hals schlingt, und Damien meinen nackten Oberschenkel streichelt. „Du weißt doch, dass wir nur dich lieben." – „Aber ich bin der einzige, der sie fickt, klar?" stellt Damien unmissverständlich klar.
Ich muss lächeln. Gott, wie sehr ich diese beiden sexy Chaostypen liebe.

*

„Okay", sagt Damien ernst, als wir vor dem Puff in dem üblen Rotlichtviertel in Queens halten. „Ihr beide sagt keinen Ton, wenn wir da jetzt reinmarschieren, habt ihr verstanden?" – „Was, wenn die uns was fragen?" will ich wissen.
Damien zuckt mit den Schultern. „Tut einfach so, als wärt ihr zwei billige Nutten, die ich auf dem Strip aufgegabelt habe", schlägt er dann vor.
„Heißt das, dass du uns doch noch vögelst?" erkundigt Bella sich hoffnungsvoll.
Damien schüttelt seufzend den Kopf. „Du machst mich echt fertig, Bella." Er nimmt sein Funkgerät aus dem Handschuhfach, um Washington Bescheid zu sagen, dass wir bereit sind.
Nachdem Damien uns noch ein paar wichtige Instruktionen gegeben hat, und Bella endlich gecheckt hat, dass wir nur Damiens Show-Nutten sind, verlassen wir den Rover.
Während wir zu dem schäbigen Stundenhotel gehen, bemerke ich, dass überall in der Gegend Damiens Leute postiert sind. Ein beruhigendes Gefühl. Obwohl ich mich mit Damien an meiner Seite immer sicher fühle. Er ist besser als

jede Waffe, weil seinem Fighter-Body nie die Munition ausgeht.
Nervös betrachte ich den riesigen Gebäudekomplex, in dem sich das Bordell befindet. Mir wird ganz schlecht, als ich daran denken muss, dass Indie in diesem heruntergekommenen Puff wahrscheinlich zum Sex mit irgendwelchen hässlichen alten Säcken gezwungen wird.
Und ich darf mir gar nicht vorstellen, was Sky davon halten würde. Wahrscheinlich würde sie mir den Arsch aufreißen, weil ich nicht besser auf ihre kleine Schwester aufgepasst habe. Trotzdem hab ich gerade echt Schiss, weil ich keinen Schimmer habe, was uns in diesem üblen Laden erwartet.
„Showtime, Babys“, bemerkt Damien cool und legt seine Arme um Bellas und meine Schultern, als wir zur Tür kommen, vor der zwei finstere Typen die Leute kontrollieren.
Mit einem prüfenden Blick mustert uns einer von den Typen, nachdem Damien ihm erklärt hat, dass er ein Zimmer mieten möchte.
„Vanilla oder BDSM?“ fragt er Damien.
„BDSM!“ platzt Bella sofort heraus, worauf Damien sie mit ‘nem finsteren Blick straft.
„Okay“, sagt der Kerl schließlich unfreundlich und gibt Damien ‘ne Chipkarte für das Zimmer. „Ihr kennt die Regeln? Kein Alkohol und keine Drogen. Und wenn ihr Spanner seid, fliegt ihr raus.“
Ich ziehe verwundert eine Augenbraue hoch. In diesem Drecksladen gibt’s Regeln? Echt strange.
„Kleine Planänderung“, erklärt Damien uns, während wir durch den rotbeleuchteten Gang zu dem gemieteten Zimmer

gehen. „Ich sehe mich erst mal alleine um, und wenn ich Indie gefunden habe, sag ich euch bescheid und wir verpissen uns."
Klingt eigentlich ganz easy.
Allerdings ahnt zu diesem Zeitpunkt noch keiner von uns, zu was für einer Katastrophe unsere Aktion sich entwickelt.

Fünfundzwanzigstes Kapitel

„Kann ich euch hier alleine lassen?“ fragt Damien skeptisch, als wir in das Zimmer kommen, das er für uns gemietet hat. Bella nimmt einen Flogger von einem der Haken an der Wand. „Logisch“, erwidert sie breit grinsend und lässt die Peitsche durch die Luft knallen. „Wir werden uns sicher gut amüsieren, nicht wahr, Süße?“

Ich schenke Damien ein aufmunterndes Lächeln. Keine Ahnung, was er gerade wieder denkt. Vielleicht hat er Angst, dass Bella mich fesselt und auspeitscht oder sonst was Schmutziges mit mir anstellt.

„Ich pass schon auf, dass Bella keinen Scheiß baut“, versichere ich ihm, und tausche grinsend einen Blick mit Bella.

„Okay“, sagt Damien schließlich und kommt zu mir. „Obwohl ich dich echt nur ungern hier alleine lasse“, murmelt er dabei, packt meinen Arsch und zieht mich zu sich, um mich zu küssen.

Nachdem Damien gegangen ist, laufe ich nervös in dem billigen Zimmer auf und ab. Außer einem riesigen Bett und ein paar Folterwerkzeugen ist der Raum leer. Und nicht gerade der Ort, an dem ich gerne meine Zeit verbringe. Die Vorstellung, dass irgendwelche notgeilen Säcke mit ihren gekauften Chicks hierherkommen, um zu vögeln, ist echt übel.

„Entspann dich, Süße“, versucht Bella mich runterzubringen, während sie auf dem Bett sitzt und sich cool ‘nen Joint baut. „Damien rockt das schon.“ – „Ich weiß nicht“, murmele ich skeptisch, weil ich gerade echt ‘n Scheißgefühl habe. „Was wenn einer von Liottas Gorillas ihn erkennt?“ – „Dann hoff ich, dass der Typ schnell laufen kann“, bemerkt Bella trocken. „So abgefuckt wie Damien gerade ist, macht der Hackfleisch aus jedem, der ihm in die Quere kommt.“ Sie lässt ihr Zippo aufschnappen. „So wie diesen Typ, den er letztens wieder erledigt hat.“

Ich sehe sie irritiert an, während sie ihren Joint anzündet. „Wen meinst du?“ – „Den Junkie, der dir im Dark Room auf die Fresse gehauen hat.“ Bella sieht mich mit ihren weißen Zombie-Kontaktlinsen düster an. „Der Typ hat seine Runde mit Damien nicht überlebt.“

Ich starre sie entsetzt an. „Echt? Woher weißt du das?“

Bella zieht entspannt an ihrem Joint.

„Ty hat mir das erzählt“, sagt sie dann. „Als Damiens Leute den Penner weggeschafft haben, ist er denen noch im Wagen verreckt.“

Schockiert lasse ich mich auf das große Bett sinken.

Damien hat den Typ gekillt? Scheiße.

„Mach dir keinen Kopf, Süße“, versucht Bella mich zu beruhigen. „Der Typ war’n abgefuckter Junkie, der wär früher oder später eh draufgegangen.“

Natürlich beruhigt mich ihre Bemerkung nicht. Dass Damien meinetwegen jemanden totgeprügelt hat, macht mich gerade echt fertig.

*

Ich weiß nicht, wie lange Bella und ich in dem abgefuckten Zimmer des billigen Stundenhotels schon warten, als plötzlich die Tür aufgerissen wird und Damien reinstürmt.

„Hast du Indie…?“ – „Ausziehen und aufs Bett!“ schneidet er mir herrisch das Wort ab und befreit sich von seinem Shirt. „Los!“

Bella reißt sich sofort die Klamotten runter, während ich noch ‘ne Weile brauche, um zu checken, was los ist. Ich bin immer noch total verstört, nach dem, was Bella mir gerade erzählt hat.

„Los zieh dich aus!“ fordert Damien mich rau auf und geht zu Bella aufs Bett, die tatsächlich splitternackt daliegt und ihn bereits erwartet.

Macht diese Frau eigentlich alles, was Damien ihr sagt?

Kopfschüttelnd streife ich meine Boots ab, als ich plötzlich laute Männerstimmen vor der Tür höre.

„Wenn ihr den Typ findet, knallt ihn sofort ab!“ höre ich einen von den Kerlen sagen.

Meinen die Damien?

Scheiße!!!

Hastig reiße ich mir meine Hotpants runter und ziehe mein Shirt aus. Dann springe ich zu Damien aufs Bett, der gerade auf Bellas Becken sitzt und ihre Brüste massiert, was sie stöhnend und total weggetreten genießt.

„Komm her, Baby“, fordert Damien mich auf und steigt von Bella runter.

Ich lege mich vor ihn, so dass Bella und ich ihn zwischen uns haben.

Ich zucke zusammen, als ich plötzlich höre, wie die Tür aufgerissen wird und ein paar Leute reinkommen.

Damien fängt auf einmal an wild mit mir zu knutschen, während Bella von hinten an ihm rummacht.

Ich höre ihn plötzlich in meinem Mund hart keuchen...
... und spüre, wie Bella ihm gerade einen runterholt.
Aber ich weiß, dass gerade ein schlechter Zeitpunkt ist eifersüchtig zu sein, weil ich irgendwie das Gefühl habe, als wäre unser Dreier überlebenswichtig für uns.
„Verdammt, hier ist er nicht!“ höre ich einen von den Kerlen blaffen.
„Du hast Recht“, erwidert ein anderer.
Ich kriege mit, wie die Typen den Raum wieder verlassen, und mir fällt ein tonnenschwerer Stein vom Herzen.
Auch Damien atmet erleichtert auf.
Aber anstatt das Ganze abzubrechen, gerät unsere Nummer plötzlich völlig außer Kontrolle.
Bella fängt auf einmal an meine Titten zu streicheln, während Damien eine Hand in mein Höschen schiebt.
Ich keuche, als seine begnadeten Finger über meine Pussy wandern und sein Daumen in langen Zügen über meine Klit streicht.
Ich weiß, wie gefährlich es ist hierzubleiben, weil die Typen von eben jederzeit wiederkommen könnten. Aber ich bin gerade so angetörnt von unserer verbotenen Nummer, dass ich nicht in der Lage bin aufzuhören.
Und Bella und Damien scheint es ebenso zu gehen. Es ist, als hätten wir ewig darauf gewartet das tun zu können und völlig vergessen, warum wir hier sind.
Ich spüre, wie Bellas Hände über Damiens ganzen Körper wandern, hungrig und fordernd, so als wäre sie süchtig nach jedem Zentimeter seines Traumbodys. Und ihr Hunger nach ihm macht mich gerade tierisch an.

Ich hab kein Problem damit Damien mit Bella zu teilen, weil ich weiß, dass er mir gehört.
Gemeinsam drängen wir Damien auf den Rücken, und er fängt an laut zu stöhnen, als Bella sich zwischen seine Beine kniet und seinen Schwanz in den Mund nimmt.
Ich sitze auf seinem Oberkörper und presse meine Lippen auf seine, die vor Erregung beben.
„Ahhh!“ keuche ich, als er abrupt einen seiner großen dicken Finger in mich reinschiebt und ihn hart in mir kreisen lässt.
Hungrig lasse ich meine Hände über seine dicke Brust und sein Sixpack wandern.
Und während Bella ihm einen bläst, packt er plötzlich meine Hüften und hebt mich zu sich hoch, so dass ich praktisch auf seinem Gesicht sitze.
Ich stöhne in völliger Ekstase, als seine Zunge einmal komplett über meine Pussy streicht und er dann auf Anhieb meine Klit findet. Und seine meisterhafte Zunge braucht nur ein paar geschickte Züge, um mich zum Höhepunkt zu bringen.
„Oh Gott!“ höre ich Damien keuchen, der fast zeitgleich mit mir zum Orgasmus kommt. Unser ekstatisches Stöhnen hallt wie ein Rocksong durch den Raum, während Bella zwischen Damiens Beinen liegt und ihren Blowjob genießt.
Als mein Orgasmus abgeebbt ist, steige ich von Damiens Gesicht, packe Bellas Handgelenke und werfe sie auf den Rücken. Sie ist die einzige, die bisher noch nicht auf ihre Kosten gekommen ist. Und das werde ich jetzt ändern.
Ich knie mich zwischen ihre Beine, lege meine Lippen auf ihre Pussy und suche mit der Zunge ihre Klit. Erst jetzt wird mir

klar, wie perfekt Damien diesen Job macht, weil ich eine ganze Weile suchen muss, um ihren Kitzler richtig zu finden.
Ich höre Bella stöhnen, und spüre, wie Damien sich auf einmal hinter mich kniet und meine Beine mit seinen Knien spreizt.
Ich keuche auf Bellas Pussy, als Damien sich plötzlich hart in mich reinschiebt.
Heilige Scheiße!!! Was für 'ne Hammernummer!
Während Damien mich fickt, und ich Bella lecke, und wir alle gemeinsam laut keuchen, habe ich das Gefühl völlig den Verstand zu verlieren. Unser Fick ist wie ein verbotener Tanz auf einem Minenfeld, aber so höllisch geil, als wären wir alle auf 'nem megakrassen Drogentrip.
Nachdem ich Bella zum Höhepunkt gebracht habe und Damien und ich auch noch mal gekommen sind, liegen Bella und ich erschöpft auf dem Bett, während Damien cool in seine Jeans schlüpft und sein Handy nimmt, wahrscheinlich um Washington anzufunken.
Keine Ahnung, wie Damien das macht, dass er immer noch so fit ist, aber Bella und ich haben nach unserem krassen Dreier alles hinter uns.
Und wir sind so weggetreten, dass uns die Typen mit den MG'S, die auf einmal ins Zimmer stürmen und losfeuern, komplett überraschen.

Sechsundzwanzigstes Kapitel

„Fuck!“ höre ich Damien bellen, während ich total unter Schock in einer riesigen Blutlache kauere, unfähig zu kapieren, was gerade passiert ist.

Als die Schüsse fielen hat Damien sich sofort über mich geworfen, um mich zu schützen.

Ich sehe, wie er seine Hand auf eine Wunde an seinem Oberarm presst.

Scheiße, ihn hat eine der Kugeln getroffen.

Aber wo kommt das ganze andere Blut her?

Mein Blick fällt plötzlich auf Bella, die mit geschlossenen Augen neben mir liegt.

„Atme Bella!“ bellt Damien sie an, während er beide Hände auf ihren Brustkorb presst. „Verdammt noch mal atme!“ Er drückt seinen Mund auf ihren und versucht sie zu beatmen.

Und in diesem Augenblick checke ich, dass es Bellas Blut ist, in dem wir alle liegen. Und dass Damien gerade verzweifelt um ihr Leben kämpft.

„Hol Handtücher!“ fordert er mich auf, ohne Bellas Wiederbelebungsversuche zu unterbrechen.

Völlig apathisch steige ich aus dem Bett, unfähig meinen Blick von Bella abzuwenden, die regungslos in ihrem eigenen Blut liegt.

Dann laufe ich ins Bad, nehme ein paar Handtücher vom Regal und renne zurück zu Damien.

„Wird Bella sterben?“ frage ich völlig fertig, als ich ihm die Handtücher gebe.

„Ich weiß nicht, Gi“, antwortet Damien, während er eins von den Handtüchern auf ihre Wunde am Bauch presst, um die Blutung zu stillen. „Sie hat viel Blut verloren ... ‘ne Menge Blut.“

Schluchzend setze ich mich aufs Bett und streiche Bella ein paar lilapinke Haarsträhnen aus dem Gesicht. „Du darfst nicht sterben, Bella, hörst du?“ flehe ich sie dabei verzweifelt an. Ihre eisblauen Augen sind geschlossen und sie sieht aus, als würde sie schlafen.

Ich kriege auf einmal ein Déjà-vu. Ich muss wieder an Sky und den Unfall denken. Und daran, dass ich schon einmal meine beste Freundin verloren habe.

„Bitte, Bella, du darfst mich nicht alleine lassen.“ Ich fange wieder an zu schluchzen.

„Bella wird nicht sterben, Gi!“ sagt Damien rau, während er ihr Herz massiert. „Ich lasse sie nicht draufgehen, okay.“

Ich weiß, dass Damien Erfahrung darin hat anderen das Leben zu retten. Trotzdem habe ich gerade eine Scheißangst um Bella.

Was wenn sie es nicht schafft und stirbt ... so wie Sky damals.

Der Gedanke bringt mich gerade fast um und ich muss mir auf die Lippe beißen, um nicht hysterisch loszuheulen.

„Verdammt, Bella“, schluchze ich und nehme ihre Hand. „Du musst das schaffen, hörst du? Ich brauch dich doch...“ – „Sie wird durchkommen“, versucht Damien mich zu beruhigen, während er um ihr Leben kämpft. Die Wunde an seinem Arm sieht echt übel aus und tut sicher höllisch weh. Aber er kümmert sich überhaupt nicht darum, sondern ist voll auf

Bella konzentriert. Dabei wirkt jeder seiner Handgriffe total routiniert, so als wüsste er genau, was er tut.
So wie damals, als er mir nach dem Unfall das Leben gerettet hat.
Trotzdem hab ich keine Ahnung, ob Damien Bella wirklich noch helfen kann, oder ob er das eben nur gesagt hat, um mich zu beruhigen. Sie wirkt so blass und kalt ... und leblos...
Ich schließe die Augen. Das ist gerade alles ein Riesenalbtraum.
„Sie atmet!" ruft Damien plötzlich, nachdem er sie beatmet hat. Sofort presst er noch mal seine Lippen auf ihre, um die Mund-zu-Mund-Beatmung fortzusetzen.
„Bella lebt!" kreische ich hysterisch, als ich merke, wie sie ihre Finger in meiner Hand bewegt. „Sie hat gerade ihre Finger bewegt." Sie löst auf einmal ihre Hand aus meiner, und klammert sich an Damiens breitem Nacken fest.
Damien keucht.
„Was ist los?" rufe ich sofort panisch...
...bis ich bemerke, dass Bella ihm gerade ihre Zunge in den Mund schiebt!
Heilige Scheiße! Bella ist gerade fast draufgegangen, und das erste, was sie tut, als sie wieder atmet ist über Damien herzufallen?
Kriegt diese Frau eigentlich nie genug von Damien?
Trotzdem fällt mir gerade ein riesengroßer Felsblock vom Herz. Ich dachte echt, Bella schafft es nicht.
Aber anscheinend haben Damiens sexy Lippen ihr das Leben gerettet.

„Verdammt, Bella“, blafft er sie an, nachdem er sich von ihrem lebensgefährlichen Kuss befreit hat. „Du hast uns ‘n Scheißschreck eingejagt, weißt du das eigentlich?“ – „Sorry, D.“, krächzt Bella heiser, während sie Damien anhimmelt, der mit nacktem Oberkörper auf ihrem Becken sitzt. „Aber hätt‘ ich gewusst, dass du das mit mir tust, wenn ich abkratze, hätt‘ ich mich schon früher abknallen lassen.“
Ich sehe Damien sprachlos an, bevor ich Bella vorsichtig umarme.
„Scheiße, Bella“, murmle ich dabei. „Ich hab echt gedacht, du stirbst.“ Ich kämpfe wieder mit den Tränen.
„Hey, glaubst du echt ich verrecke, während Damien halbnackt auf mir sitzt und meine Lippen fickt?“
Damien schüttelt ungläubig den Kopf.
Aber ich muss zugeben, dass ich ihn noch nie so bewundert habe wie jetzt gerade. Nicht, weil seine heißen Lippen Bella zurück ins Leben befördert haben, sondern weil er die ganze Zeit total cool geblieben ist und die Situation voll unter Kontrolle hatte.

*

Nachdem wir Bella aus dem üblen Puff rausgebracht haben, kommt Washington sofort aufgeregt auf uns zu gelaufen. „Was ist passiert, verdammte Scheiße?“
Wir stützen Bella und haben ihr notdürftig Damiens Shirt übergezogen, bevor wir den Drecksladen durch den Notausgang verlassen haben.
„Liottas Leute haben Bella erwischt“, erklärt Damien Washington, der Bella sofort vorsichtig zu sich zieht.

„Bist du okay, Baby?“ erkundigt er sich dabei superbesorgt. Washington ist gerade echt fertig. Richtig fertig.
„Klar, Baby“, antwortet Bella und versucht zu Lächeln. „Is‘ bloß ‘n kleiner Kratzer.“ – „Sie hat ‘ne Kugel abgekriegt“, informiert Damien ihn. „‘n Bauchschuss, aber nix tiefes. Das Kaliber steckte kurz unter ihrer Haut, hat aber keine inneren Organe getroffen.“
Tyson lässt Bella plötzlich los. „Ich geh jetzt da rein und baller‘ den Scheißwichsern die Eier weg!“ bellt er, nimmt seine Knarre aus dem Holster und lädt sie durch, während er auf den Eingang des Bordells zugeht.
Damien kommt ihm hinterher. „Bleib hier, Bro!“ versucht er ihn aufzuhalten.
Washington bleibt stehen und atmet einmal tief durch, während Damien was zu ihm sagt.
Tyson nickt und steckt seine Knarre wieder ein, bevor die beiden zu uns zurückkommen.
„Hast du Indie wenigstens gefunden?“ erkundigt Ty sich schließlich bei Damien, während wir zu den SUV’s gehen, die in einer Seitenstraße geparkt sind.
„Negativ“, antwortet Damien. „Liotta hat uns verarscht.
Seine Leute haben Indie nicht gekriegt. Die Kleine ist irgendwo anders untergetaucht.“
Indie ist nicht in diesem dreckigen Puff und muss für diesen Scheißkerl anschaffen? Gott sei Dank.
„Dann war die ganze Scheißaktion umsonst?“ Ty schüttelt abgefuckt den Kopf.

„Yep", bestätigt Damien. „Vor allem, weil ich keinen verdammten Plan hab, wo die Kleine stecken könnte." Er öffnet die Verriegelung des Rover.
„Habt ihr's schon mal in ihrem Dopebunker versucht?" mischt Bella sich plötzlich keuchend ein.
Damien und Washington sehen sie fragend an.
„Das Growhouse, in dem sie mit Ace Gras angebaut hat", erklärt sie den beiden ächzend.
Damien und Ty tauschen einen irritierten Blick.
„Du weißt, wo Ace' Growhouse ist?" fragt Damien völlig perplex. „Woher?" – „Indie hat's mir erzählt", erwidert Bella schwer atmend. „Die beiden haben in 'nem Warehouse in Harlem gezüchtet."
Damien schüttelt abgefuckt den Kopf. Klar, dass er pissig ist, schließlich hat Indie ihm erzählt, dass sie keinen Schimmer hat, wo Ace das Dope gebunkert hat.
„Habt ihr gehört?" kommandiert er abgefuckt seine Leute,
die uns die ganze Zeit gefolgt und uns Rückendeckung gegeben haben. „Fahrt nach Harlem. Stellt die Hood auf den Kopf und sucht dieses verdammte Warehouse. Und wenn ihr Indie findet, bringt sie zu mir. ASAP!!!"

*

Nachdem wir ins Penthouse gefahren sind, verarzte ich Damiens Wunde.
Ich kann es immer noch nicht fassen, was passiert ist. Und dass Bella fast draufgegangen wäre.
Tyson hat sie nach Hause gebracht, um ihre Schusswunde ordentlich zu versorgen. Und ihr dafür 'ne Magnumflasche

Johnnie Walker besorgt. Mal sehen, wann Bella wieder aufsteht.
„Das sieht echt übel aus“, sage ich zu Damien, während ich auf seinem Schoß sitze und seine Wunde inspiziere. Die Kugel hat seinen Oberarm zwar nur gestreift, trotzdem ist die Wunde ziemlich groß.
„Halb so wild“, murmelt Damien abgelenkt, wobei er relaxed sein Smartphone checkt, als ich seine Verletzung desinfiziere.
„Du wirst auf jeden Fall ‘n schönes Andenken davon behalten“, bemerke ich ironisch, während ich den Verband um seinen dicken Oberarm befestige. Sein heißer Body hat mittlerweile mehr Schussnarben, als ‘ne Zielscheibe.
Damien zuckt cool mit den Schultern. „Narben sind Sticker für böse Jungs“, sagt er nur, und ich schüttele amüsiert den Kopf. Okay, wenn es danach geht, dann ist Damien ein ziemlich böser Junge. Nix Neues eigentlich.
„Hast du schon irgendwas von Indie gehört?“ erkundige ich mich dann, weil er immer noch seine Handy- Messages liest.
Damien schüttelt den Kopf. „Meine Leute sind noch in Harlem unterwegs und suchen das Growhouse.“ Er sieht mich mit ‘nem finsteren Blick an. „Sollten die Indie allerdings dort finden“, knurrt er dann, „reiß ich ihr den Arsch auf.“
Mit hochgezogenen Augenbrauen weiche ich ein Stück zurück. Damien ist richtig abgefuckt. Und ehrlich gesagt möchte ich jetzt nicht in Indies Haut stecken.
„Glaubst du, Bella erholt sich wieder von der ganzen Sache?“ wechsele ich besorgt das Thema.
Damien lacht. „So, wie die mich eben mit ihren Lippen gefickt hat, ist sie die Letzte, um die ich mir gerade Sorgen mache.“

Bella

Völlig groggy liege ich mit 'ner Flasche Johnnie auf Tys SM-Spielwiese und träume von Damien, während Ty mich verarztet. Logisch hab ich Scheißschmerzen. Aber nach Damiens Kuss fühl ich mich grade wie'n High School Girl nach der ersten Knutscherei.

Holy Shit, war das geil D. nach so langer Zeit wieder zu schmecken. Und damit meine ich nicht nur seine Zunge in meinem Mund. Als ich Damien bei unserem Dreier einen geblasen habe und nach all den Jahren wieder seinen Wahnsinnsschwanz zwischen meinen Lippen hatte, hätt' ich fast 'nen Scheißorgasmus gekriegt. Sein mega Ding ist so perfekt, dass man 'nen Rocksong drüber schreiben sollte.

„Brauchst du noch irgendwas, Baby?" erkundigt Ty sich superfürsorglich, nachdem er meinem Bauch 'nen schicken Verband verpasst hat.

„Nur deinen Schwanz", antworte ich und schiele total breit zu ihm hoch, während er auf meinem Becken sitzt.

Ty zieht seine Augenbrauen hoch. „Du willst, dass ich dich ficke, Baby?" fragt er mich und sieht mich an, als hätt ich von ihm verlangt, sich für mich kastrieren zu lassen. „Ich weiß nicht, ob das 'ne gute Idee ist." Er nimmt meinen Johnnie, um 'nen Schluck zu trinken.

„Hey, meiner Pussy is' nix passiert, okay", bemerke ich 'n bisschen angefressen und packe seinen Hosenbund. Wenn er mir schon nicht freiwillig gibt, was ich will, nehm' ich's mir eben einfach.

„Ich weiß nicht, ob das ‘ne gute Idee ist, Baby“, faselt er noch mal, während ich seinen Schwanz raushole, der trotz seiner albernen Mimimi-Show schon steinhart ist. „Echt, ich glaub wir sollten besser… FUCK! …“ keucht Ty, als ich sein Ding packe und es mit meinem Spezialgriff massiere.
Ich hab einfach die besseren Argumente!

Siebenundzwanzigstes Kapitel – Gigi

„Was zur Hölle hast du dir dabei gedacht?“ höre ich Damien unten in der Lounge bellen, als ich am nächsten Morgen total verpennt aus dem Schlafzimmer komme.

Ich stelle mich ans Treppengeländer, weil ich wissen will, was da unten abgeht, und sehe wie Damien gerade Indie zusammenscheißt. Sein Oberkörper ist nackt und er trägt noch seine Bandagen vom Kickboxen, was ihn ziemlich bedrohlich aussehen lässt.

Findet Indie wohl auch, weil sie seinem finsteren Blick total eingeschüchtert ausweicht und sich kaum traut ihn anzusehen. Okay, mit dem Verband seiner Schusswunde um seinen dicken Bizeps, den Bandagen und seinem brachialen tätowierten Oberkörper sieht Damien auch echt gefährlich aus. Gefährlich sexy.

Und so nervös wie Indie zu ihm hochschielt, scheint sie auch schon bemerkt zu haben, wie heiß Damien ist, wenn er abgefuckt ist.

„Ace wollte nicht, dass Ich Irgendjemandem was von dem Growhouse erzähle“, verteidigt Indie sich kleinlaut, während Damien mit verschränkten Armen vor Ihr steht und sie wie ein dunkler, bedrohlicher Koloss überragt, wobei er finster zu ihr runterblickt. „Ace hat gesagt, dass das Dope ‘ne Lebensversicherung für mich ist, falls ihm irgendwas passiert.“

Sie fängt auf einmal an zu schluchzen.

Damien schweigt, und ich schließe die Augen.

Indiana so leiden zu sehen, bricht mir fast das Herz.

Wenn ich mir vorstelle, man hätte Damien abgeknallt, und ich hätte außer unseren gemeinsamen Erinnerungen nichts und niemanden mehr... Ein beschissener Gedanke, der mich gerade total runterzieht.
Am liebsten würde ich jetzt in die Lounge laufen, Indie in den Arm nehmen und trösten ... und ihr alles erzählen.
Aber Damien meinte, es wäre besser, wenn ich erstmal die Füße still halte und ihr nicht sage, dass ich Skys BF war und mit ihr zusammen verunglückt bin. Indie ist im Moment eh schon total von der Spur, da würde sie dieses Geständnis wahrscheinlich komplett umhauen.
Nein, ich werde es für mich behalten, auch wenn es mich gerade fast umbringt, sie so anlügen zu müssen.
„Okay", sagt Damien schließlich 'ne Spur freundlicher und reibt sich den Nacken. „Wir müssen uns nur irgendwas überlegen." Er lächelt schief. „Denn sonst wird Ace' Lebensversicherung dich irgendwann ins Jenseits befördern."

*

„Was hältst du davon, wenn ich dir 'n paar von meinen Klamotten gebe?" biete ich Indie an, während wir beide auf der Küchentheke sitzen und 'n paar Donuts frühstücken.
Damien ist schon weg, aber er hat mir heute freigegeben, damit ich mich ein bisschen um Indie kümmern kann. Und eine Armee seiner Leute vor der Tür und unten auf der Straße postiert, damit uns während seiner Abwesenheit nix passieren kann. Mr. Overprotective übertreibt's manchmal echt 'n bisschen.
„Ich meine", füge ich vorsichtig hinzu, „dann musst du nicht die ganze Zeit in denselben Sachen rumlaufen."

Indie schüttelt vehement den Kopf. „Das ist echt nett von dir“, erwidert sie und legt ihren angebissenen Donut weg, „aber die Sachen bedeuten mir wirklich viel.“ Sie blickt an sich runter.

Verstohlen mustere auch ich das rotkarierte Hemd und die zerschlissene Jeans.

Und plötzlich macht es Klick!

Warum zur Hölle ist mir das nicht schon früher aufgefallen?

Wie in einem Videoclip sehe ich auf einmal wieder Sky in meinem Kopf, wie sie auf der Mauer bei uns in der High School sitzt und meine Hausaufgaben abschreibt. Sie hat dasselbe karierte Hemd um ihre Hüften geknotet und ein Knie blitzt aus einem der Löcher ihrer Jeans.

Scheiße. Das sind Skys Klamotten!!!

Mein Blick fällt auf Indies Schuhe, ein paar weinrote Doc Martens. Dieselben, die Sky immer getragen hat.

Oh Mann. Das ist original Skys Outfit.

Ich trinke einen großen Schluck O-Saft und brauche gerade meine komplette Selbstbeherrschung, um cool zu bleiben. Diese Erinnerung an Sky und daran, wie viel Scheiß wir auf der High School zusammen gebaut haben, macht mich gerade echt fertig.

„Wie hast du Damien eigentlich kennengelernt?“ reißt Indie mich auf einmal aus meinen Gedanken.

Was soll ich sagen? Dass Damien mir nach dem Autounfall mit ihrer Schwester das Leben gerettet hat? Wohl kaum.

„Wir haben uns im Bondage kennengelernt“, sage ich schließlich. Stimmt ja auch irgendwie, schließlich wusste ich damals noch nicht, wer Damien ist.

„Klingt romantisch“, bemerkt Indie mit ‘nem frechen Grinsen. „Hat er dich in seinem Club abgefüllt und dich danach in seinem Millionen-Dollar-Penthouse flachgelegt?“ – „Nein“, kontere ich. „Er hat mich im Bondage gestalkt und mir meine Flirts versaut.“ Ich muss lächeln, als ich mich wieder daran erinnere, wie Damien auf Luca losgegangen ist, als er mich angebaggert hat. Und wie er anschließend Liam angezählt hat, nachdem wir rumgeknutscht haben. Ja, Damien hat richtig um mich gekämpft bei unserem ersten Date.
Nachdem wir unser Frühstück beendet haben, führe ich Indie im Penthouse rum.
„Den Raum kennst du ja bereits“, sage ich zu ihr, als wir in Damiens Schlafzimmer kommen.
Indie grinst. „Wie könnte ich meine heiße Nacht mit D. jemals vergessen“, bemerkt sie dabei kackfrech, und ich strafe sie mit ‘nem finsteren Blick.
„Hey, das war nur ‘n Joke, okay“, verteidigt sie sich. „Zwischen uns is‘ absolut nix gelaufen.“ – „Wie bist du eigentlich in seinem Bett gelandet?“ erkundige ich mich neugierig, obwohl Damien mir die Geschichte damals bereits erzählt hat.
Indie zuckt mit den Schultern. „Ich konnte nicht pennen“, erklärt sie mir ausweichend.
„Weil du Angst vor Liottas Leuten hattest?“ will ich wissen, weil ich annehme, es war wegen der Sache mit Ace.
Indie lächelt frech. „Nein, weil ich die ganze Zeit an Damien denken musste“, gibt sie dann zu. „Ich wusste ja nicht, dass er vergeben ist. Und ich wollte eigentlich nur mal checken, was Mr. Hammerbody so macht, wenn er friedlich in seinem Bett

pennt und ausnahmsweise mal keine Leute zusammenscheißt."

Ich schüttele lachend den Kopf. Ja, das wollten wir alle schon mal wissen, denke ich dabei belustigt und muss sofort wieder an unsere erste Nacht denken, als Damien mich zusammengeschissen hat, weil ich ihm an den Schwanz gepackt habe.

Aber anscheinend findet Indie ihn genauso heiß wie ich damals.

Für einen kurzen Moment frage ich mich, ob Sky wohl auch so auf Damien reagiert hätte. Sie stand auch immer voll auf böse Jungs mit dicken Muskeln und Tattoos. Und Damien wäre genau ihr Typ gewesen.

Ja, Sky wär voll auf Damien abgefahren, da bin ich mir todsicher.

Den Rest des Tages verbringen Indie und ich in Damiens Oktagon, essen Pizza, trinken Bier und glotzen Filme bei Netflix. Indie ist Sky so unglaublich ähnlich, dass ich mittlerweile das Gefühl habe, als wäre sie es, mit der ich gerade in Damiens Penthouse Party mache.

Ich kann es immer noch nicht glauben, dass Indie ausgerechnet ins Bondage gekommen ist, um Damien um Hilfe zu bitten. Manchmal ist das Leben echt crazy.

„Wie sehe ich aus?" fragt Indie mich unsicher, als wir am Abend vor dem Spiegel in meinem Schlafzimmer stehen. Ich habe es tatsächlich geschafft sie zu überreden, mal was anderes anzuziehen, und ihre Klamotten in die Waschmaschine gesteckt.

„Du siehst echt scharf aus", versichere ich ihr, während ich ihr Outfit mustere. Sie trägt ein bauchfreies schwarzes Top zu einer von meinen hautengen Lackhosen, und natürlich Skys weinrote Boots. Ihre Haare haben wir schwarz gefärbt, auf der einen Seite abrasiert und toupiert, so dass sie ein bisschen aussieht wie Siouxsie von Siouxsie and the Banshees. Nur viel hübscher. Sie hat einen sexy Schmollmund und ihre großen intensiven türkisgrünen Augen leuchten so magisch wie die einer Raubkatze. Und erinnern mich so wahnsinnig an Skys Augen, dass es fast wehtut sie anzusehen.
„Danke", sagt Indie auf einmal leise und sieht mich aufrichtig an. „Ich weiß, dass wir nicht den besten Start hatten, aber ich find's echt cool, dass wir uns jetzt so gut verstehen."
„Find ich auch", versichere ich ihr, während ich ihr eine von meinen Chokerketten um den Hals lege.
„Du erinnerst mich übrigens voll an jemanden", bemerkt Indie plötzlich, während ich den Verschluss ihrer Kette zumache.
Ich werde auf einmal stocksteif und habe das Gefühl, als würde mein Herz für einen Schlag aussetzen.
„Wahrscheinlich bilde ich mir das nur ein, aber ich hab irgendwie das Gefühl, dass wir uns kennen." Indie dreht sich zu mir um. „Du siehst aus, wie die beste Freundin meiner großen Schwester." Ihre türkisgrünen Augen sehen mich durchdringend an. „Aber das kann nicht sein", sagt sie dann mit belegter Stimme. „Die Beiden sind bei 'nem Autounfall ums Leben gekommen!"

Achtundzwanzigstes Kapitel

Wie vom Blitz getroffen, stehe ich in meinem Schlafzimmer und starre Indie an.

Was hat sie gerade gesagt?

Indie weiß nicht, dass ich den Unfall überlebt habe?

Das kann nicht sein. Ich habe sie doch auf dem Memorial, das ihre Mom arrangiert hat noch gesehen.

Aber hat sie mich auch gesehen?

Ich hab keinen Schimmer.

Am liebsten würde ich sie sofort darauf ansprechen und ihr alles erzählen. Aber ehrlich gesagt weiß ich gerade nicht, wie sie darauf reagieren würde, wenn ich ihr sage, wer ich bin. *Scheiße.*

„Alles okay?“ erkundigt Indie sich besorgt.

Ich schlucke den fetten Kloß in meinem Hals herunter. „Klar“, sage ich dann und versuche zu lächeln. „Willst du noch ‘n paar Ohrringe?“

Sie nickt, und ich hole ein paar Stecker mit einer silbernen Kette aus meiner Nachttischschublade.

Ich hasse es dieses Versteckspiel mit Indie spielen zu müssen. Weil ich irgendwie ‘n ganz beschissenes Gefühl dabei habe…

*

Nachdem wir uns fertig aufgestylt haben und ins Bondage gefahren sind, bin ich immer noch ziemlich durch den Wind. Ich komm einfach nicht darüber weg, dass Indie glaubt, ich sei tot. Das Schlimmste aber ist, dass ich keinen Plan habe, wie ich ihr jetzt noch jemals die Wahrheit sagen soll.

„Hey, Baby, cool dich mal wieder zu sehen“, begrüßt Liam mich, als wir in die Halle kommen. Er umarmt mich und ich halte nervös Ausschau nach Damien, weil ich keinen Bock hab, dass Mr. Ich-brech-dir-deine-verdammten-Scheißknochen-wenn-du-mein-Mädchen-anfasst wieder Stress macht.

Aber anscheinend ist Damien noch nicht da, stelle ich beruhigt fest, während Liam hungrig sein Becken an mir reibt.

Ich bemerke auf einmal, wie Indie ihn anstarrt. „Bist du...?“, stammelt sie völlig aus dem Häuschen. „Oh my God! Du bist ... Liam Price, der Frontman von *The Cave*!“

Liam lächelt cool, während er mich loslässt und ich ihm Indie vorstelle.

„Freut mich dich kennenzulernen“, sagt er rauchig und schenkt ihr sein unwiderstehliches Superstar-Lächeln.

Und so wie Indie ihn gerade anstarrt, habe ich ein bisschen Angst, dass sie gleich in Ohnmacht fällt. Sie ist total rot und wirkt, wie ein verknallter Teenager bei einem Meet and Greet mit ihrem Idol.

„Ich find deine Songs so cool“, schwärmt sie, als sie ihre Sprache wiedergefunden hat. „Echt.“ Sie strahlt ihn an. „Und du bist noch heißer, als auf MTV.“

Ich schüttele amüsiert den Kopf, bevor ich die Beiden alleine lasse, damit Indie in Ruhe baggern kann. Liam und sie sind echt ‘n zuckersüßes Paar. Mal sehen, was da noch geht.

Als ich zum Dancefloor komme, spielen Melody und ein paar andere Gothic-Chicks gerade ein paar wilde Trinkspielchen mit drei der Oben-Ohne- Bar Boys.

„Hey, Gi, willst du auch ‘n Shot?“ Melody macht einem der heißen Jungs ein Zeichen, dass sie mir ‘n Drink verpassen sollen.
Ich nehme die Einladung dankbar an. Jetzt gerade kann ich echt was Hochprozentiges gebrauchen.
Während wir ein bisschen mit den sexy Typen rumalbern, bemerke ich auf einmal Damien, der mit einer Armee seiner Leute ins Bondage kommt, während gerade der Song *Bad Boys* aus den Boxen dröhnt.
Mit ‘nem finsteren Blick sagt er irgendwas zu den anderen Securitys und geht dann mit seiner Entourage durch den Club. Dabei nehmen sie die Clubbesucher so intensiv ins Visier, als würden sie jemanden suchen.
Damien trägt noch sein Business-Outfit, allerdings ist seine Krawatte offen und sein seriöses weißes Hemd bis zu seiner dicken Brust aufgeknöpft, so dass sein Tribal dirty darunter hervorblitzt. Echt hot.
Ich stehe immer noch am Dancefloor und flirte ein bisschen mit unseren Jungs, als Damien mit seiner Armada zu uns kommt.
„Verpiss dich“, fordert er einen von den Typen auf, der mich gerade sexy antanzt.
Der Typ gehorcht sofort, und Damien fällt hungrig über mich her. Ein typischer Damien-Auftritt.
„Ist irgendwas passiert?“ will ich wissen, als er mich wieder loslässt. Seine Leute stehen die ganze Zeit hinter uns, als würden sie auf eine Anweisung von ihm warten.

„Bloß ‘n Sicherheitscheck“, erwidert Damien knapp. „Mach dir keine Sorgen.“ Er drückt mir ‘nen Kuss auf die Stirn und verschwindet.

„Hab ich dir eigentlich schon mal gesagt, wie heiß D. ist?“ schwärmt Melody und schmachtet ihm verträumt hinterher.

„Ungefähr schon hundert Mal“, erwidere ich lächelnd, während ich Damiens durchtrainierten Knackarsch bewundere, der in seiner engen Businesshose echt heiß aussieht.

„Du weißt gar nicht, wie sehr ich dich beneide, Süße“, bemerkt Melody seufzend.

Ich lächele abwesend, wobei ich mir bereits überlege, wie ich Damiens sexy Fighter-Arsch heute Nacht am besten flachlege.

Ja, ich bin ein absolutes Glückskind.

Gut gelaunt gehe ich zur Bar in die Lounge, um Jazz Hallo zu sagen.

„Weißt du, was mit Bella passiert ist?“ will Jazz wissen, nachdem sie mir einen Black Sun mit Coke gemixt hat.

Damien hat Bella wegen ihrer Schusswunde freigegeben, allerdings kann ich mir nicht vorstellen, dass sie es lange ohne das Bondage aushält.

Ich erzähle Jazz die ganze Geschichte, und sie sieht mich sprachlos an.

„Ihr habt es echt zu Dritt in diesem Puff getrieben?“ fragt sie mich dann, als würde sie das am meisten schockieren.

Ich schüttele lachend den Kopf und will gerade etwas von meinem Drink nehmen, als mir plötzlich jemand von der Seite das Glas aus der Hand kickt!

„Spinnst du?“ fahre ich Damien an, nachdem ich vor Schreck fast ‘ne Herzattacke gekriegt habe. Obwohl sein Kick echt beeindruckend war. Sein Fuß hat meine Hand nicht mal gestreift, als er das Glas in die Luft und dann zur Seite weggekickt hat. Echt atemberaubend. Im wahrsten Sinne des Wortes.
„Hast du was von dem Scheißzeug getrunken?“ blafft Damien mich an.
„Nein, du hast mir schließlich gerade fast den Kopf weggetreten“, schnauze ich zurück. „Findest du das nicht ‘n bisschen oversized, nur weil ich mal was trinken will?“
Ohne mich weiter zu beachten, geht Damien zu Jazz hinter die Theke. „Kipp den ganzen Scheiß weg“, fordert er sie auf und nimmt eine von den Flaschen aus dem Regal, um den Inhalt in die Spüle zu kippen. „Irgendein verdammter Wichser hat Yaba in den Alk gemixt“, erklärt er uns dabei abgefuckt.
Okay…?
Jazz sieht mich achselzuckend an, während sie beginnt die Flaschen im Ausguss zu leeren.
Damien kommt um die Theke rum und baut sich vor mir auf. „Alles okay mit dir?“ fragt er mich ein bisschen sanfter, wobei er meine Augen kontrolliert. Ich hatte zwar den Shot eben, den mir einer der Bar Boys verabreicht hat, allerdings ist die Hälfte von dem Zeug danebengegangen.
„Ich hab nix getrunken, okay“, versichere ich Damien immer noch ein bisschen angepisst.
„Gut“, erwidert er erleichtert. „Das Scheißzeug kann in Kombination mit hartem Alk lebensgefährlich sein. An einer

der anderen Bars sind bereits ‘n paar Leute zusammengeklappt.“
Ich sehe ihn erschrocken an.
„Keine Sorge, wir haben die Situation unter Kontrolle“, versucht Damien mich zu beruhigen. „So wie‘s aussieht, ist niemandem was Ernstes passiert. Die Leute kriegen jetzt ‘n Brechmittel, um das Dreckszeug wieder raus zu kriegen.“
Ich schüttele sprachlos den Kopf. „Wer macht denn sowas?“ frage ich schließlich fassungslos, weil ich absolut nicht begreifen kann, wie man so asozial sein kann Dope in den Alk zu mixen.
„Einer meiner V-Leute hat mir ‘nen Tipp gegeben, dass heute Abend irgend’ne linke Nummer im Club geplant ist“, erklärt Damien mir.
„Dann habt ihr deswegen eben die Leute kontrolliert?“ – „Yep.“ Damien blickt finster an mir vorbei, und ich sehe, wie er seine Faust anspannt. „Allerdings bin ich mir ziemlich sicher, dass das keiner aus dem Club war“, murmelt er dann, so als wüsste er, wer den Alk manipuliert hat.
Bevor ich Damien fragen kann, kommt plötzlich einer seiner Securitys zu ihm. „Die Kleine hat sich schon wieder verpisst“, meldet er ihm.
„Indie ist weg?“ bellt Damien.
„Cooper hat sich gerade um die Leute gekümmert, als die Kleine mit irgend‘nem Typ abgehauen ist“, erklärt der kahlgeschorene Bulle ihm.
„Fuck!“ Damien fährt sich mit beiden Händen über die Haare, und ich muss plötzlich lächeln.

„Ich glaub, ich weiß mit wem Indie abgehauen ist", bemerke ich schließlich vorsichtig.
Der Gorilla und Damien sehen mich ungeduldig an.
„Liam!"
Damien atmet einmal tief durch und reibt sich kopfschüttelnd den breiten Nacken. „Sag bloß, sie steht auf diesen Motherfucker?"
Ich schenke ihm ein sexy Lächeln. „Ich hab die beiden verkuppelt", erkläre ich dabei stolz.
Damien schüttelt den Kopf.
„Aber solange er dich nicht mehr anmacht, ist das okay für mich", knurrt er dann. „Ich hoffe nur, seine Bodyguards machen 'nen guten Job." Er blickt zu seinem Gorilla. „Die Typen sind voll die Pussys", erklärt er ihm, wohl als Anspielung darauf, dass er Liams Bodyguards schon mal übelst auseinandergenommen hat.
Ich bedenke Damien mit einem strafenden Blick, den er allerdings nur mit einem sexy Lächeln erwidert, so als wäre er sich überhaupt keiner Schuld bewusst.
„Sollen wir die Kleine da rausholen?" will der Bulle wissen.
„Lasst ihr ihren Spaß", ordnet Damien an. „Ich kümmer' mich schon drum, dass der Fucker sie sicher zurückbringt."
Nachdem Damien Liam über mein iPhone angefunkt hat und ihm auf seine charmante Weise erklärt hat, dass er ihm den Arsch aufreißt, wenn er Indie nicht wohlbehalten nach Hause bringt, verlassen wir das Bondage.
Damien hat den Club für heute dicht gemacht. Und ich bin echt froh, dass bei der Yaba-Aktion niemandem was passiert ist. Ich mag mir gar nicht vorstellen, was gewesen wäre, wenn

Damien und seine Leute nicht früh genug bemerkt hätten, dass jemand die Drinks gestreckt hat.
„Gehen wir noch was essen, Baby?“ fragt Damien mich, während wir die Treppen zur Straße hochgehen.
Gibt es eigentlich nichts, dass diesem Mann den Appetit verderben kann?
Ich will ihn deswegen gerade ‘n bisschen verarschen, als auf einmal drei Typen auf uns zukommen. Ziemlich üble Typen, die voll nach Stress aussehen.
„Ich hoffe, dir hat unser kleiner Scherz gefallen, Blackrock“, macht einer von den Kerlen Damien an.
„Hab schon mehr gelacht“, kontert Damien trocken. „Hat Deluca euch beauftragt meinen Club aufzumischen?“
Der große breite Typ nickt.
Deluca ist für die Yaba-Sache verantwortlich? Krass.
„Und wir haben noch ‘ne Überraschung für dich, Blackrock“, sagt er dann und deutet zur Straße.
Scheiße!
Ich muss einmal tief durchatmen, als ich den ausgebrannten Wagen auf der Verkehrsinsel sehe: Damiens Rover!
Einer von Delucas Schlägern tritt dicht an Damien ran. „Das war bloß ‘ne kleine Warnung“, sagt er dabei bedrohlich. „Das nächste Mal tun wir dir richtig weh.“ Er sieht mich mit ‘nem dreckigen Lächeln an. „Oder deiner Kleinen da.“ Der Typ streckt seine Hand aus, um mich zu berühren…
…bevor Damien ihm brutal den Arm wegkickt.
„Wenn du mein Mädchen anfasst, tue ich *dir* weh“, blafft Damien, während der Kerl mit schmerzverzerrter Miene seinen Arm hält.

Ich sehe, wie die beiden anderen auf einmal auf Damien zukommen, und verstecke mich hinter seinen breiten Schultern, weil ich Panik kriege, dass es jetzt richtig Randale gibt.
„Ich hoffe, du hast die Ansage kapiert, Blackrock“, sagt einer von denen nur drohend zu Damien, bevor er den anderen ein Zeichen macht zu verschwinden.
Ich atme erleichtert auf.
Dann blicke ich zu der Verkehrsinsel und zu Damiens Rover, den die Typen abgefackelt haben. „So eine verdammte Scheiße!“
Damien zuckt entspannt mit den Schultern. „Wieso?“ bemerkt er cool und macht eine Kopfbewegung zur anderen Straßenseite. „Mein Lambo steht da drüben.“ Er blickt zu dem Rover. „Keine Ahnung, wem die Karre gehört.“

*

Damiens nackter, heißer Body ist eng um mich geschlungen und ich bin buchstäblich in seinen dicken Armen gefangen, als uns mitten in der Nacht plötzlich die Türklingel aus dem Schlaf reißt.
„Wer ist das?“ frage ich erschrocken, weil meine Nerven nach der Sache mit dem ausgebrannten Rover und der Aktion im Bondage immer noch total blank liegen. Der Gedanke, dass die Drogenmafia es auf Damien und seinen Club abgesehen hat, ist alles andere als beruhigend.
„Ich werd‘ mal nachsehen“, erwidert Damien und löst sich von mir. „Du bleibst hier oben, hast du verstanden?“
Ich nicke, während ich unter das Laken krieche und Damien in seine Jeans schlüpft.

Er nimmt plötzlich sein Hoster vom Stuhl und holt die Browning raus. „Du weiß, wie man mit dem Ding umgeht?“ sagt er zu mir.
Ich nicke und nehme die Waffe, wobei mir gerade echt der Arsch auf Grundeis geht.
„Willst du die Knarre nicht lieber mitnehmen?“ schlage ich schließlich vor, weil ich mir gerade mehr Sorgen um ihn als um mich mache.
„Ich brauch so’n Spielzeug nicht“, bemerkt Damien cool und blickt an seinem nackten aufgepumpten Oberkörper runter. „Ich verlass mich voll auf meinen Body.“ Er drückt mir einen Kuss auf den Scheitel und geht dann nach unten.
Nervös wickele ich mich in das Bettlaken und stehe auf, um mit der Knarre in der Hand an der Tür zu lauschen.
Das Klingeln hört plötzlich auf und es wird für einen Moment still.
Dann geht es plötzlich richtig ab!

Neunundzwanzigstes Kapitel

„Was zur Hölle hast du dir dabei gedacht einfach mit diesem Fucker abzuhauen?“ höre ich Damien in der Lounge bellen.

Indie! Das ist Indie, die da gerade Sturm geklingelt hat. Gott sei Dank!!!

Erleichtert lege ich die Browning weg und schlüpfe dann in eins von Damiens XXL-T-Shirts, bevor ich das Schlafzimmer verlasse.

„Hab ich eigentlich auch noch ‘n eigenes Leben?“ höre ich Indie motzen, während ich die Treppe runterkomme.

„Nein“, blafft Damien zurück. „Es sei denn, du bist scharf drauf wie ‘ne verdammte Schießbudenfigur durchlöchert zu werden.“

Ich gehe zu Indie, um sie zu begrüßen, und die beiden ein bisschen runterzubringen.

„Hattest du wenigstens Spaß mit Liam?“ erkundige ich mich, während ich sie umarme.

Indie grinst, und Damien schüttelt abgefuckt den Kopf.

„Das nächste Mal wirst du dich gefälligst bei mir abmelden, wenn du ’nen Kerl flachlegst, hast du verstanden?“ blafft er sie dann an.

„Warum? Hast du vor zuzugucken?“ kontert Indie kackfrech.

„Pass bloß auf, Kleine.“ Damiens Miene verfinstert sich bedrohlich, während er sich vor ihr aufbaut. „Sonst kannst du sehen, wie du in Zukunft ohne mich da draußen klarkommst.“

Ich sehe, wie Indie schluckt.

„Sorry“, sagt sie schließlich kleinlaut, weil sie anscheinend Schiss hat, dass Damien sie nicht mehr beschützt. „Ich werd‘

das nächste Mal Bescheid sagen, wenn ich jemanden abschleppe, okay?“
Damiens finstere Gesichtszüge entspannen sich ein bisschen. „Gut“, bemerkt er schließlich. „Ich hoffe nur, du hast jetzt nicht vor dich quer durchs Bondage zu vögeln. Ich hab nämlich keinen Bock, dass jedes Mal einer meiner Männer ‘ne Nachtschicht einlegen muss, nur weil du was zu ficken brauchst.“ Damien verschwindet.
Ich sehe Indie erwartungsfroh an. „Und?“ frage ich neugierig, „Wie war’s mit Liam?“
Indie zuckt cool mit den Schultern. „Ganz okay“, sagt sie dann lässig. „Liam ist zwar nicht so groß wie Damien, aber er hat ‘ne ganz gute Technik drauf.“
Ich schüttele sprachlos den Kopf. Okay, anscheinend hat sie sich Damiens Schwanz ziemlich genau angesehen, als sie bei ihm gepennt hat. Ich weiß echt nicht, was ich davon halten soll.
„Wollt ihr euch denn noch mal daten?“ löchere ich sie.
„Keine Ahnung“, erwidert Indie achselzuckend. „Ich glaub Liam hat Schiss, dass Damien ihm die Fresse poliert, wenn er mich noch mal flachlegt.“ Sie kickt ihre Boots aus. „Liam is‘ voll die Pussy.“
Ich muss lachen.
Okay, wenn sie erwartet hat, dass Liam genauso cool ist wie Damien, hätte ich ihr vorher sagen können, dass sie enttäuscht wird. Nicht, dass ich Liam nicht sexy finde, aber gegen Damien hat er einfach keine Chance. Und damit meine ich nicht nur seinen Schwanz.

„Wo sind eigentlich meine Klamotten?“ wechselt Indie auf einmal das Thema und zieht ihre Chokerkette aus.
„Ich hab die Sachen nach dem Waschen in meinen Schrank gelegt“, erwidere ich. „Willst du sie haben?“ – „Kein Problem, ich hole sie schon.“ Indie geht rüber zu meinem Schlafzimmer.
„Soll ich uns noch ‘nen Kaffee machen?“ rufe ich ihr hinterher.
Indie nickt, und ich gehe in die offene Küche.
Während ich den Kaffeeautomaten starte, muss ich lächeln, als ich wieder an ihre Bemerkung über Damiens Schwanz denken muss. Ich glaube, dass Indie ziemlich scharf auf Damien ist, auch wenn sie immer so supercool tut. Aber so wie sie ihn anhimmelt und sich von ihm rumkommandieren lässt, scheint sie ihn echt anzubeten. Denn wenn sie nur ein bisschen so ist wie Sky würde sie ansonsten drauf scheißen, was er sagt. Sky hat sich von niemandem was sagen oder irgendwelche Vorschriften machen lassen.
So wie ich – bevor ich an Damien geraten bin.
Nicht, dass ich jetzt ‘n braves Mädchen geworden wäre, ganz im Gegenteil. Aber Damien hat diese spezielle Wirkung auf Frauen, die selbst aus Rebellinnen gefügige kleine Mädchen macht.
Nachdem ich uns ‘nen Americano gemacht habe und Indie noch nicht wiedergekommen ist, gehe ich rüber in mein Schlafzimmer.
„Hast du die Sachen gefunden?“ frage ich sie, als ich an die Zimmertür komme.
Indie antwortet nicht.
Ich öffne die Tür.

„Alles okay mit…?“ Ich verstumme, als ich Indie kreidebleich auf meinem Bett sitzen sehe.
Sie wirkt total abwesend, als stände sie unter Schock.
Ich bemerke auf einmal einen Zettel in ihrer Hand.
Ein zerknittertes Stück Papier, das ich irgendwoher kenne…
Oh Shit!!!

Damien

Keine Ahnung, was die Chicks da unten noch für 'ne Party machen, aber ich hab langsam echt die Schnauze voll ständig den Scheiß-Babysitter für Indie spielen zu müssen.
Abgefuckt schalte ich den Screen ein, um mir den UFC-Champion-Fight von heute Abend anzusehen.
Dieses abgedrehte Chick macht mich noch komplett irre – so wie Gigi und Sky damals, als ich noch den Auftrag hatte Gi zu beschützen. Die Beiden haben mich fast wahnsinnig gemacht mit ihren durchgeknallten Aktionen.
Ich hoffe nur, dass Indie und Gi nicht vorhaben sich genauso gegen mich zu verbünden. Nochmal so'n Chaos-Duo unter Kontrolle kriegen zu müssen, is' echt das Letzte, das ich gerade gebrauchen kann.
Diese ganze Scheiße mit Deluca fuckt mich schon genug ab. Vor allem, weil ich nicht darf, wie ich gerne würde, denke ich finster, während ich mir den Käfigfight ansehe, bei dem MacGregor gerade tierisch auf die Fresse kriegt.
Früher hätte ich kein Problem damit gehabt Delucas Leute 'n bisschen aufzumischen. Aber seit ich mit Gi zusammen bin,

leg ich mich nur noch ungern mit diesen abgefuckten Gangstern an, weil ich nicht will, dass sie ins Visier dieser Motherfucker gerät.
Trotzdem juckt es mich tierisch in den Fingern wieder Randale zu machen und Delucas Truppe mit meinen Leuten mal richtig zu ficken. Besonders nach dieser Scheißaktion im Bondage.
Aber ich werd die Füße still halten und mich nicht provozieren lassen. Für Gi.
Fuck, die Kleine hat echt voll die Pussy aus mir gemacht.

Gigi

„Was fällt dir ein in meinen Klamotten rumzuwühlen?" fahre ich Indie an und reiße ihr Skys und meine Bucket List aus der Hand.
Indie starrt mich an, als wäre ich ein Geist.
„Woher hast du das?" fragt sie mich dann total aufgewühlt, ihren Blick immer noch auf den Zettel gerichtet.
Ich schließe die Augen und atme einmal tief durch.
„Sky und ich waren befreundet, okay", sage ich schließlich etwas ruhiger, und ahne bereits, dass ich gerade alles falsch mache.
„Du kanntest meine Schwester?" fragt sie mich ungläubig.
Ich nicke, während ich verzweifelt überlege, was ich jetzt tun, was ich ihr sagen soll. Ich fühle mich gerade voll überfordert mit der Situation und hab keinen Plan, wie ich Indie schonend beibringen soll, dass ich Skys beste Freundin war und nicht bei dem Unfall ums Leben gekommen bin.

Indie schweigt und blickt wieder auf die Bucket List, die ich immer noch in der Hand habe.
„Gigi“, murmelt sie plötzlich. Sie hebt ihren Kopf und mustert mich auf einmal intensiv. Dann schüttelt sie den Kopf. „Nein, das kann nicht sein...“ Ihre türkisgrünen Augen sehen mich hilflos an, und ich schließe die Augen.
Ich habe zwei Möglichkeiten: Entweder ich lüge Indie an und erkläre ihr, dass ich die Bucket List irgendwo gefunden habe. Eine völlig idiotische Idee.
Oder ich gestehe ihr alles und sage ihr, wer ich bin und was damals passiert ist.
Aber würde sie damit klar kommen? Ich meine, immerhin denkt sie ich sei tot. Und wie wird sie darauf reagieren, dass ich ihr das alles solange verheimlicht habe?
Nein, ihr so die Wahrheit vor den Kopf zu knallen, ist eine noch dämlichere Idee.
Trotzdem kann ich sie irgendwie auch nicht anlügen. Scheiße, was mache ich denn jetzt?
„Hör zu“, beginne ich schließlich diplomatisch. „Ich war mit deiner Schwester auf der High School, und...“ – „Du bist Giorgina!“ unterbricht sie mich plötzlich erschüttert und steht vom Bett auf. „Giorgina James!“
Ich fahre mir aufgewühlt mit der Hand durch die Haare. „Ich kann dir das alles erklären, Indie, okay...“ Sie starrt mich so fassungslos an, dass mir die Worte im Hals stecken bleiben.
Dann schubst sie mich plötzlich weg, rennt zur Tür und läuft nach draußen.

„Bleib hier, Indie!“ rufe ich ihr hinterher, während ich mich aufrappele und mir meine Jeans schnappe. „Verdammt, Indie, bleib hier.“
Ich höre plötzlich, wie die Wohnungstür zugeknallt wird. *Scheiße!*
Hastig schlüpfe ich in meine Klamotten, bevor ich Indie hinterherlaufe.
Doch als ich zu dem privaten Lift komme, sehe ich gerade noch, wie sich die Türen hinter ihr schließen. Verdammt.
Während ich auf den Aufzugknopf hämmere, damit der Lift wieder hochkommt, überlege ich, was ich tun soll.
Wahrscheinlich wird Indie wieder nach Harlem fahren und im Growhouse übernachten, mutmaße ich schließlich, und laufe noch mal kurz nach drinnen, um meine Wagenschlüssel zu holen.
Nachdem ich mit dem Aufzug in die Tiefgarage gefahren bin, steige ich in meinen BMW und schalte das Navi ein. Zum Glück erinnere ich mich noch an die Adresse der Lagerhalle, in der Ace und Indie das Gras gezüchtet haben.
Trotzdem bin ich ein absoluter Riesenidiot. Warum habe ich Indie nicht einfach die Wahrheit gesagt, als ich wusste, wer sie ist? Ich habe es schließlich auch erst von Damien erfahren. Und auf ihn wäre Indie sicher niemals sauer gewesen.
Ich hoffe nur, dass sie mir das irgendwann verzeihen wird. Denn Indie jetzt zu verlieren wäre, als würde Sky ein zweites Mal sterben.

*

Als ich zu dem stockdunklen Fabrikgelände komme, fühle ich mich alles andere als wohl. Die Gegend hier ist total

ausgestorben. Der perfekte Ort, um illegal Dope anzubauen. Oder ‘nen Mord zu begehen, denke ich sarkastisch, während ich aus meinem SUV steige.
Ich sehe mich auf dem dunklen Gelände um. Die trostlosen Betonbunker und Metallverschläge sehen aus, als würden sie nur noch von Ratten bewohnt. Die Vorstellung, dass Indie freiwillig hier pennt, ist echt übel.
Ich habe sie noch nie darauf angesprochen, aber anscheinend hat sie Ace echt geliebt, wenn sie immer noch hierherkommt, wo sie gemeinsam gewohnt haben.
Während ich über die stockfinstere Anlage gehe, sehe ich plötzlich ein schwaches rotes Licht, das aus einem Rollo-Schlitz einer der Lagerhallen dringt.
Unsicher gehe ich darauf zu.
„Indie?“ sage ich vorsichtig und klopfe an das Metallrollo.
Keine Antwort.
Mit meiner ganzen Kraft schiebe ich das Rollo ein Stück nach oben. So weit, bis es mir gelingt mich darunter durchzuschieben.
Als ich nach drinnen komme, richte ich mich auf.
Heilige Scheiße!
Die ganze Halle ist voller Pflanzen. Allerdings sind das keine harmlosen Zimmerpflanzen, sondern riesige Marihuanagewächse, die von unzähligen roten Lampen versorgt werden und mega intensiv riechen. Der moderig-süße Geruch der Pflanzen ist so krass, dass ich das Gefühl habe alleine schon beim Atmen breit zu werden.
Holy Shit. Bella würde ausrasten, wenn sie das hier sehen könnte. Eine mega Grasplantage, der absolute Kiffer-Himmel.

Während ich mich noch total fasziniert in dem Growhouse umsehe, höre ich auf einmal Geräusche in dem angrenzenden Raum.
„Indie?“ Ich gehe auf die Tür zu. „Bist du das?“
Ich bemerke, wie die Türklinke heruntergedrückt wird...
„Es tut mir Leid, okay“, sage ich schuldbewusst. „Lass uns einfach in Ruhe über alles reden...“
Ich halte mitten im Satz inne, als sich plötzlich die Tür öffnet.
Oh Scheiße!!!

Dreißigstes Kapitel

„Na, wen haben wir denn da?“ Der große kräftige Typ mit der Knarre in der Hand mustert mich grinsend. „Also entweder du hast dich verlaufen, oder du bist auch eine von den kleinen Schlampen, die für Ace gedealt haben.“ – „Ich... Ich... weiß nicht“, stammele ich total überrumpelt, während ich mich wieder daran erinnere, woher ich den Typ mit der fetten Narbe auf der Wange kenne: Aus Liottas Club!

Der Kerl war einer von den Türstehern, die uns damals reingelassen haben. *Shit!*

„Erzähl mir keinen Scheiß“, macht er mich an und packt mich brutal am Oberarm.

Ich keuche, als er mich in den angrenzenden Raum stößt.

Und dann kriege ich den nächsten Schock.

„Was habt ihr mit ihr gemacht?“ fahre ich den Typ mit der Narbe wütend an, als ich Indie sehe, die hilflos in einer Ecke kauert. Die Schweine haben sie mit Klebeband gefesselt und ihr den Mund zugeklebt, und sie wirkt, als wäre sie total zugedrohnt. „Ihr verdammten Schweine!“

Der mit der Narbe und ein anderer von Liottas Schlägern, der jetzt zu uns kommt, lachen.

„Anscheinend kennen die Pussys sich“, bemerkt er dabei zu seinem Buddy.

Ich sehe, wie Indie sich auf einmal wild bemerkbar macht und etwas zu sagen versucht.

Einer von den Kerlen geht zu ihr und reißt ihr brutal das Klebeband vom Mund. „Hast du uns was zu sagen?“ fragt er sie dabei, während Indie vor Schmerz keucht.

„Ich kenne die Bitch nicht, okay“, faucht Indie und funkelt mich wütend an. „Die verdammte Schlampe ist hier eingebrochen.“
Ich sehe sie fassungslos an.
Was zur Hölle soll das? Ich versteh ja, dass sie sauer auf mich ist, aber jetzt gerade ist echt ‘n beschissener Zeitpunkt, um mich fertigzumachen.
Ich will gerade den Mund aufmachen und wütend protestieren, als mir plötzlich klar wird, warum Indie mich verleugnet.
Scheiße! Will sie mich vor den Typen beschützen?
„Okay, dann lassen wir die Kleine laufen“, sagt der Kerl mit der Narbe und macht mir ein Zeichen, dass ich verschwinden soll.
Doch ich bleibe felsenfest stehen.
„Ich bin kein Einbrecher, okay!“ sage ich zu den beiden Typen. „Ich kannte Ace und stecke genauso in der Sache mit drin wie Indie.“ – „Sie lügt“, schnaubt Indie angepisst. „Ich kenne die Alte nicht.“ – „Stimmt, deshalb trägst du auch meine Klamotten“, kontere ich ärgerlich, weil sie immer noch meine Sachen von heute Abend anhat.
Die beiden Typen sehen sich irritiert an. Anscheinend haben sie’s normalerweise nur mit Kerlen zu tun, und sind gerade voll überfordert mit unserem Zickenkrieg.
„Okay“, unterbricht der mit der Narbe uns schließlich. „Dann bleibt ihr eben beide hier, bis wir das Dope abtransportiert haben. Und dann werden wir sehen, was wir mit euch machen. Vielleicht fällt euch ja bis dahin wieder ein, ob ihr euch kennt oder nicht.“ Er tauscht einen belustigten Blick mit

dem anderen Gorilla, während Indie mich kopfschüttelnd ansieht
Is' mir scheißegal, was sie davon hält. Ich werde sie mit diesen Gangstern definitiv nicht alleine lassen.
Nachdem die Typen meine Arme und Beine ebenfalls mit Klebeband gefesselt haben, kauere ich schweigend neben Indie.
Ich sehe mich in dem Raum um, der mit ein paar Matratzen, einem Fernseher und einer improvisierten Kochnische ausgestattet ist. Anscheinend haben Indie und Ace hier gewohnt, während sie nebenan ihr Gras gezüchtet haben. Echt romantisch, denke ich ironisch.
„Ich hoffe, du hast 'nen verdammt guten Plan", ätzt Indie, als unsere beiden Aufpasser nach nebenan verschwunden sind.
„Es tut mir Leid, okay", sage ich mit 'nem schlechten Gewissen. „Ich weiß, dass ich dir das mit Sky hätte sagen müssen, aber Damien hat es mir auch erst vor ein paar Wochen erzählt."
Indie sieht mich irritiert an.
„Damien?" wiederholt sie dann fassungslos. „Dann wusste er die ganze Zeit Bescheid?"
Ich stoße einen schweren Seufzer aus.
„Damien war damals dabei, als der Unfall in D.C. passiert ist", offenbare ich ihr schließlich. Ich will Indie nicht länger anlügen. Sie hat ein Recht drauf zu erfahren, was damals passiert ist. Also erzähle ich ihr alles, wie der Unfall passiert ist, wie Damien um mein Leben gekämpft hat, und wie der Wagen in Flammen aufgegangen ist, nachdem Damien mich gerade noch rechtzeitig rausgeholt hat.

Als ich fertig bin, starrt Indie schweigend ins Leere.
Ich weiß nicht, was ich noch sagen soll, aber nachdem ich gerade wieder in den Tiefen meiner Vergangenheit gewühlt und die Erinnerung an Sky, meine Freunde und den Unfall noch einmal hervorgeholt habe, bin ich total fertig.
Auf Indie muss das alles noch viel schockierender wirken, schließlich wusste sie bisher nicht, was genau in der Nacht passiert ist, als ihre Schwester ums Leben gekommen ist.
„Bist du okay?" erkundige ich mich nach einer Weile leise.
Indie nickt, ohne mich anzusehen.
Plötzlich dreht sie ihren Kopf zu mir. Ihre türkisgrünen Augen bohren sich stechend in meine. „Dann hast du ja den absoluten Jackpot gezogen", bemerkt sie auf einmal sarkastisch.
„Was? Was meinst du damit?" will ich verwirrt wissen.
„Naja, du hast den Unfall überlebt und du hast Damien, ohne den du sicher heute nicht hier wärst", erwidert sie mit einem harten Unterton.
Ich schüttele den Kopf.
Was soll das? Ist sie eifersüchtig, weil ich mit Damien zusammen bin? Oder…?
Scheiße!
Indie hasst mich, weil ich den Unfall überlebt habe und ihre Schwester nicht.

*

„Ich hoffe, ihr habt euch geeinigt", unterbricht der Typ mit der Narbe unsere Unterhaltung, als er wieder zurück in den Raum kommt. „Ansonsten werden wir nämlich euch beide…"

Er macht eine Pause, so als suche er nach dem richtigen Wort. „...verschwinden lassen“, fügt er dann grinsend hinzu.
Ich sehe Indie erschrocken an.
Was zur Hölle meint er damit?
Wollen die uns kaltmachen?
Ich muss auf einmal an Damien denken. Und daran, dass er keinen blassen Schimmer hat, wo wir sind. So eine verdammte Riesenscheiße.
„Was machen wir denn jetzt?“ frage ich Indie aufgeregt, als der Typ wieder verschwunden ist.
„Weiß nicht“, erwidert sie kühl. „Vielleicht holt Damien dich ja wieder aus der Scheiße.“
Ich atme einmal tief durch.
„Ich kann nichts dafür, dass Sky tot ist, okay“, sage ich schließlich aufgewühlt und spüre, wie die Tränen in mir hochkommen. „Glaubst du, ich hab das gewollt? Ich hab Sky geliebt verdammt. Und ich vermisse sie immer noch jeden verdammten Scheißtag.“
Indie schweigt.
„Tut mir Leid“, sagt sie auf einmal leise. „Ich wollte dich nicht so anmachen. Ich weiß schließlich, wie eng ihr miteinander wart.“ Sie sieht mich traurig an „Ich kann nur einfach nicht verstehen, warum das passieren musste. Und warum ausgerechnet Sky...“ Sie spricht nicht weiter, und ich merke, wie sie ihre Tränen unterdrückt.
Ich stoße einen schweren Seufzer aus. „Ich versteh‘s auch nicht“, murmele ich leise.
Ein lautes Geräusch aus dem Growhouse bringt mich schlagartig in die Realität zurück.

„Wir müssen unbedingt hier weg“, bemerke ich nervös. „Die Typen machen uns kalt, wenn die hier fertig sind.“ – „Ich weiß.“ Indie blickt abgefuckt zu der offenen Tür, die in das Growhouse führt, wo ein paar Leute gerade die Marihuanapflanzen wegtragen. „Ich hab allerdings nicht vor, mein Dope kampflos aufzugeben.“ Sie versucht auf einmal aufzustehen und landet schließlich auf ihren Knien. „Los dreh dich um“, fordert sie mich auf.

„Was hast du vor?“ will ich wissen, während ich versuche auf meinem Arsch zur Seite zu rutschen, so dass ich Indie den Rücken zudrehe.

Statt einer Antwort, senkt Indie ihren Kopf und ich spüre plötzlich ihre Zähne die sich an dem Klebeband meiner gefesselten Hände zu schaffen machen.

Nervös beobachte ich die Typen in der Halle. „Beeil dich“, sage ich dabei ungeduldig zu Indie, als ich spüre, wie sich das Tape um meine Handgelenke langsam löst. Ich reiße den Rest des Klebebands auseinander und befreie meine Hände.

„Greif in meine Tasche“, fordert Indie mich auf, und ich stecke meine Hand in ihre Jackentasche, um ein Springmesser herauszuholen.

„Normalerweise sollte ich dir dafür den Arsch versohlen“, sage ich autoritär, während ich das Messer aufschnappen lasse.

„Ich brauch das Teil nur um Bierflaschen aufzumachen, okay“, rechtfertigt Indie sich kleinlaut, als ich ihr Tape durchschneide.

„Wenn Damien das sieht, macht er Kleinholz aus dir“, bemerke ich und befreie mit dem Messer meine Fußgelenke.

„Damien wird bald ganz andere Probleme haben“, murmelt Indie und steht auf, um zu dem einzigen Fenster in dem Raum zu gehen.
„Los, komm her“, fordert sie mich auf, während ich noch überlege, was sie mit ihrer Bemerkung gerade meinte. Ich hoffe echt, dass sie nicht irgend’nen Scheiß plant und Damien in die Sache mit reinzieht. Damien macht Hackfleisch aus uns, wenn er erfährt, dass wir hier waren.
Während ich aufstehe und zu Indie gehe, sehe ich hastig in das Growhouse, in dem die Typen zum Glück zu sehr mit dem Dope beschäftigt sind, um sich um uns zu kümmern.
„Siehst du den Truck?“ Indie blickt zu dem LKW, in den Liottas Leute gerade die Pflanzen verladen. „Wir werden das Ding kapern und uns das Weed zurückholen.“
Ich sehe Indie ungläubig an. Meint sie das Ernst?
„Das ist eine völlig idiotische Idee“, sage ich energisch, während Indie das Fenster öffnet.
Ohne auf mich zu reagieren, klettert Indie aus dem Fenster.
Verdammt! Dieses Chick ist ‘ne wandelnde Katastrophe.
Trotzdem gefällt mir ihre durchgeknallte Art irgendwie.
Sie ist genauso cool wie Sky und ich damals, denke ich lächelnd, während ich nach ihr aus dem Fenster steige.

Damien

Als ich nach dem MMA-Fight auf Fox die Treppen hoch ins Schlafzimmer gehe, ziehe ich mein Shirt aus und feuere es auf

den Boden, während ich mir gleichzeitig überlege, wie ich Gi jetzt am besten flachlege.
Is' Scheiße die Kleine extra aus dem Schlaf zu reißen, weil ich scharf auf sie bin, denke ich schuldbewusst, während ich mein Sixpack reibe. Aber alleine die Vorstellung an ihren heißen Body macht mich schon wieder so verdammt scharf, dass ich sie bis morgen früh durchficken könnte. Die Kleine macht voll das Potenz-Monster aus mir.
Während ich die Schlafzimmertür aufmache, packe ich mir in den Schritt, um meinen Schwanz zu bändigen, der vor Hunger nach Gi so hart und dick ist, dass er bereits schmerzt.
Ich gehe in den Raum und blicke zum Bett.
Keine Gi.
Verdammt.
Da ich annehme, dass sie unten eingepennt ist, nachdem sie mit Indie Party gemacht hat, gehe ich runter.
Doch auch in ihrem Schlafzimmer ist sie nicht.
Ich renne rüber zu Indie und reiße die Tür auf.
Niemand da.
Fuck!
Ich punche abgefuckt gegen die Tür. Wo sind die verdammten Chicks?
Ich krieg gerade 'nen richtig beschissenen Flashback, als ich wieder daran denke, wie ich damals auf Gi aufgepasst habe, während sie mit Sky ständig Scheiße gebaut hat. Und Indie is' definitiv noch 'n krasseres Kaliber als Sky.
Fuck!!!
Ich renne durch die Lounge in die Halle, schnappe mir meine Bikerjacke und ziehe sie über meine nackten Schultern.

Verdammt, ich hab gewusst, dass es mit den Chicks noch Stress geben wird. Aber wenn ich die beiden in die Finger kriege, werd' ich denen sowas von den Arsch versohlen, dass sie anschließend nur noch im Stehen Pinkeln können.
Nachdem ich meinen Lambo aus der Tiefgarage geholt habe, fahre ich auf die Straße.
Wahrscheinlich machen die Chicks gerade in irgend'nem abgefuckten Club Party, denke ich beschissen gelaunt, während ich das Navi anschmeiße. Die Vorstellung die halbe Nacht die Partyszene in NY aufmischen zu müssen, um die beiden zu finden, fuckt mich gerade richtig ab.
Ich blicke auf die Straße. Und trete voll in die Eisen, als ich plötzlich einen Truck bemerke, der direkt vor dem Skyscraper anhält, in dem mein Penthouse ist.
What the Fuck…?

Gigi

Nachdem wir mit 'nem geklauten Truck voller Dope durch halb New York geheizt sind, hält Indie den LKW vor dem Appartementhaus in Manhattan an.
„Was hast du vor? Willst du das Weed zu Damien ins Penthouse bringen?" frage ich Indie ironisch, obwohl ich gerade absolut nicht zum Spaßen aufgelegt bin.
„Wo sollen wir das Zeug denn sonst hinbringen?" erwidert sie allen Ernstes.
Ich sehe sie sprachlos an. „Damien macht uns 'nen Kopf kürzer, wenn er auch nur einen Joint im Penthouse findet…"

Ich halte mitten im Satz inne, als ich Damiens Lamborghini sehe, der plötzlich mit rasender Geschwindigkeit auf uns zukommt und schließlich mit quitschenden Reifen direkt vor unserem Truck zum Stehen kommt.
Scheiße! Scheiße! Scheiße!
Damien steigt aus, mit einer Miene, als würde er schon darüber nachdenken, wen von uns beiden er zuerst grillt.
„Was zur Hölle macht ihr da?“ bellt er uns an, während er zu dem Truck kommt.
Okay, nachdem Liottas Leute uns noch nicht gecasht haben und die Bullen nicht auf uns aufmerksam geworden sind, wird Damien uns jetzt töten, denke ich sarkastisch.
„Los, steig aus“, fordere ich Indie auf. „Wenn Damien das Dope riecht, sind wir erledigt!“ Nachdem Indie sich auf der Fahrt noch ‘nen Joint durchziehen musste, stinkt es in der Fahrerkabine wie in ‘nem Coffee-Shop. Ganz zu schweigen von dem Weed-Aroma, das der ganze Truck verströmt.
Und Damien braucht nur mal kurz seinen Kopf in die Tür zu halten, um sofort zu wissen, was los ist.
Hastig öffne ich die Beifahrertür, um auszusteigen. „Wir können dir das alles erklären, okay“, versuche ich Damien sofort zu beruhigen.
Ohne etwas zu sagen, schiebt Damien mich aus dem Weg.
Er geht um den Truck herum.
Und öffnet die Türen des Laderaums.
Das war’s. Wir sind erledigt!

Einunddreißigstes Kapitel

Für einen kurzen Moment starrt Damien sprachlos auf die ganzen Cannabispflanzen im Laderaum des Trucks.

Dann schlägt er die Türen mit voller Wucht zu und kommt zu uns.

„Ist das euer Scheißernst?“ bellt er uns an. „Ihr parkt ‘nen Truck voller Dope direkt vor meiner Haustür? Wie bescheuert muss man sein, um auf so eine verdammte Scheißidee zu kommen?“ – „Ich wollte bloß...“ kriegt Indie gerade noch raus, als Damien uns anbellt, dass wir wieder einsteigen sollen.

Abgefuckt geht er auf die andere Seite und steigt auf den Fahrersitz des Trucks.

„Ich wollte nur das Dope in Sicherheit bringen“, versucht Indie es noch einmal, während Damien den Truck startet. „Liottas Leute haben das Growhouse gefunden und...“ – „Ihr habt Liottas Truppe den Truck geklaut?“ fällt Damien ihr aufgebracht ins Wort. Er schüttelt fassungslos den Kopf. „Das glaub ich alles nicht.“ – „Es tut mir Leid, okay“, bemerkt Indie total eingeschüchtert, während ich schweigend daneben sitze. Anscheinend ist es das erste Mal, dass sie Damien so in Action erlebt.

„Du darfst nur nicht sauer auf Gi sein“, sagt sie dann. „Sie wollte mir nur helfen.“ – „Is‘ mir scheißegal“, blafft Damien sie an und sieht dann zu mir. „Habt ihr euch mal ‘ne Sekunde darüber Gedanken gemacht, in was für einer Scheiße wir gerade stecken?“ Er tritt aufs Gaspedal. „Wenn Liottas Männer uns nicht ficken, erledigen die Bullen das. Die stecken uns für den Rest unseres Lebens in den Bau, ist euch das eigentlich klar?“ Damien puncht mit einer Hand gegen das Lenkrad. „Und wofür? Für ein paar beschissene Shit-Pflanzen!“ Das Steuer kassiert noch einen weiteren Punch, und Indie und ich werden immer kleiner auf unserem Sitz.

Ich hab Damien schon oft abgefuckt gesehen, aber das gerade ist eine glatte Zehn auf seiner Abfuck-Skala.

Während wir stadtauswärts fahren, holt Damien sein Handy aus der Tasche seiner Bikerjacke, um Washington anzufunken. Er stellt sein Smartphone auf Lautsprecher, um uns an Tysons Reaktion teilhaben zu lassen.

„Du verarscht mich gerade, Bro?“ höre ich Washington verpennt sagen, nachdem Damien ihm alles erzählt hat. „Du cruist gerade mit ‘nem Truck voller Dope durch die City?“ Ty macht ein anerkennendes Geräusch. „Du hast echt Eier, Mann.“ – „Ich bring das Zeug jetzt raus nach Long Island“, erklärt Damien ihm. „Sieh zu, dass du uns mit ‘n paar Leuten Rückendeckung gibst. Liotta hat sicher schon ‘ne Armee auf uns angesetzt.“

Während wir Richtung Long Island fahren, frage ich mich, was Damien mit dem Weed vorhat. Will er die Pflanzen vor Delucas Villa abladen? Wohl kaum.

Aber vielleicht kennt er ja jemanden, bei dem er den Truck unterstellen kann? Bei Damiens Kontakten könnte ich mir gut vorstellen, dass er schnell ‘nen dankbaren Abnehmer für das Dope findet.

„Fuck!“ höre ich ihn auf einmal bellen

Ich blicke in den Rückspiegel…

… und dann bemerke ich es auch: Eine Bullenstreife, die auf dem Freeway mit Blaulicht hinter uns herkommt und uns zum Halten auffordert.
Scheiße. Jetzt sind wir endgültig im Arsch!

*

Ruhig fährt Damien an den Straßenrand und bringt den Truck zum Stehen.
„Ihr haltet die Klappe, habt ihr kapiert", zischt er noch, bevor die beiden Officers zu dem LKW kommen.
Ich werde kreidebleich, als mir langsam klar wird, was es bedeutet, wenn die Bullen das Dope im Truck finden: Dass wir den Rest unseres Lebens hinter Gittern verbringen werden!
Und so, wie es alleine in der Fahrerkabine nach Gras riecht, sind unsere Chancen gleich Null, dass die Cops uns einfach weiterfahren lassen.
„Personalausweis und Fahrzeugpapiere bitte", fordert einer der Bullen Damien auf, während Indie und ich vor Horror wie gelähmt sind.
„Gibt es irgendein Problem, Officer?" erkundigt Damien sich cool, während er dem Cop seinen Perso gibt.
„Nur 'ne Routinekontrolle", erwidert der Typ und wirft einen Blick auf Damiens Ausweis. Er zieht plötzlich eine Augenbraue hoch. „Mr. Blackrock? Von Blackrock Security?" erkundigt er sich dann erstaunt.
„Yep", erwidert Damien ernst. „Ich hab gerade 'nen Bug out." Er macht eine Kopfbewegung zu Indie und mir. „Immediate Client Evacuation", versucht er dem Bullen zu verkaufen, dass wir zwei Kunden von ihm sind, die er in Sicherheit bringen muss.

Der Cop tauscht kurz einen Blick mit seinem Kollegen.
Vielleicht kommen wir ja doch noch mit 'nem blauen Auge davon. Ich halte die Luft an.
„Okay, Mr. Blackrock", sagt der Bulle dann, und ich atme total erleichtert auf, als der andere ihm ein Zeichen macht uns weiterfahren zu lassen.
Gott sei Dank!!!
„Wir müssen nur noch kurz einen Blick auf die Ladung werfen."
SHIT!!!
„Kein Problem", antwortet Damien locker und steigt aus dem Truck.
So eine verdammte Scheiße.
Für einen kurzen Moment habe ich die verzweifelte Hoffnung, dass Damien für die Pflanzen vielleicht auch noch 'ne coole Erklärung findet. Allerdings ist auch mir klar, dass man selbst als Bodyguard keine komplette Cannabis-Plantage evakuieren muss.
Während Indie und ich mit angehaltenem Atem beobachten, wie Damien mit den Bullen um den Truck rumgeht, sende ich ein stilles Stoßgebet zu ... wem auch immer.
Keine Ahnung, wer uns in unserer beschissenen Situation noch helfen kann, irgendjemand, der 'nen Truck voll Dope in 'nen Playmobil verwandeln kann.
„Glaubst du, Damien rockt die Sache?" fragt Indie mich irgendwann hoffnungsvoll, nachdem wir schon eine gefühlte Ewigkeit im Fahrerhaus sitzen und warten.
„Was soll er tun?" erwidere ich zynisch. „Denen das Gras als harmlose Zimmerpflanzen verkaufen?"

Indie stößt einen schweren Seufzer aus.
„Es tut mir Leid, Gi, okay“, sagt sie schließlich leise. „Ich wollte das alles nicht, ehrlich.“ Sie sieht mich mit ihren leuchtend grünen Augen aufrichtig an. „Und ich wollte dich auch nicht so anmachen, wegen Sky“, fügt sie dann hinzu. „Ich war nur so fertig, weil ich sie so unglaublich vermisse.“ Sie schweigt, und ich schließe die Augen.
Ich weiß genau, wie sie sich fühlt. Und wahrscheinlich hätte ich ebenso reagiert, wenn man mich auf diese brutale Weise mit Skys Tod konfrontiert hätte.
„Du hasst mich jetzt sicher, oder?“ bemerkt Indie auf einmal unsicher.
„Was?“ frage ich erstaunt. „Nein, ich hasse dich nicht, Indie“, versichere ich ihr dann. „Das alles ist nur auch für mich gerade ein bisschen viel.“ Vor allem, weil alles meine Schuld ist. Wäre ich von Anfang an ehrlich zu Indie gewesen, wäre die ganze Scheiße mit dem Dope sicher nie passiert.
„Glaubst du, Damien wird jemals wieder ein Wort mit mir reden?“ will Indie von mir wissen.
„Du meinst, wenn wir im Knast sitzen?“ rutscht es mir sarkastisch raus.
Ich sehe auf einmal, wie Indie lächelt. „Du bist genauso durchgeknallt wie Sky, weißt du das eigentlich?“ bemerkt sie dann.
Ich muss ebenfalls lächeln. Ja, wir Drei wären ‘n echt cooles Chaos-Team gewesen.
Ich bemerke auf einmal im Außenspiegel, wie Damien und die Bullen um den Truck herumkommen.

Mit finsteren Mienen sagen die Cops was zu ihm, und Damien nickt.
Dann kommt er zu uns und steigt in die Fahrerkabine.
„Und?“ bestürmen Indie und ich ihn sofort. „Was haben die Cops gesagt?“
Damien dreht seinen Kopf und schießt uns mit ‘nem finsteren Blick ab. „Dass die so ‘nen Truck voll Dope richtig cool finden, und sich gern ‘nen Joint drehen würden“, knurrt er uns sarkastisch an, und Indie und ich weichen seinem abgefuckten Blick aus.
„Dann haben die das Gras nicht gefunden?“ frage ich vorsichtig.
„Nein“, blafft Damien. „Ich hab denen erzählt, dass wir den Truck voller Pferdescheiße haben, weil ich auf die Schnelle nichts Besseres auftreiben konnte. Und wären die Cops nicht so verdammt dämlich gewesen, hätten wir jetzt alle ‘n Dauerabo für Alcatraz!“ Damien sieht uns finster an. „Ihr solltet mir meine verdammten Füße küssen, dafür dass ich eure kleinen Ärsche gerade aus der Scheiße geholt habe.“

Damien

Abgefuckt starte ich den Truck.
Ich hab echt viel Scheiße erlebt, aber das jetzt gerade toppt alles. Ich weiß immer noch nicht, was genau passiert ist, aber ich hätte meinen verdammten Arsch drauf verwetten können, dass es mit Indie und Gi noch richtig Action gibt.

Gut, dass die beiden ‘nen verdammten Truck voll Dope klauen und damit durch die City cruisen, hätte selbst ich nicht erwartet. Aber anscheinend hat Indie Erfahrung mit sowas.
Warum musste dieses Chaos-Chick ausgerechnet in meinem Club auftauchen?
Nachdem sie schon im Bondage Randale gemacht hat, hätte ich sie einfach abblitzen lassen sollen. Dann läg‘ ich jetzt friedlich in meinem Bett, zwischen Gigis sexy langen Beinen und würde sie den Rest der Nacht hart und wild durchvögeln.
„Was hast du denn jetzt mit dem Weed vor?“ reißt Indie mich kackendreist aus meinen heißen Fantasien. Dass die Kleine sich überhaupt noch traut mich anzusprechen. Echt verdammt mutig.
„Ich werd‘ dem Scheißzeug ‘n Ticket ins Nirvana organisieren“, knurre ich, und Indie sieht mich erschrocken an.
Tja Baby, scheint heute nicht dein Tag zu sein. Aber jetzt bin ich an der Reihe und werd‘ dir mal zeigen, was passiert, wenn man mich abfuckt.

Gigi

Total abgefuckt steuert Damien den Truck über den Montauk Highway. Ich hab keinen Plan, was er jetzt vorhat. Zwar bin ich mega erleichtert, dass wir die Bullenkontrolle so glimpflich überstanden haben, aber so übel wie Damien gerade drauf ist, wären Indie und ich im Knast definitiv sicherer aufgehoben.

Als wir irgendwann am östlichsten Ende von Long Island ankommen, dort wo jede Zivilisation aufgehört hat, hält Damien den Truck an.
„Aussteigen!“ fordert er uns rau auf.
„Was hast du vor?“ erkundige ich mich unruhig, weil ich gerade ‘n ganz beschissenes Gefühl habe.
„Lasst euch überraschen“, erwidert Damien bloß, und ich tausche einen fragenden Blick mit Indie, die nur verpeilt mit den Schultern zuckt.
Unsicher steigen wir beide aus dem Truck.
Bis auf den Mond, der ab und zu durch die dunklen Wolken bricht, und das Licht des Leuchtturms an der Ostspitze von Montauk, ist es stockdunkel. Und schweinekalt. Fröstelnd breite ich meine Arme um meinen Oberkörper, um mich vor dem frischen Wind zu schützen. Dabei beobachte ich ratlos, wie Damien den Truck startet. Was hat er denn jetzt mit dem Dope vor?
„Hoffentlich verpisst Damien sich mit dem Gras nicht“, bemerkt Indie scherzhaft. Die Frau hat echt Nerven.
„Du kannst froh sein, wenn er dich mit dem Truck nicht über den Haufen fährt“, gebe ich ironisch zurück.
Wir müssen auf einmal beide lachen.
Keine Ahnung, aber wahrscheinlich werden wir gerade wahnsinnig oder so.
Unser Lachen verstummt plötzlich, als wir sehen, wie Damien auf den Pier zufährt, der von einer Klippe ins Meer führt.
„Was macht er da?“
Indie zuckt mit den Schultern, während Damien den Truck auf den breiten Holzsteg manövriert.

Dann gibt er Gas.
„Heilige Scheiße", murmelt Indie, während Damien mit High Speed über den Pier heizt, der vielleicht fünfzig Meter vor ihm in den tiefen, dunklen Fluten des Pazifik endet.
Verdammte Scheiße…
„Der Typ ist total irre", höre ich Indie sagen, während ich wie gelähmt dastehe, meine Hände vor mein Gesicht presse und mit angehaltenem beobachte, wie Damien mit dem Truck immer näher auf das Ende des Piers zurast.
Was zur Hölle soll das?
Wenn er mit dem LKW ins Wasser geht, hat er so gut wie keine Chance. Der Pazifik ist da draußen so tief und unberechenbar, dass der Truck sofort in der Strömung untergehen würde. Außerdem wimmelt es da draußen sicher von Haien, und das Wasser ist so kalt, dass man wahrscheinlich keine fünf Minuten darin überleben würde.
„Wir müssen Damien aufhalten!" Verzweifelt renne ich los. Ich klettere über den Felsen und laufe dann auf den Pier.
„Damien!" rufe ich verzweifelt. „Mach bitte keinen Scheiß…"
Meine letzten Worte verhallen in der Dunkelheit, wie ein unheilvolles Echo, während Damien mit ungebremster Geschwindigkeit auf das Ende des Stegs zurast.
Spring raus, Damien! denke ich völlig fertig. *Spring endlich aus dem Scheißtruck!!!*
„NEIN!!!" Mit einem lauten Crash durchbricht der LKW die Absperrung.
Ich schließe entsetzt die Augen.
Das war's.
Ich werde Damien nie wiedersehen.

Zweiunddreißigstes Kapitel

Völlig unter Schock renne ich mit Indie zum Ende des Piers. „Vielleicht ist er ja noch rechtzeitig rausgekommen", versucht Indie mir dabei keuchend Mut zu machen. Doch sie klingt nicht sehr überzeugend. Und selbst wenn, das Wasser ist eiskalt und die Haie warten wahrscheinlich nur auf ihre nächste Mahlzeit.

„Damien!" brüllen Indie und ich immer wieder in die Dunkelheit, als wir an die Absperrung kommen, die der Truck durchbrochen hat.

Von dem LKW sieht man nur noch das Dach, der Rest ist schon in den Wellen untergegangen.

Verzweifelt halte ich in dem stockfinsteren Gewässer Ausschau. Vielleicht ist Damien ja wirklich noch rechtzeitig aus der Fahrerkabine gesprungen und treibt jetzt irgendwo im Meer.

Doch außer der Gischt, die sich über dem Truck bricht und ihn immer mehr verschluckt, ist weit und breit nichts zu sehen.

„Ist Damien noch im Truck?" höre ich Indie völlig fertig fragen.

Ich zucke schweigend mit den Schultern, während ich wie betäubt auf dem Pier stehe und in die Fluten starre.

Warum hat Damien das getan?

Wollte er uns irgendwas beweisen?

Scheiße, warum muss dieser Typ immer so ein verdammter Macho sein?

Ich schlage meine Hände vor's Gesicht. Ich stehe gerade so unter Schock, dass ich nicht mal heulen kann.

Was soll ich denn ohne Damien machen? Damien ist alles für mich, mein Lover, mein BF, meine Familie ... mein Leben.
Ich bemerke auf einmal, wie Indie neben mir anfängt zu schluchzen.
Schweigend nehme ich sie in den Arm und wir klammern uns hilflos aneinander fest.
Ich hab keine Ahnung, was wir jetzt tun oder wie es weitergehen soll. Ich fühle mich, als wäre auf einmal die Zeit für immer stehengeblieben.
Während Indie und ich immer noch engumschlungen auf dem Pier stehen, kriege ich auf einmal mit, wie ein paar Fahrzeuge vorne zum Strand kommen.
Ich hebe den Kopf, und erkenne einen Jeep und drei andere SUV's, die direkt am Pier halten.
„Das ist Washington!“ Ich lasse Indie los und wir laufen ihm und den anderen entgegen.
„Damien ist mit dem Truck über den Pier gestürzt!“ rufe ich ihm verzweifelt entgegen. „Ihr müsst ihn aus dem Wasser holen, Ty!“
Washington sieht mich irritiert an. „Blackrock ist was?“ – „Er ist mit dem Truck abgesoffen“, erklärt Indie ihm.
Tyson schüttelt den Kopf. „Dreht euch mal um“, fordert er uns dann auf.
Indie und ich fahren herum.
„Das glaube ich jetzt nicht“, bemerkt Indie fassungslos, während ich sprachlos beobachte, wie Damien gerade auf den Pier klettert.
„Verdammte Scheiße, Damien!“

Ich laufe zu ihm, erleichtert und wütend, happy und abgefuckt, völlig mit den Nerven am Ende.
„Das Scheißwasser ist echt verdammt kalt!“ knurrt Damien keuchend, als ich zu ihm komme und ihn buchstäblich anspringe.
Ich löse mich auf einmal von ihm...
...und punche ihm voll in den Magen.
„Du verdammter Vollidiot!“ mache ich ihn an. „Scheiße, Damien, ich dachte du wärst tot.“ Ich stoße ihm mit beiden Händen vor die Brust.
„Sorry, Baby“, bemerkt er cool.
Sorry, Baby? Er bringt sich vor meinen Augen fast um und das einzige, das er dazu zu sagen hat ist *Sorry, Baby?*
Wütend boxe ich ihm gegen die Schulter, als Washington zu uns kommt und Damien gerade echt den Arsch rettet. Denn ansonsten hätte ich ihn für seinen lebensgefährlichen Stunt übelst zusammenschlagen.
„Du bist mit dem Truck ins Wasser gegangen, Bro?“ Washington macht einen anerkennenden Gesichtsausdruck. „Respekt, Mann.“ Er gibt Damien ‘nen Fist bump, so als wäre das Ganze bloß ‘ne coole Challenge gewesen.
„Coole Aktion, Blackrock“, bestärkt ihn auch einer seiner Leute, der ihm gerade eine Decke bringt.
Ich schnaube, während Damien die Decke entspannt über seine Schultern zieht. Er ist klatschnass und kriegt sicher ‘ne Lungenentzündung nach der Aktion, aber Hauptsache er hatte Fun.
„Das war nicht cool, okay“, stelle ich klar und werfe einen finsteren Blick in die Runde. „Damien wäre fast

draufgegangen!" – „Außerdem hat er gerade meine Pflanzen getötet", mischt Indie sich völlig fertig ein.
„Du kannst dir den Stoff ja wiederholen", bemerkt Damien unbeeindruckt. „Du weißt ja jetzt, wo er ist."
Ich schüttele den Kopf. Bin ich eigentlich von einer Horde Wahnsinniger umgeben?

*

Während wir über den Strand zu den SUV's gehen, bin ich immer noch stocksauer. Warum hätten wir den Truck nicht einfach abfackeln oder sonstwas damit machen können? Aber nein, Mr. Randale musste ja wieder Action machen und 'nen Stunt hinlegen, der jeden normalen Menschen umgebracht hätte.
„Ich hoffe, du bist nach deiner Truck-Nummer noch fit, Bro", bemerkt Washington auf einmal, als wir zu den SUV's kommen.
Damien sieht ihn fragend an. „Warum fragst du?"
Ty machte eine Kopfbewegung zur Straße, auf der gerade ein Tross Limousinen in unsere Richtung fährt. „Weil wir gerade Besuch kriegen."
Ich brauche nicht viel Fantasie, um zu erraten, dass das Liottas Leute sind.
Und die werden sicher nicht glücklich sein, nachdem Indie und ich ihren Truck geklaut haben. Und Damien ihn versenkt hat.
„Fuck", murmelt Damien. „Die haben mir gerade noch gefehlt." – „Rückzug oder Party?" will Washington wissen.
„Party!" Damien sieht uns an. „Geht ins Auto!"
Indie und ich gehorchen. Nach allem, was heute Abend passiert ist, sind wir nicht unheimlich scharf drauf an der

Randale-„Party“ teilzunehmen. Denn dass es noch Randale geben wird, daran zweifele ich keine Sekunde.
Nachdem wir in Washingtons Jeep gestiegen sind, beobachten wir, wie die Limousinen am Strand halten.
Liotta und ein paar seiner Schläger steigen aus und gehen in Damiens und Washingtons Richtung, die sie mit ihren Männern bereits erwarten.
Ich lasse die Fenster runter, damit wir hören können, was da draußen abgeht.
„Hundert Dollar auf Damien und seine Gang“, bemerkt Indie dabei cool.
Ich werfe ihr einen strafenden Blick zu.
Allerdings hat sie nicht ganz Unrecht, das Ganze wirkt gerade wirklich wie'n Gangfight. Nur, dass Damien heute kein Homie mehr ist, der auf den Straßen der Bronx rumhängt, sondern der CEO von 'nem milliardenschweren Imperium.
Trotzdem ist Damien immer der unangepasste Junge aus der South Bronx geblieben. Ein Rebell, mit hundert abgefuckten Facetten. Aber ich liebe jede einzelne davon.

*

„Wo ist das Dope, Blackrock?“ hören wir Liotta schlecht gelaunt sagen.
Damien macht cool eine Kopfbewegung Richtung Meer. „Wir haben den Stoff auf 'nen kleinen Badeurlaub geschickt.“
Ich muss lachen.
Indie, die anscheinend immer noch ihrem Gras hinterhertrauert, stößt mir leicht in die Seite. „Das ist nicht witzig, okay.“ – „Doch, ist es“, kontere ich amüsiert, bevor das

mehrfache Klacken von Handfeuerwaffen unsere Unterhaltung abrupt unterbricht.
„Scheiße", murmele ich, während ich besorgt beobachte, wie Liottas und Damiens Leute gegenseitig ihre Waffen aufeinander richten.
„Entweder du rückst das Scheißdope raus, Blackrock, oder es gibt hier gleich 'n Blutbad", blafft Liotta, als Indie plötzlich aus dem Jeep springt.
„Das war mein Dope, okay!" mischt sie sich abgefuckt ein.
Ist die Frau irre?
Sofort richtet Liottas Armee seine Waffen auf sie.
„Ihr habt Ace abgeknallt, bedroht mich seit Wochen und jetzt habt ihr auch noch meine Pflanzen auf dem Gewissen." Indie rastet gerade richtig aus. „Knallt mich ruhig ab, ihr verdammten Schweine. Los!" Sie hebt die Arme, um den Typen zu demonstrieren, dass sie es ernst meint.
Ja, die Frau ist irre! *Scheiße!*
Ohne darüber nachzudenken, springe ich aus dem SUV und stelle mich schützend vor Indie.
„Wenn ihr Indie abknallen wollt, müsst ihr zuerst mich kaltmachen", erkläre ich todesmutig. Ich bin gerade genauso mit den Nerven am Ende wie Indie. Aber ich hab absolut keine Angst mehr vor diesen Scheißkerlen, die Indie das Leben so zur Hölle gemacht haben.
Die Typen wirken ein bisschen irritiert – genau wie Damien und Washington, der nur fassungslos den Kopf schüttelt, während er seine Waffe auf einen von Liottas Leuten gerichtet hat.

„Habt ihr eigentlich völlig den Verstand verloren?“ geht Damien plötzlich hoch. „Verdammte Scheiße! Zuerst kapert ihr diesen verdammten Truck und heizt mit ‘ner ganzen Cannabisplantage durch die City. Und jetzt macht ihr schon wieder Stress?“ Er schüttelt abgefuckt den Kopf. Dann blickt er zu Liottas Männern. „Und ihr Pussys, nehmt endlich eure Scheißwaffen runter!“ bellt er sie an.

Die Typen gehorchen tatsächlich. Kein Wunder, Damien sieht gerade aus, als würde er jeden töten, der nicht macht, was er sagt – Indie und mich eingeschlossen.

Wütend wendet er sich an Liotta. „Wenn du das Scheißdope willst, kannst du es ja aus dem Wasser fischen. Ich hab die Schnauze voll, mir wegen diesen verdammten Scheißpflanzen die Nacht um die Ohren zu schlagen.“ Angepisst dreht Damien sich um und geht. Einfach so, als wär das ganze bloß ‘ne Freizeitveranstaltung, die er gelangweilt verlässt.

Für einen Moment stehen wir alle sprachlos da und starren Damien hinterher. Bis Liotta ihm auf einmal folgt.

„Du kannst dich nicht einfach verpissen, Blackrock“, blafft er ihn an.

„Doch, kann ich“, erwidert Damien cool, ohne sich aufhalten zu lassen.

Liotta folgt ihm. „Verdammt Blackrock, bleib hier.“ Er will plötzlich von hinten auf ihn losgehen …

...bevor Damien ihm, ohne sich umzudrehen, mit einem half-Roundkick gegen die Rippen kickt.

Liotta geht keuchend in die Knie.

Und dann geht die Party richtig los.

Als hätten sie nur darauf gewartet, gehen Damiens und Liottas Schläger aufeinander los und fangen an sich zu prügeln.

Für einen Augenblick stehen Indie und ich erschrocken dazwischen, bevor Damien zu uns kommt, uns beide packt und zu Washingtons Jeep schleift.

Ich weiß nicht, was seine Show gerade sollte, und was mit ihm los ist. ich weiß nur eins: Damien ist sauer. Stinksauer!

*

Nachdem Damien uns schweigend nach Manhattan gefahren hat und er im Penthouse seine nassen Klamotten gegen ein Camouflage-Tanktop und ein paar von seinen sexy Fighter-Shorts getauscht hat, mixt er sich, ohne uns zu beachten einen Drink.

Erschöpft sagt Indie mir noch Gute Nacht, bevor sie in ihr Zimmer verschwindet, und ich mit Damien alleine bin.

Er ist immer noch mega finster drauf und sitzt abwesend mit seinem Scotch auf der Küchentheke, wobei er die ganze Zeit mit seinem Smartphone rummacht.

„Alles okay?“ erkundige ich mich vorsichtig, als er sein Handy weglegt.

„Die Bullen haben die Party auf Long Island aufgelöst“, brummt er nur.

„Echt?“ frage ich erstaunt.

Damien nickt mit ‘nem schiefen Lächeln. „Schätze denen war die Musik zu laut.“

Ich sehe ihn irritiert an. Warum ist er auf einmal so witzig? Ehrlich gesagt, hätte ich erwartet, dass er Indie und mir den

Arsch aufreißt, wegen der Truck-Geschichte, aber jetzt gerade scheint er richtig gut drauf zu sein.
„Und was ist mit Washington und den anderen?“ will ich wissen, während ich auch auf die Theke klettere. „Haben die Cops sie mitgenommen?“
Damien schüttelt den Kopf. „Hab denen gerade ‘n Alibi verschafft“, erklärt er kryptisch und nimmt dann mit ‘nem dunklen Lächeln was von seinem Drink.
Ich kaue auf meiner Unterlippe herum. „Tut mir leid, dass wir dir soviel Stress gemacht haben“, entschuldige ich mich schließlich.
Damien streicht mit dem Daumen über meine Lippe. „Ich weiß, dass du Indie nur beschützen wolltest, okay.“ Er sieht mich ernst an. „Obwohl das eigentlich mein Job ist.“
Ich muss lächeln. „Sorry“, sage ich kleinlaut.
„Falls ihr allerdings das nächste Mal auf die Scheißidee kommt ‘nen Truck voller Dope zu klauen“, knurrt er dann, „stellt mir das Ding bitte nicht vor die Haustür, okay?“
Ich nicke grinsend. „Versprochen.“ Mein Blick wird auf einmal wieder ernst. „Glaubst du, Liotta wird sich nach der ganzen Sache an Indie rächen?“ – „Mach dir darüber keine Gedanken, Baby.“ Damien trinkt cool ‘nen Schluck Scotch. „Der Typ hat gerade ganz andere Probleme.“
Ich sehe ihn fragend an, während er eine Weintraube aus der Schale nimmt, die neben ihm auf der Küchentheke steht.
„Ich hab die Party in Montauk ‘n bisschen aufgemischt“, erklärt er mir, während ich immer noch nicht kapiere, was er meint. „Ich hab den Bullen gesteckt, dass Liotta und seine Buddys ‘nen Truck voll Dope versenkt haben, weil ein paar V-

Leute sie hochgehen lassen wollten." Damien wirft die Weintraube hoch und fängt sie mit seinem Mund auf. „Mal sehen, wie er aus der Nummer wieder rauskommt", fügt er dann kauend hinzu, während ich ihn sprachlos anstarre.

Damien hat Liotta ans Messer geliefert und den Cops gesagt, dass Liotta den Truck mit den Pflanzen im Pazifik versenkt hat? Krass.

Dann hat Damien deshalb diese Show abgezogen und Indie und mich zusammengeschissen, um sich verpissen zu können und die Bullen zu informieren. Oh Mann.

Dreiunddreißigstes Kapitel

Nachdem Indie sich jetzt nicht mehr vor Liottas Schlägern verstecken muss, hat Damien ihr ‘nen Job als Bar Girl im Bondage organisiert.

Ich find’s immer noch hart, dass Damien Liotta den Cops ausgeliefert hat. Aber der Typ hat‘s echt verdient, nachdem er Indie das Leben so zur Hölle gemacht hat. Auf jeden Fall weiß er jetzt, dass man nur verlieren kann, wenn man sich mit Damien anlegt.

Doch obwohl Indie jetzt keine Angst mehr vor Liotta haben muss, gibt es ein neues, weitaus größeres Problem: Deluca!

Denn nachdem Liotta in den Knast eingefahren ist, zweifelt niemand mehr daran, dass Damien dafür verantwortlich ist. Und damit hat Damien es ganz oben auf die Abschussliste der Drogenmafia geschafft.

„Habt ihr auch an die Notausgänge gedacht?“ erkundigt Damien sich, als wir am Samstagabend in den Club kommen. Am Eingang sind überall Typen mit MG’s postiert, die den Club bewachen und jeden, der ins Bondage will mit finsteren Mienen abchecken.

„An den Notausgängen stehen vier Leute“, meldet der bullige Türsteher ihm, der auch ein Holster mit zwei Waffen unter seinem Jackett trägt.

„Okay. Seht zu, dass ihr jeden der reinkommt genau unter die Lupe nehmt“, gibt Damien dann Anweisung. „Und wenn euch jemand verdächtig vorkommt, sagt mir sofort Bescheid, verstanden?“ – „Yep, Boss.“ Der Gorilla wendet sich wieder

schlecht gelaunt den Leuten zu, die darauf warten in den Club zu kommen.
„Findest du das nicht 'n bisschen oversized?" frage ich Damien, als wir die Treppen runtergehen und ich bemerke, dass auch in der Halle überall Securitys mit MP's rumstehen. 'ne echt gemütliche Atmosphäre.
„Ich kann die Jungs auch nach Hause schicken und die Leute zum Abschuss freigeben", erwidert Damien finster. „Deluca wird sich für Liotta revanchieren. Und zwar hier im Club."
Ich atme einmal tief durch. Die Vorstellung, dass hier jederzeit Gott-weiß-was passieren könnte und wir in Zukunft nur noch zwischen geladenen Maschinengewehren feiern können, ist echt hart.
Trotzdem scheint das die meisten der Partypeople überhaupt nicht zu interessieren. Ganz im Gegenteil, die Leute sind total abgedreht und feiern noch ausgelassener als sonst – so als ahnten sie, dass es das letzte Mal sein könnte.
„Hey", begrüße ich Liam und ein paar andere, als ich mit Damien runter zum Dancefloor komme. „Und wie war dein Date mit Indie?" löchere ich Liam neugierig, weil mich auch seine Version der Affäre interessiert.
„Warum willst du das wissen? Bist du eifersüchtig?" provoziert Liam mich mit 'nem sexy Lächeln.
Ich muss lachen. „Wohl kaum", antworte ich dann, während ich zu Damien blicke, der gerade bossy seine Securitys brieft. Dabei löst er den Knoten seiner Krawatte und öffnet die obersten Knöpfe seines Hemdes. Ich bemerke, wie die anderen Chicks im Club verstohlen zu ihm rüber sehen, während Damien so cool seine durchtrainierte Brust mit dem

dunklen Tribal entblößt, als wäre er sich seines Sexappeals überhaupt nicht bewusst. Mein Baby ist echt schärfer als die MP's, mit denen die Typen den Club sichern.

Nein, ich bin definitiv nicht eifersüchtig, weil Liam mit Indie gevögelt hat, schließlich bin ich mit dem heißesten Typen des Planeten zusammen.

„Ich versteh echt nicht, was du an diesem Macho findest", höre ich Liam abfällig sagen. Er sieht mich auf einmal mit 'nem hungrigen Blick an. „Das mit Indie war übrigens nur 'n One-Night-Stand", sagt er dann fast entschuldigend.

In diesem Augenblick check ich auf einmal alles: Liam hat Indie bloß abgeschleppt, um mich eifersüchtig zu machen. So ein Arsch.

Ich merke auf einmal, wie Damien zu uns kommt. Mit einem Blick, der Liam sofort signalisiert, dass er sich verpissen soll.

„Washington kann einfach nicht die Finger von Bella lassen", brummt Damien, nachdem er sich dominant hinter mich gestellt, und Liam das Feld geräumt hat.

Ich blicke zum Dancefloor, wo Washington und Bella gerade dirty miteinander tanzen. Tyson hat seine Hände unter ihrem kurzen Rock an ihrem Arsch, während er sie mit seinem Schenkel zwischen ihren Beinen massiert. 'ne echt heiße Show.

„Und was ist mit dir?" frage ich Damien belustigt, nachdem seine Hände meine Hüften gepackt haben und er sein Becken genießerisch an meinem Arsch reibt.

„Wenn du willst, dass ich meine Finger von dir lasse, musst du mich töten, Baby", kontert Damien und nimmt mich noch härter.

Mit ‘nem angetörnten Lächeln schlinge ich meine Hände um seinen Hals und lasse meinen Arsch an seinem Schwanz kreisen.
Und während Liam uns eifersüchtig beobachtet, tanzen Damien und ich sexy zu *Mystify* von INXS miteinander. *Some silken moment goes on forever, and we're leaving broken hearts behind...*
Ja, Damien und ich haben schon ‘ne Menge Herzen gebrochen.
Aber um uns voneinander zu trennen, muss man tatsächlich einen von uns töten.
Als der Song zu Ende ist und wir unsere heiße Performance beendet haben, kommt Bella zu mir, während Damien Washington brieft.
„Das is‘ so geil wieder hier zu sein, Süße“, begrüßt sie mich total happy. Kein Wunder, nach fast zwei Wochen Bondage-Entzug. Nach ihrer Schussverletzung hat Washington sie buchstäblich zu Hause eingesperrt, damit sie wieder auf die Beine kommt. Der Typ ist absolut gnadenlos.
„Ich hab ganz vergessen, wie heiß der Laden ist.“ Bella sieht sich total high im Club um.
„Damien hat ja auch für ‘ne Bombenstimmung gesorgt“, bemerke ich ironisch und blicke zu den beiden Typen mit den MP's, die an einer der Boxen neben uns stehen und finster das Umfeld checken.
„Ich weiß nicht, was du hast, Süße“, bemerkt Bella und sieht ebenfalls in die Richtung. „Also, ich find Damiens Showact cool.“ Sie grinst. „Ich steh auf große starke Jungs mit gefährlichen Waffen.“

Ich schüttele lachend den Kopf, als Indie auf einmal zu uns kommt.
„Und wie gefällt dir der Job als Bondage-Girl?“ erkundige ich mich, während sie uns ein Corona gibt.
Indie zuckt cool mit den Schultern. „Ist zwar nicht dasselbe, wie Dope verticken“, erklärt sie uns dann, „aber ich find's schon cool als Club Chick für Damien anschaffen zu gehen.“
Ich muss lachen.
„So hab ich das noch gar nicht gesehen“, bemerkt Bella belustigt und stößt mit mir an. „Auf Damiens Nutten.“
Ich sehe auf einmal, wie ein Typ zu Indie kommt und ihr irgendwas ins Ohr flüstert
Sie verdreht genervt die Augen.
Dann wendet sie sich an mich. „Sly nervt mich schon den ganzen Abend, weil er dich kennenlernen will“, erklärt sie mir, während der Typ mich so hemmungslos anstarrt, als wolle er mich mit seinen Blicken ausziehen. Ein absolutes No-Go im Bondage. Hier im Club ist es einfach nicht üblich die Chicks so anzustarren, egal wie sexy du gekleidet bist.
„Hey, Sly“, sage ich pflichtbewusst, nachdem Indie ihn auf mich losgelassen und sich verpisst hat.
„Ich beobachte dich schon die ganze Zeit“, macht er mich direkt an. „Du bist echt 'ne süße Maus, weißt du das?“
Bella grinst, und ich versuche tapfer zu lächeln, während ich gleichzeitig überlege, wie ich diesen Aufreißer am besten wieder loswerde. Der Typ ist so 'n Gym-Pumper und sicher nicht die hellste Kerze auf der Torte.
Während Sly mich übelst anmacht, kommt Damien auf einmal mit ein paar von den Securitys in unsere Richtung. „Fass mein

Mädchen an und deine erste Kickbox-Lektion ist umsonst", macht er Sly cool im Vorbeigehen 'ne Ansage. Dann verschwindet er mit seiner schwerbewaffneten Entourage durch den Club.

Okay...?

Sly geht sofort auf Abstand, während ich Damien nach seinem coolen Auftritt kopfschüttelnd hinterhersehe.

Allerdings bin ich froh, dass er nicht wieder ausgerastet ist, weil mich 'n Typ angemacht hat. Bei der explosiven Stimmung gerade im Club hab ich keinen Bock, dass er wieder hochgeht und Krawall macht.

„War der Typ dein Freund?" erkundigt sich Mr. Superhirn neugierig, nachdem Damien mit seinen Leuten zum Eingang hochgegangen ist.

Ich nicke genervt, und er straft mich mit 'nem abgefuckten Blick. „Hättest du mir das gleich gesagt, hätte ich mir 'ne andere Schlampe gesucht, die ich flachlegen kann", bemerkt er dann.

Ich schnaube. „Hätte ich gewusst, dass du chronisch untervögelt bist, hätte ich dir sicher keine Hoffnungen gemacht", kontere ich angepisst und lasse ihn stehen, um zu den anderen zu gehen.

„Alles okay?" erkundigt Bella sich, die Melody und Lucy gerade die Narbe ihrer Schusswunde gezeigt hat.

„Dieser Typ, mit dem Indie mich verkuppeln wollte, ist der mega Proll", bemerke ich ärgerlich und berichte ihr dann, was passiert ist.

„Anscheinend weiß dieser Steroid-Fuzzi nicht, wer Damien ist, sonst hätte er dich sicher nicht so dreist angemacht", schlussfolgert Bella, nachdem ich ihr die ganze Geschichte erzählt habe. „Eins muss man ihm allerdings lassen", fügt sie dann mit 'nem dunklen Lächeln hinzu. „Der Typ hat echt Mut."

Wie viel Mut Sly hat, beweist er uns schließlich eine halbe Stunde später, als ich gerade mit Damien rummache und er mit seinen Buddies an uns vorbeikommt.

„Das ist diese verdammte Schlampe", höre ich ihn zu seinen Kumpels sagen, während Damien mich gerade küsst.

Ich ignoriere seine Bemerkung, in der Hoffnung, dass Damien es nicht mitgekriegt hat...

... als ich plötzlich spüre, wie Damien ganz langsam seine Lippen von meinen löst.

„Was hast du da gesagt?" blafft er Sly hinterher. „Meintest du gerade mein Mädchen?"

Sly dreht sich um und lächelt dreist. Anscheinend fühlt er sich jetzt, wo seine beiden Kumpels dabei sind richtig stark.

„Ja, Mann", erwidert er dann. „Die Kleine is' 'ne abgefuckte Schlampe!"

„Ist okay, Damien", versuche ich Damien noch aufzuhalten und packe ihn am Oberarm.

Aber meine kleinen Finger haben nicht den Hauch einer Chance gegen seinen dicken Bizeps, der gerade fast den Ärmel seines Sakkos sprengt.

Abgefuckt macht Damien sich von mir los, streift sein Jackett über seine Schultern und feuert es auf den Boden.

„Du verdammter Hurensohn", bellt er Sly an und pumpt ihn dann mit voller Wucht gegen die Wand.

Während Slys Buddys ihm zu Hilfe kommen und auf Damien losgehen, sehe ich auf einmal, wie die Typen mit den MP's aus dem Club zu uns hochgelaufen kommen.
Scheiße. Diese alberne Anmache entwickelt sich gerade zu 'ner mega Katastrophe.
Hastig blicke ich zu Damien, der einen von den Typen bereits auf die Matte geschickt hat und dem anderen gerade voll in die Fresse kickt.
„Sind das Delucas Leute?“ höre ich Washington bellen, während die Typen mit den Maschinengewehren sich bereits in Stellung bringen.
Ich gerate in Panik. „Nein!“ rufe ich Washington hastig entgegen. „Damien hat bloß Stress mit den Typen, weil einer von denen mich dumm angemacht hat.“
Sofort macht Washington den Jungs mit den MG's ein Zeichen, dass sie ihre Waffen runternehmen sollen. „Falscher Alarm! Blackrock hat die Situation unter Kontrolle.“
Seine letzten Worte klingen für mich wie Sarkasmus. Fassungslos fahre ich mir mit beiden Händen durch die Haare, während ich beobachte, wie Damien entspannt seine Faust knacken lässt, nachdem er die drei Typen K.O. geprügelt hat.
„Du hast uns echt 'nen üblen Schreck eingejagt, Bro“, macht Washington ihn an, während Damien cool sein Sakko vom Boden aufhebt und es sich über die breiten Schultern zieht.
„Sorry, Mann“, erwidert Damien entspannt, „aber der Wichser hat Gi beleidigt. Und als ich die Sache klären wollte, ist die Scheiße eskaliert.“
So kann man es natürlich auch sagen, denke ich sprachlos und völlig durch den Wind.

„Ich hol mir mal 'nen Drink." Damien will sich nach unten verpissen. Doch für die Show gerade werde ich ihm auf jeden Fall noch 'ne Ansage machen.
Ich laufe ihm hinterher, wobei die Leute im Club Damien nach seiner Kickbox-Performance noch eingeschüchterter Platz machen als sonst.
„Was sollte das, Damien?" stelle ich ihn zur Rede, als wir in der Lounge sind und Damien sich bei Jazz 'nen Scotch ordert.
„Niemand nennt mein Mädchen 'ne Schlampe, okay", erwidert er abgefuckt und nimmt das Glas, das Jazz ihm mit hochgezogenen Brauen hinhält.
„Hättest du den Typ nicht einfach vor die Tür setzen können?" mache ich ihn an.
„Ich hab ihn doch vor die Tür gesetzt...", entgegnet Damien cool. „...auf meine Weise." Mit seinem entwaffnenden sexy Lächeln streicht er über den Cut in seiner rechten Augenbraue.
Ich schüttele den Kopf, muss dann aber doch lächeln. Damiens Sexappeal ist einfach zu übermächtig, um sich lange dagegen wehren zu können. Außerdem finde ich es schon ganz süß, dass er sich geprügelt hat, um meine Ehre zu retten. Und dieses asoziale Arschloch hat's auch irgendwie verdient auf die Fresse zu kriegen.
Etwas ruhiger greife ich nach den Enden seiner Krawatte und ziehe Damien zu mir runter. „Eigentlich sollte ich dir den Arsch aufreißen, weil du dich wieder geprügelt hast", zähle ich ihn dabei an. „Aber irgendwie liebe ich deinen Arsch."
Bevor Damien etwas erwidern kann, ziehe ich ihn auf meine Lippen und schiebe ihm leidenschaftlich meine Zunge in den

Mund, wobei meine Hände instinktiv an seinen knackigen Fighter-Arsch wandern.
Ich höre, wie Damien sein Glas wegwirft und es klirrend auf den Boden fällt. Dann packt er mich und hebt mich zu sich hoch, um mich noch tiefer, hungriger und brutaler zu küssen.
Ohne seine kräftigen Lippen von meinen zu lösen, lässt er sich mit mir in einen der Lounge-Sessel fallen.
Mein kurzer Rock ist nach oben gerutscht und entblößt meine Strapse und meinen Arsch, den Damiens große starke Hände voll in ihrer Gewalt haben. Wir sind schon wieder so scharf aufeinander, dass wir die ganzen Leute in der Lounge völlig vergessen.
Angetörnt schiebe ich meine Hände unter sein offenes Hemd und lasse sie über seine muskelbepackte Brust gleiten, die von seinem Fight eben ein paar Schrammen abgekriegt hat. Kleine blutige Beweise seiner Liebe, die seinen brutalen Traumbody nur noch heißer machen. Dabei sind unsere Lippen wie aneinander festgeklebt, während unsere Zungen wild miteinander kämpfen.
Ich spüre, wie Damiens Hand plötzlich zwischen meine Beine wandert und er mein Höschen zur Seite schiebt.
„Wollen wir nicht woanders hingehen?“ keuche ich, ohne meine Lippen wirklich von seinen zu lösen.
„Warum?“ fragt er mich überrascht.
„Weil wir nicht mitten im Bondage miteinander vögeln können“, erkläre ich ihm ungeduldig.
„Das ist mein Club, Baby“, stellt Damien klar. „Wenn ich Bock habe es hier mit meinem Mädchen zu treiben, tue ich das einfach.“

Er blickt an mir vorbei. „Die Party ist vorbei, Leute!“ gibt er den Feiernden an der Bar und in der Lounge mit einem einschüchternden Blick zu verstehen.
Die Leute verschwinden. Sofort. Keiner wagt es Damiens Anweisung nicht zu gehorchen, so als hätten sie Angst, dass Damien dasselbe mit ihnen machen könnte, wie mit Sly und seinen Buddys gerade. Oder noch schlimmer: Ihnen für immer Hausverbot im Bondage geben!
Total angetörnt von Damiens Power und der Gewalt, die er über die Leute hier hat, mache ich mich über seinen heißen Body her. Aus dem Club dröhnt die laute Musik zu uns rüber, während ich meine Hände hungrig über Damiens dicke Brust wandern lasse. Ich streife ihm sein weißes Hemd, an dem noch Slys Blut klebt, über die breiten Schultern und entblöße seine dunklen Tattoos, die seinen brutalen Body noch gefährlicher wirken lassen, wie bedrohliche Graffitis seiner abgefuckten Vergangenheit.
Damien knurrt angetörnt, als ich über seinen Schwanz streiche, der den Schritt seiner engen Businesshose mittlerweile bis zum Zerbersten ausfüllt.
Ich keuche, als er seine Finger unter mein Spitzenhöschen schiebt und es ungeduldig zerreißt.
„Fuck, Baby, du bist so feucht, ich sollte dich echt öfter ficken“, knurrt er, während ich zum Rhythmus von Marylin Mansons dreckiger Stimme stöhne, die gerade durch die große Halle des Clubs schallt. Ja, wir sind genauso dreckig und verdorben wie Mansons Song.
But who cares? Wir sind halt immer scharf aufeinander.

Und es gibt nichts und niemanden, dass uns aufhalten kann, wenn wir hungrig nacheinander sind.

Damien

Während ich Gi mitten im Club vögel, passen meine Leute oben auf, dass nichts passiert.
Ich weiß, dass es 'ne Scheißnummer ist mich in der derzeitigen Situation so auszuklinken. Wenn jetzt irgendwas im Club abgeht, bin ich völlig handlungsunfähig.
Aber ich bin gerade so scharf auf Gi, dass man mir wahrscheinlich 'nen Genickschuss verpassen müsste, um mich davon abzuhalten über sie herzufallen.
„Ich liebe deinen großen dicken Schwanz, Damien", keucht sie, während sie mein Ding reitet und mich dabei mit 'nem heißen Blick ansieht, der alle meine Sicherungen durchknallen lässt.
„Und ich liebe deine süße kleine Pussy", stöhne ich und pumpe meinen Schwanz so tief in sie rein, dass sie laut aufschreit. Ich weiß, dass ich mit meiner Größe aufpassen muss, um Gi nicht wehzutun. Aber wenn sie mich so verdammt verrückt macht wie jetzt, kann ich einfach nicht vorsichtig sein.
Ich kapier selbst nicht, warum die Kleine mich immer noch so höllisch antörnt. Ich hab noch nie solange dieselbe Frau gefickt. Aber ich krieg einfach nicht genug von diesem wilden sexy Chick. Sie ist mein Mädchen, mit all ihren wilden sexy Facetten.

Trotzdem fehlt mir was.

Etwas, das Gi mir niemals geben kann.

Aber, dass ich so höllisch brauche, wie meine verdammte Luft zum Atmen.

Meine Freiheit.

Vierunddreißigstes Kapitel

„Führt ihr eigentlich 'ne offene Beziehung?" will Indie mit ihrer entwaffnenden Offenheit von mir wissen, als wir ein paar Wochen später im Hard Rock Cafe sitzen.

Ich schüttele den Kopf. „Wie kommst du darauf?"

Indie spielt mit dem Strohhalm ihres Shakes und druckst ein bisschen herum. „Weil ich Damien letztens mit 'ner anderen gesehen habe", eröffnet sie mir dann.

„Ich bin sicher nicht die einzige Frau, die Damien kennt", bemerke ich locker und versuche gleichzeitig die Eifersucht, die sofort wieder in mir aufsteigt zu unterdrücken. Ich hab Damien versprochen cool zu bleiben, wenn's um andere Frauen geht. Und das werde ich auch.

„Dann ist es okay für dich, wenn Damien sich mit anderen Chicks datet?" fragt Indie und nuckelt an ihrem Strohhalm.

„Damien datet sich nicht mit anderen Chicks, okay", stelle ich klar, und weiß, dass ich die Diskussion jetzt besser beenden sollte.

„Wo hast du die beiden denn gesehen?" erkundige ich mich stattdessen, und versuche so beiläufig wie möglich zu klingen.

„Im Planet Hollywood", erwidert Indie. „Die Alte sah total stylish aus, als wäre sie gerade vom Cover der Vogue gefallen. Und die beiden haben so aneinander rumgebaggert, dass Damien Jazz und mich überhaupt nicht bemerkt hat." – „Was heißt rumgebaggert?" hake ich nervös nach.

„Naja, sie hat immer wieder Damiens Hand gestreichelt." Indie schlürft was von ihrem Shake, während ich gerade vor Ärger dunkelrot anlaufe. „Und zum Abschied hat er sie so hart

an seine dicke Brust gedrückt, als wolle er sie erwürgen“, plappert Indie, ohne darüber nachzudenken.
Ihre Worte treffen mich wie ein Faustschlag mitten ins Gesicht.
Damien macht hinter meinem Rücken mit ‘ner Anderen rum? Das glaube ich einfach nicht.
Ich muss auf einmal wieder daran denken, wie oft Damien in letzter Zeit nicht ins Bondage gekommen ist und erst mitten in der Nacht zu Hause war, weil er angeblich noch länger arbeiten musste oder im Gym war.
Scheiße!
Vielleicht hat Damien ja wirklich keinen Bock mehr auf mich.
Oder er braucht einfach ‘n bisschen Abwechslung.
Allerdings kenne ich ihn. Damien macht hat keine halben Sachen. Wenn er ‘ne Neue hat, bin ich Geschichte!

*

Als ich nach meinem Date mit Indie ins Penthouse komme, bin ich mega down.
Natürlich ist Damien nicht da. Normalerweise wäre mir das wahrscheinlich gar nicht aufgefallen, weil ich noch im Bondage feiern würde. Aber nach Indies beschissener Geschichte hatte ich heute keinen Bock Party zu machen und so zu tun, als wäre alles okay.
Nichts ist okay.
Ich hab keinen Plan, wie ich damit umgehen soll, dass Damien hinter meinem Rücken ‘ne andere datet. Und dass er wahrscheinlich irgendwann mit seiner Ich-muss-mal-mit-dir-reden Nummer ankommt und mich eiskalt abschießt. Wie Bella damals. Und die ganzen anderen Chicks, die ihn so brutal

angebetet haben, dass sie ohne Damien keinen Bock mehr hatten weiterzuleben.
Nachdem ich mich ausgezogen habe, lege ich mich frustriert in Damiens viel zu großes Bett.
Während die Millionen funkelnden Lichter von Manhattan ins Schlafzimmer scheinen, fühle ich mich einfach nur beschissen und sterbenseinsam. So wie damals, als Sky mich verlassen hat.
Das Schlimmste aber ist, dass Damien gerade da draußen ist und wahrscheinlich irgendwo mit seiner Neuen Party macht und sich großartig amüsiert, während ich hier vor Sehnsucht nach ihm fast krepiere.
Vielleicht sind die Beiden ja auch in irgend'nem noblen Hotelzimmer, das Damien gemietet hat, wo er diese Vogue-Beauty mit seinem Mörderbody gerade völlig umhaut und sie besinnungslos vögelt.
Allein die Vorstellung tut so verdammt scheißweh!
Frustriert rolle ich auf die Seite und greife nach seinem Kissen, das immer noch nach Damiens maskulinem, unwiderstehlichem Duft riecht. Ich presse das Kissen an meine Brust, so als könnte es mir wenigstens ein bisschen von Damiens Wärme geben.
Vergeblich. Nichts auf der Welt kann das Gefühl von Damiens heißem Body ersetzen, der einen die ganze Nacht gefangen hält, während seine Hände deinen Arsch und deine Titten beschützen.
Nachdem ich völlig deprimiert eingeschlafen bin, wache ich mitten in der Nacht auf, weil ich Damiens kräftige Schritte die Treppe raufkommen höre.

„Bist du das, Damien?“ frage ich schlaftrunken und richte mich im Bett halb auf.
Er kommt ins Schlafzimmer. „Hey, Baby.“ Damien gibt mir einen flüchtigen Kuss.
„Du bist nicht im Bondage?“ erkundigt er sich dann und wirft seine Bikerjacke über den Stuhl.
Ich schlucke, als ich bemerke, dass sein aufgepumpter Oberkörper bis auf seine Tattoos nackt ist. Anscheinend hatte er keine Zeit oder keinen Bock sich nach seinem Fick noch vollständig anzuziehen, denke ich sarkastisch und atme einmal tief durch.
„Wo kommst du denn jetzt her?“ frage ich ihn dann, ohne seine Frage zu beantworten und versuche die Eifersucht in meiner Stimme zu unterdrücken.
„Ich war noch im Gym, Baby“, erwidert er kurz und verschwindet ins Bad.
Er war noch im Gym?
Ich blicke auf den Wecker auf dem Nachttisch. Es ist halb Vier! Schwer atmend lasse ich mich zurück in die Kissen sinken. Vielleicht war Damien ja tatsächlich bis jetzt im Gym, versuche ich mir schließlich einzureden. Ich meine, er ist der absolute Fitnessjunkie. Und sein Hammerbody braucht sein tägliches Kickbox-Training genauso wie unseren Sex.
Ich beginne im Kopf nachzurechnen.
Okay, wenn er um Acht das Büro verlassen hätte und in die Bronx ins *Fighter's* gefahren wäre, hätte er volle sieben Stunden trainiert!
Soviel pumpt nicht mal Damien.
Scheiße!

Ich versuche meine Tränen zu unterdrücken, als mir langsam klar wird, dass meine perfekte Lovestory mit Damien Blackrock gerade wie ein Kartenhaus zusammenbricht.
Und dass er wahrscheinlich nur noch auf einen passenden Augenblick wartet, um mich für immer in die Wüste zu schicken.

Fünfunddreißigstes Kapitel

„Ich will dich nicht noch mehr runterziehen, Süße", sagt Bella am nächsten Tag, als wir auf ihrem schwarzen Himmelbett sitzen und Songs von Joy Division hören, die ungefähr so düster sind wie meine Stimmung gerade. „Aber ich hab dir von Anfang an gesagt, dass Damien nicht der Typ für 'ne Mono-Beziehung ist." Sie zieht an ihrer Wasserpfeife. „Damien verreckt, wenn man ihn in den Beziehungsknast steckt", erklärt sie mir, nachdem sie den Rauch in die Luft geblasen hat. „Der Typ braucht einfach seine Freiheit."

Ich atme einmal hart durch. Klar, wusste ich das. Trotzdem hab ich irgendwie gedacht, ich könnte Damien zähmen. Ich hab mir tatsächlich eingebildet, bei mir würde er sich ändern und kein Interesse mehr an anderen Frauen haben.

Ich bin so ein verdammt naiver Vollidiot.

„Hat er dich denn noch flachgelegt, als er heute Nacht von seinem Date nach Hause gekommen ist?" will Bella wissen.

Ich schüttele frustriert den Kopf. „Normalerweise kriegt Damien nie genug von mir", erwidere ich. „Aber als ich gestern mit ihm vögeln wollte, hat er mich aufgehalten und meinte, er wäre total ausgepowert."

Bella lacht sarkastisch. „Ne, is' klar", bemerkt sie dann. „Wahrscheinlich hat er seine Ladung bereits bei seinem Posh-Babe verschossen." Kopfschüttelnd nimmt sie 'nen Zug von ihrer Blubber.

„Vielleicht war er ja wirklich bloß ausgepowert, weil er solange im Gym war", versuche ich es hoffnungsvoll, und merke selbst wie dämlich verzweifelt ich dabei klinge.

Bella sieht mich zugedröhnt an. „Bis halb Vier?“ Sie schüttelt den Kopf. „Das ist die idiotischste Ausrede, die ich je gehört habe.“

Bella hat Recht. Diese Gym-Ausrede ist total idiotisch

Anscheinend ist Damien bereits so fertig mit mir, dass er sich nicht mal mehr die Mühe macht sich ‘ne halbwegs originelle Lüge einfallen zu lassen.

„Vielleicht solltest du ihm wenigstens nicht den Triumph geben, dich abzuschießen.“ Bellas eisblaue Augen lasern mich kalt. „Mach Schluss mit Damien, bevor er es tut!“

Ich sehe sie entsetzt an. „Ich soll mit Damien Schluss machen?“ Ich schüttele energisch den Kopf. „Never!“ – „Dann wird er dich abservieren“, erklärt Bella mir knallhart. „Ich weiß das, weil es bei uns damals genauso angefangen hat. Mich wollte Mr. Sexmachine plötzlich auch nicht mehr ficken.“ Sie sieht mich gnadenlos an. „Wenn Damien dich nicht mehr flachlegen will, ist er fertig mit dir.“

*

Als ich am Abend mit Bella ins Bondage komme, bin ich immer noch total deprimiert. Und das obwohl ich fast ‘ne halbe Flasche Black Vodka intus habe und total breit bin.

Um mein angeknackstes Selbstbewusstsein ein bisschen aufzumöbeln, hat Bella mich zu ‘nem megasexy Vamp aufgestylt. Meine langen blonden Haare sind zu einem straffen Pferdeschwanz zurückgebunden und ich trage ein hautenges, tiefausgeschnittenes Oberteil zu heißen Hotpants und einem Paar überkniehohen Stiefeln, alles in tiefschwarz. Passend zu meiner Stimmung.

Während Bella und ich uns durch die Menge zum Dancefloor schieben, sehe ich mich im Club um.
Die Show ist heute wieder der absolute Wahnsinn. Die Go-Go's schweben an Seilen gesichert in der Luft und machen dabei atemberaubende Kunststücke. Begleitet werden sie dabei von den sexy Klängen von Depeche Mode und einer beeindruckenden Lasershow.
Instinktiv fange ich an, mich zu der heißen Stimme von Dave Gahan zu bewegen. Ich bin immer noch down wegen Damien, aber jetzt, wo ich wieder hier bin, bei meinen ganzen coolen Partyfriends, muss ich einfach mitfeiern. Die Atmosphäre im Bondage hat einfach eine magische Wirkung auf mich, eine Coolness, der man sich nur schwer entziehen kann.
Und die Typen mit den MG's, die immer noch überall postiert sind, machen die Stimmung noch schärfer und geben dem Club so 'nen gefährlichen Touch, der irgendwie sexy ist.
„Ich geh mal zu Indie", sage ich zu Bella, die noch damit beschäftigt ist ihre Leute zur Begrüßung abzuknutschen, und gehe runter zur Bar.
„Hey, Gi", empfängt Indie mich, als ich zur Theke komme. „Du siehst echt mega heiß aus." Sie öffnet mit den Zähnen ein Corona und gibt es mir.
„Wo hast du das denn gelernt?" frage ich sie mit hochgezogenen Brauen, weil ich mir echt Sorgen um ihr Gebiss mache.
„Auf der Straße", erwidert sie achselzuckend.
Ich seufze.
„Was ist eigentlich mit deinen Eltern?" will ich schließlich wissen. „Wissen die, wo du bist?"

Indie schüttelt den Kopf. „Seit Sky tot ist, interessieren die sich 'nen Scheiß für mich. Wahrscheinlich sind die froh, dass ich auch weg bin." – „Das ist Bullshit, Indie. Deine Eltern machen sich sicher Sorgen um dich", versuche ich ihr einzureden. Aber ich weiß, dass das 'ne Lüge ist. Skys Eltern waren die mega Egoisten. Ihr Dad, ein stinkreicher Investment-Banker, hat sich nur für seinen Job interessiert und dafür, wie er noch mehr Kohle scheffeln kann. Und ihre Mom war zu beschäftigt seine Kröten auszugeben, um sich groß um Sky und Indie zu kümmern.

„Was ist eigentlich mit deinem Dad?" unterbricht Indie meine Gedanken. „Hast du noch Kontakt zu ihm?"

Ich schüttele den Kopf und trinke einen Schluck Bier. Seit mein Dad weiß, dass ich mit Damien zusammen bin, herrscht zwischen uns absolute Funkstille. Und ehrlich gesagt, will ich auch nichts mehr mit meinem Erzeuger zu tun haben, nachdem er Damien seine Schläger auf den Hals gehetzt hat, um uns auseinander zu bringen.

Ich seufze schwer. Damien und ich haben so hart für unsere Liebe gekämpft.

Und jetzt?

Jetzt wirft Damien alles auf den Müll, für irgendeine dahergelaufene Schlampe. Das ist so verdammt unfair.

Als ich wieder nach oben komme, suche ich Bella.

Ich weiß, dass sie's Scheiße findet, wenn ich Damien hinterherlaufe, aber ich hab gerade den Entschluss gefasst, dass ich ihn nicht kampflos dieser spießigen Bitch überlassen werde. Ich werde um unsere Liebe kämpfen. Und ich hab

auch schon eine Idee, wie ich rauskriegen kann, ob Damien mich bescheißt.
Und dafür brauche ich Bella.

*

„Hey, Ty“ begrüßen Bella und ich Washington zuckersüß, nachdem wir ihn endlich in Damiens Schaltzentrale gefunden haben.
Bella setzt sich auf seinen Schoß, und ich stelle mich hinter seinen Sessel, um ein bisschen seine breiten Schultern zu massieren.
„Was wollt ihr Chicks von mir?“ brummt Tyson ein bisschen überfahren.
„Du bist doch Damiens best Buddie“, bezirzt Bella ihn mit ‘nem sexy Tonfall und lässt ihre Hände über seine starke Brust gleiten. „Ihr erzählt euch doch immer alles.“ – „Und er hat dir doch bestimmt auch verraten, was er heute Abend macht“, unterstütze ich Bella und kraule Tyson den Nacken.
Er knurrt angetörnt. „Das is’ echt ‘n verdammt gefährliches Spiel, dass ihr da gerade spielt, Babys“, brummt er dann. Wahrscheinlich hat er Angst, dass wir ihn so scharf machen, dass er die Kontrolle über sich verliert und uns beide gleich hier in Damiens Büro flachlegt.
„Wir wollen nur, dass du uns verrätst, wo Damien heute Abend steckt“, hauche ich dicht an seinem Ohr und lasse meine Zunge über seine Ohrmuschel gleiten, während Bella sich sexy auf seinem Schoß räkelt.
„Seh’ ich aus wie Blackrocks verdammter Babysitter?“ keucht Washington. „Keine Ahnung, wo der Typ wieder rumhängt.“
Ich beuge mich über ihn zu Bella.

„Wirklich nicht?“ hake ich nach.
Er schüttelt nervös den Kopf.
Bella und ich lassen unsere Lippen aufeinander sinken, um ihn noch schärfer zu machen.
Während wir wild miteinander knutschen, reibt Bella ihr Becken über Tysons Schwanz, während ich mit meinen Titten seinen Rücken massiere.
Washington keucht, und Bella und ich grinsen auf unseren Lippen, ohne unsere Knutscherei zu unterbrechen.
„Fuck“, höre ich Tyson auf einmal knurren.
Und dann gerät unser heißes Anmachspielchen völlig außer Kontrolle!
Ich spüre plötzlich, wie Tyson Bellas Arsch packt – so brutal, dass sie unseren Kuss keuchend unterbricht. Meine Lippen streifen auf einmal seine und ich habe das Gefühl, als würde er gleich stürmisch über mich herfallen.
Seine Zunge streicht knurrend über meine Oberlippe...
...Und dann passiert die Katastrophe!

Sechsunddreißigstes Kapitel

„Was zur Hölle macht ihr da?“ bellt Damien, der gerade zur Tür reingekommen ist.

So eine verdammte Scheiße!

Erschrocken löse ich mich von Tyson. „Ich... Wir...“, stottere ich hastig, und suche verzweifelt nach einer Ausrede.

„Die Chicks haben mich gefragt, ob ich ihnen ‘n paar Self-Defense Tricks beibringen kann“, kommt Tyson mir schließlich zu Hilfe. Er löst sich von Bella und steht auf. „Da drinnen sind heute wieder ‘n paar üble Kerle unterwegs, die den Mädels an die Wäsche gehen“, lügt er dabei und deutet mit dem Kopf zur Tür, die in den Club führt.

Damien schüttelt abgefuckt den Kopf.

Ich halte die Luft an. Wenn er die Story nicht schluckt, ist das mein Todesurteil. Ja, wahrscheinlich ist das gerade genau die Situation auf die Damien gewartet hat, um mich endgültig abzuschießen, denke ich verzweifelt und schließe die Augen.

„Und warum schmeißt ihr die Typen dann nicht raus?“ höre ich Damien plötzlich bellen.

Ich stoße einen so erleichterten Seufzer aus, dass Damien mich irritiert ansieht.

„Haben die Wichser dich etwa auch angepackt?“ will er von mir wissen.

„Nein“, sage ich sofort. „Darum sind wir ja zu Washington gekommen“, füge ich händeringend hinzu.

„Ich hab den Jungs an der Tür schon Bescheid gesagt, dass die die Typen rausschmeißen sollen“, redet Ty mich wieder aus

der Scheiße. „Komm wieder runter, Bro“, versucht er Damien dann zu beruhigen. „Alles im grünen Bereich.“
Damien atmet einmal tief durch und nickt, während Bellas und mein Blick sich kurz treffen. Bella macht einen Schmollmund, so als wäre sie enttäuscht, dass Damien uns gestört hat. Anscheinend hat sie sich schon auf ‘nen heißen Dreier mit Ty und mir gefreut.
„Okay“, sagt Damien schließlich und holt ein paar Boxbandagen aus der Schreibtischschublade. „Wenn ihr die Situation unter Kontrolle habt, verpiss ich mich wieder.“ Er kommt zu mir und drückt mir einen Kuss auf die Lippen.
„Wo willst du denn noch hin?“ frage ich ihn irritiert, als er sich wieder von mir löst.
„Ins *Fighter's*, Baby“, erklärt er mir kurz und rollt die Bandagen zusammen.
„Um die Zeit?“ Es ist fast Mitternacht.
„Muss mich ‘n bisschen abreagieren, damit ich niemandem wehtue.“ Damien lässt die Bandagen in den Taschen seiner Everlast-Kapuzenjacke verschwinden.
Washington grinst, und Bella und ich schütteln sprachlos den Kopf.
„Wir seh‘n uns später, Baby.“ Er gibt mir noch einen Kuss und blickt dann zu Tyson. „Und du lässt die Finger von meinem Mädchen, kapiert?“
Ty hebt in Abwehrhaltung seine Hände. „Ich werd‘ deine Kleine nicht anfassen, Bro“, versichert er ihm dabei.
„Gut.“ Damien verschwindet.
Während Bella und ich wieder in den Club gehen, bin ich total durcheinander. Die Tatsache, dass Damien um die Zeit noch

ins Gym will, und sein kühles Verhalten mir gegenüber, sind alles andere als beruhigend. Am meisten aber beschäftigt mich seine Reaktion gerade, als er Ty, Bella und mich beim Rummachen erwischt hat.
Hat er Tys Self Defense Story wirklich geschluckt?
Ich spüre, wie ich auf einmal leichenblass werde, als mir ein schrecklicher Gedanke durch den Kopf schießt.
Was, wenn es Damien überhaupt nicht mehr interessiert, ob ich mit 'nem anderen Typ rummache?

*

Nachdem ich mich im Bondage komplett abgeschossen habe, komme ich im Morgengrauen total breit ins Penthouse.
„Damien?" lalle ich, während ich durch das dunkle Oktagon taumele. „Bist du da, Damien?"
Keine Antwort.
Ich schwanke die Treppe nach oben.
Ich bin gerade so stockbesoffen, dass ich endlich den Mut habe, Damien wegen seiner blöden Ausreden und seiner Fremdfickerei zur Rede zu stellen. Sofort! Es ist fast so, als hätte der Alkohol jede Furcht an einen Fight mit Damien mit einem Schlag in mir eliminiert – und jede Vernunft!
Damien herauszufordern, egal ob verbal oder körperlich, ist immer eine beschissene Idee. Und sich auf einen Fight mit ihm einzulassen, ist ein absolutes Selbstmordkommando.
Aber jetzt gerade ist mir das scheißegal. Jetzt gerade ist mir alles scheißegal. Wenn ich Damien verliere, bin ich am Ende. Ich liebe diesen abgefuckten Schläger so abgöttisch, dass ich mir ein Leben ohne ihn nicht mehr vorstellen kann – und ohne seinen Club. Denn wenn es mit uns aus ist, bin ich auch nicht

mehr in der Lage noch ins Bondage zu gehen. Die Vorstellung Damien dort zu sehen, ohne seinen heißen Body anfassen zu dürfen, und beobachten zu müssen, wie er mit anderen Chicks rummacht, ist der absolute Horror.
Ich stolpere durch den Flur zu Damiens Schlafzimmer.
Dann öffne ich die Tür.
„Ich muss unbedingt mit dir reden, Damien“, sage ich energisch, während ich ins Schlafzimmer schwanke.
Scheiße!
Frustriert lasse ich mich auf das große, leere Boxspringbett fallen. Damien ist anscheinend immer noch im Gym ... oder fightet mit seiner Neuen.
Ich höre plötzlich das Geräusch der Haustür, die geöffnet wird.
Sofort springe ich auf und stolpere nach unten.
„Wo warst du so ...?“ Das letzte Wort bleibt mir im Hals stecken, als ich Damien sehe.
Was zur Hölle...?
Sein Gesicht ist total angeschwollen und er blutet leicht aus einer Wunde auf der Wange, während sein linkes Auge so dick und blau ist, dass er es kaum öffnen kann. Seine Kapuzenjacke und sein weißes T-Shirt sind total dreckig und seine Jeans ist voller Blut.
Ich bin mit einem Schlag stocknüchtern.
„Was verdammte Scheiße ist mit dir passiert?“ presse ich total geschockt hervor.
„Hab im *Fighter's* auf die Fresse gekriegt“, erwidert er bloß cool und verschwindet in die Küche.

Ich komme ihm hinterher. „Du verarscht mich doch, oder?" mache ich ihn an, weil ich ihm die Story absolut nicht abkaufe. Ich hab Damien schon oft genug fighten sehen, um zu wissen, dass fast niemand in der Lage ist ihn so zuzurichten. Normalerweise sehen seine Gegner nach einem Date mit Damien so aus wie er gerade.

„Du willst mir erzählen, dass dich jemand beim Training so vermöbelt hat?" – „Ja, Baby, war 'n Scheißtag heute." Er schaltet den Mixer an, um sich einen Proteinshake zu machen. Mir kommt auf einmal ein übler Verdacht.

Kann es sein, dass er sich wegen seiner Neuen geprügelt hat? Vielleicht waren sie noch in irgend'nem Club und Damien hat wieder Stress gemacht, weil sie jemand dumm angemacht hat. Wahrscheinlich hat er sich noch mit den Türstehern geboxt, als die versucht haben ihn rauszuschmeißen. Das würde auch erklären, warum er so abgefuckt aussieht. Scheiße.

Trotzdem habe ich noch einen winzigen Hoffnungsschimmer, dass Damien mich vielleicht doch nicht anlügt und er wirklich im Gym aufs Maul gekriegt hat.

Ich werde es rauskriegen.

Und sollte seine Story gelogen sein und er bescheißt mich tatsächlich, kann Damien sich drauf gefasst machen, dass *ich* ihn das nächste Mal so zurichten werde!

Siebenunddreißigstes Kapitel

Damien und ich haben zwar wieder gevögelt, trotzdem ist er in letzter Zeit so kühl und distanziert, dass es fast wehtut, wenn wir zusammen sind.

Außerdem kommt er an manchen Abenden immer noch erst mitten in der Nacht nach Hause und ist danach total ausgepowert … so als hätte er die ganze Nacht rumgevögelt.

Ein beschissener Gedanke, der mich mittlerweile so fertig macht, dass ich keinen anderen Ausweg mehr sehe, als ihn heimlich zu verfolgen.

„Du willst noch weg?“ frage ich ihn, als er ein paar Tage später mit seinem Army-Rucksack und seinem Motorradhelm in die Lounge kommt.

„Ich treff‘ mich noch mit Mick im Gym“, erklärt er mir. „Wir wollen noch ‘n bisschen pumpen und ‘n paar Runden kickboxen.“ Damien packt meinen Arsch, zieht mich kraftvoll zu sich und küsst mich so brutal, als wäre ich sein Sparringspartner, an dem er gerade seine überschüssige Energie auslässt.

Ich bin zwar froh, dass er noch nicht komplett das Interesse an mir verloren hat. Trotzdem fällt es mir schwer ihm zu glauben, dass er noch trainieren will, nachdem er letztens so auf die Fresse gekriegt hat.

Nachdem Damien das Penthouse verlassen hat, schnappe ich mir meine Jacke und meine Autoschlüssel, um ihn zu verfolgen.

Ich habe den BMW vorsorglich draußen vor dem Appartementhaus geparkt, so dass ich nur darauf warten muss, bis Damien mit seinem Bike aus der Tiefgarage kommt.
Als ich das laute Dröhnen der dreckigen, mattschwarzen Maschine höre, starte ich den Motor, um ihm hinterherzufahren.
Wenn man mit 'nem Bodyguard zusammen ist, kennt man 'n paar gute Tricks, die in so einer Situation echt hilfreich sind.
Allerdings war ich nicht darauf vorbereitet, dass Damien mit dem Bike fahren würde. Und eine Verfolgungsjagd mit einer 330-PS-Maschine ist alles andere als witzig.
Besonders, wenn man so heizt wie Damien!
Während ich verzweifelt versuche dem getunten Bike zu folgen, hoffe ich die ganze Zeit, dass Damien mich nicht bemerkt.
Aber als ich an einer Ampel direkt hinter ihm stehe, betrachte ich so fasziniert seinen geilen Knackarsch, der auf dem dreckigen Bike echt mega heiß aussieht, dass ich komplett vergesse aufzupassen.
Ich bemerke auf einmal, dass Damien in den Rückspiegel blickt. *Verdammt.*
Sofort ducke ich mich, so als würde ich was aufheben, und hoffe, dass ihm das Kennzeichen meines SUV nicht auffällt.
Als die Ampel endlich auf Grün springt, gibt er plötzlich Gas.
Ich atme erleichtert auf und nehme die Verfolgung wieder auf.
Aber diesmal heizt Damien so krass durch die dunklen Straßen und drängt sich an den anderen Fahrzeugen vorbei, dass ich keine Chance habe an ihm dran zu bleiben.

„Shit!“ Ich schlage mit der Hand gegen das Lenkrad, als ich feststelle, dass ich Damien verloren habe… Ein beschissener Gedanke.
Nachdem ich kurz überlegt habe, was ich jetzt tun soll, versuche ich das nächste: Ich fahre in die South Bronx. Vielleicht hat Damien mir ja doch die Wahrheit gesagt und ist wirklich auf dem Weg ins Gym .

*

Das *Fighter's* ist 'ne abgefuckte Boxbude in einer der abgefucktesten Ecken des abgefucktesten Ghettos der Bronx, der abgefucktesten Hood NY's. 'ne absolute No-Go-Area. Klar, dass Damien sich hier wohlfühlt. Die Gegend ist genauso finster und gefährlich wie er.
Trotzdem werde ich nie kapieren, warum er in dieser schäbigen Boxbude trainiert. Ich meine, Damien hätte genug Kohle, um eins der teuersten Fitnessstudios in Manhattan kaufen zu können. Aber wahrscheinlich macht's nicht so viel Spaß sich in diesen teuren Nobelschuppen zu prügeln.
Während ich mich auf dem Parkplatz vor dem Gym umsehe, stelle ich fest, dass Damiens Bike nicht da ist.
Ich atme einmal tief durch.
Okay, dann hat er mich also doch angelogen und ist woanders hingefahren, denke ich mit einer Mischung aus Ärger und Frust.
Für einen Augenblick überlege ich, ob ich wieder fahren soll, bevor ich entscheide doch noch kurz einen Blick in den Laden zu werfen. Vielleicht ist Damien ja doch da.

Mit einem beschissenen Gefühl betrete ich den Prügelschuppen. Das letzte Mal als ich hier war, hat mich einer von den Schlägern, die hier trainieren fast vergewaltigt...

...bevor Damien ihn brutal K.O. gekickt hat.

Obwohl der Typ auch Kampfsport gemacht hat, hat Damien ihn so übel zusammengetreten, dass er innerhalb von einer Minute den Boden geküsst hat. Echt faszinierend, was Damien so drauf hat, denke ich, während ich an der Wand vorbeikomme, an der die MMA-Champions des Clubs verewigt sind und auch ein Bild von Damien in Siegerpose bei den US-Championchips hängt.

Nervös gehe ich durch den dunklen Gang zu der Tür, hinter der sich die Trainingsräume befinden.

Ich weiß, dass Damien mir verboten hat alleine hierherzukommen, und dass es alles andere als ungefährlich ist hier rumzuhängen, besonders als Frau.

Aber ich muss unbedingt wissen, ob Damien mir die Wahrheit gesagt hat, oder ob er tatsächlich 'n Date mit 'ner Anderen hat.

Klar, hab ich Damien versprochen nicht mehr so eifersüchtig zu sein. Aber bei 'nem Typ, der so heiß ist wie er und dem die Chicks so hinterherlaufen, ist Kontrolle einfach besser als Vertrauen.

Vorsichtig öffne ich die Tür ein kleines Stück und blicke in den großen Trainingsraum.

Das laute Geräusch von Fäusten und Füssen, die gegen Punching Bags boxen und kicken, donnert dumpf durch die Halle. Auf der Trainingsfläche und an den verrosteten Geräten trainieren breitschultrige, muskulöse Typen und stöhnen und keuchen dabei wie die Tiere. Ein paar von den Kerlen sehen echt heiß aus, aber die meisten erinnern mich an diese tätowierten abgefuckten Knasttypen, denen man lieber nicht alleine begegnet.

Ich scanne die Halle und werfe dann einen Blick in den MMA-Cage.

Keine Spur von Damien. Seine unübersehbare Fighter- Statur würde mir sofort auffallen. *Scheiße.*

Die Vorstellung, dass er tatsächlich bei dieser Posh-Schlampe ist, zieht mich gerade total runter.

„Hey, Süße, hast du dich verlaufen?“

Ich drehe mich hastig um und sehe zwei große, breitschultrige Schlägertypen, die mich interessiert mustern. „Wir können dich gern ‘n bisschen rumführen und dir ‘n paar MMA-Moves zeigen“, bemerkt einer von denen und sieht seinen Buddy mit ‘nem eindeutigen Grinsen an.

„Nein, danke“, erwidere ich mit einem aufgesetzten Lächeln, in der Hoffnung, dass die üblen Typen mich in Ruhe lassen.

Der Eine, ein großer, breiter Kerl, der bis über den Hals und im Gesicht tätowiert ist, tritt dicht an mich heran. „Warum so schüchtern?“ Er streicht mit seiner rauen Hand über meine Wange. „Wir wollen doch bloß ‘n bisschen nett zu dir sein.“

Ich schiebe seine Hand weg. „Ich brauche niemanden, der nett zu mir ist, okay“, stelle ich dabei klar.

„Hast du gehört? Die Kleine will, dass wir ihr wehtun“, bemerkt der Tätowierte zu seinem Begleiter und die beiden kesseln mich so eng ein, dass ich Panik kriege.

„Ich will nur wissen, ob Damien Blackrock hier ist, okay“, sage ich schließlich nervös.

Bei dem Namen Damien Blackrock weichen die Beiden sofort ein Stück zurück, so als wäre alleine seine Erwähnung schon mit Schmerzen für sie verbunden. Anscheinend ist Damiens Name schon ‘ne Waffe, die bei manchen Leuten Angst auslöst.
„Blackrock?“ hakt er Tätowierte nach. „Du bist ‘n Chick von Blackrock?“ – „Ich bin Blackrocks Freundin“, stelle ich selbstbewusst klar, und genieße den dummen Gesichtsausdruck der beiden Jungs, die auf einmal nur noch halb so gefährlich wirken. Wahrscheinlich weil sie schon mal mit Damien im Ring waren und ordentlich von ihm auf die Fresse gekriegt haben, mutmaße ich belustigt.
Nachdem die beiden Typen sich verpisst haben, weil sie wahrscheinlich Schiss haben Damien könnte sie dabei erwischen, wie sie sein Chick anmachen, will ich das *Fighter’s* frustriert verlassen.
Mein Blick fällt noch mal kurz in den Trainingsraum, in dem die beiden Schlägertypen gerade verschwunden sind.
Und mit einem Schlag hellt sich meine Stimmung auf, als ich plötzlich Damien sehe, der gerade mit Mick, seinem Sparringspartner aus dem angrenzenden Hantelraum kommt.
Mir fällt ein riesiger Felsblock vom Herz.
Anscheinend habe ich mich doch geirrt und Damien hat mir heute die Wahrheit gesagt, denke ich total erleichtert.
Ich stelle mich hinter die Tür, um die Beiden durch einen Spalt zu beobachten. Ich will nicht, dass Damien mich hier sieht und es wieder Stress gibt. Aber wenn ich schon mal hier bin, kann ich ihn wenigstens ein bisschen beim Training bewundern. Ich liebe es Damiens heißen Body in Action zu sehen.

Während Damien mit Mick auf die Trainingsfläche geht, bandagiert er seine Hände. Sein Oberkörper ist nackt und er trägt wieder diese schwarzen Fighter-Shorts, die ich so verboten sexy an ihm finde. Und die Dinger wirken wirklich total verboten, so krass wie sie seine geilen Kurven betonen. Und damit meine ich nicht nur seinen knackigen Fighter-Arsch.

Himmel, dieser Typ törnt mich schon an, wenn ich ihn nur ansehe.

Nachdem Damien nochmal den Sitz seiner Bandagen gecheckt hat, bringt er sich vor einem der schweren Punching Bags in Stellung.

Mick stellt sich dahinter, um den Boxsack festzuhalten.

Dann geht Damien richtig ab.

Mit unglaublicher Geschwindigkeit und Wahnsinnspower boxt und kickt Damien so hart gegen den Punching Bag, dass sein Sparringspartner, ein fast Zwei-Meter-Typ, der sicher dieselbe Gewichtsklasse hat wie Damien, Probleme hat das Ding festzuhalten.

Schweißperlen glänzen auf Damiens tätowierter aufgepumpter Brust und die Adern an seinen Bizeps und seinem Hals treten vor Anstrengung deutlich hervor. Sein Gesicht ist immer noch angeschlagen von seiner Schlägerei letztens, und sein Auge ist geschwollen. Aber das scheint ihn überhaupt nicht zu interessieren. Mit einer eiskalten Killermine prügelt er so gewalttätig auf den Punching Bag ein, dass Mick irgendwann aufgeben und sich in Sicherheit bringen muss, um nicht von Damien weggepumpt zu werden.

Und ich muss zugeben, wenn ich Damien nicht kennen würde, würde er mir gerade auch übelst Angst machen.
Warum trainiert er wie ein Irrer?
Als er seine Runde mit dem Punching Bag beendet hat, geht Damien mit Mick in den Cage.
Vorsichtig betrete ich den Trainingsraum und verstecke mich hinter einem der Stahlträger, um die Beiden besser beobachten zu können.
Nachdem Damien und Mick in den vergitterten Stahlkäfig gegangen sind, kickt Damien die kleine Tür des Cage hinter sich zu.
Die Beiden bringen sich in Stellung.
Was dann passiert, ist so krass, dass ich kaum hinsehen kann.
Damien legt seine Hände auf den Rücken...
... bevor Mick ihm mit roher Gewalt immer wieder brutal in den Magen und gegen die Brust boxt und kickt.
Damien keucht bei jedem Punch, während er die Muskeln seines Sixpack hart anspannt. Von den brutalen Tritten und Schlägen hat er bereits dunkelrote Hämatome überall auf seinem Oberkörper. Doch seine Miene ist so stahlhart wie seine Bauchmuskeln, und ohne das geringste Anzeichen von Schmerz.
Während ich mich noch irritiert frage, warum Damien sich das antut, sehe ich auf einmal wie er seine Bandagen löst und Mick sich mit zwei Schlagpolstern vor ihn stellt.
Damien bringt sich in Position und puncht dann mit seinen bloßen Fäusten immer wieder gegen die Boxpads. So hart und lange, bis man das Blut seiner Finger an den Polstern sehen kann, die von der Wucht der Schläge aufgeplatzt sind.

Total schockiert stehe ich hinter der Stahlsäule und beobachte das Ganze. Ich habe Damien schon oft bei seinem Workout gesehen, aber das was hier gerade abgeht, ist kein Training mehr. Das ist die absolute Tortur.
Warum macht Damien das?

Achtunddreißigstes Kapitel

„Du stalkst Damien?“ fragt Bella mich und zieht eine ihrer schmalen aufgemalten Augenbrauen hoch, während wir auf der Feuertreppe ihres Appartements sitzen.
„Ich wollte nur wissen, ob er mich anlügt“, erwidere ich entschuldigend und spiele unsicher mit ihrem Zippo herum.
Bella seufzt. „Hast du denn wenigstens rausgekriegt, ob er dich bescheißt?“ will sie dann wissen.
„Nicht wirklich“, antworte ich. „Gestern Abend war er auf jeden Fall im *Fighter's*.“ Ich atme einmal tief durch, als ich wieder an sein brutales Horrortraining denken muss. „Damien hat trainiert, als würde er sich auf die Hunger Games vorbereiten“, sage ich dann und erspare Bella die blutigen Einzelheiten.
Bella sieht mich ernst an. „Und das macht dir keine Sorgen?“
Ich erwidere ihren Blick mit ‘nem fragenden Ausdruck. „Warum...?“ – „Naja“, erwidert sie zögerlich. „Vielleicht trainiert Damien ja so hart, um noch heißer auszusehen und sein neues Chick zu beeindrucken.“
Ich schlucke hart.
Dann schüttele ich den Kopf. „Damien trainiert nicht, um heiß auszusehen“, erkläre ich ihr. „Damien trainiert, um Leuten in den Arsch zu treten.“
Bella grinst. „Yep, das ist eins seiner Lieblingshobbys.“ Sie zündet den Joint an, den sie sich gerade gebastelt hat.
„Trotzdem find ich's strange, dass er auf einmal wie'n Irrer pumpen geht“, sagt sie dann, nachdem sie einen Zug genommen hat.

„Vor allem, nachdem er letztens so übel auf die Fresse gekriegt hat“, bemerke ich.
Bella sieht mich fragend an.
„Damien ist vor ein paar Tagen nach Hause gekommen und sah aus, als hätte ihm jemand richtig eine reingehauen“, erkläre ich ihr, weil sie Damien zwischendurch nicht mehr gesehen hat. „Und als ich ihn gefragt habe, was passiert ist, wollte er mir verkaufen, dass er im *Fighter's* eins aufs Maul gekriegt hat.“
Bella lacht. „Ne, is klar“, sagt sie dann. „Als hätte irgendjemand in dem Laden 'ne Chance gegen unsere Prügelmaschine.“ – „Aber mit wem hat er sich dann so übel geprügelt?“ frage ich ratlos.
Bella zuckt mit den Schultern. „Also, ich kenn niemanden, der so todesmutig ist, sich mit Damien anzulegen.“ Sie sieht mich an. „Und ich kann mich auch nicht erinnern, dass er schon mal so auf die Fresse gekriegt hat.“
Ich blicke nachdenklich zu der Feuerleiter am Haus gegenüber.
Doch, denke ich auf einmal. Damien hat schon mal so auf die Fresse gekriegt…
Nein, das ist absolut unmöglich, rede ich mir ein und verwerfe diesen beschissenen Gedanken sofort wieder. Das würde Damien niemals tun. Nicht, wenn er mit mir zusammen ist…

Neununddreißigstes Kapitel

Das laute Gegröle der Männer ist bis nach draußen zu hören, als ich aus meinem SUV steige und zu der heruntergekommenen Lagerhalle gehe.
War es wirklich 'ne gute Idee alleine hierherzukommen?
Was, wenn ich mich geirrt habe?
Ich zögere für einen Moment.
Dann gehe ich mit festen Schritten auf das große Stahltor zu.
Nein, ich muss unbedingt wissen, ob Damien hier ist. Und ob er mich die ganze Zeit verarscht hat.
„Macht mal Platz für die Lady", höre ich einen der besoffenen Kerle lallen, während ich mich unwohl durch die Männermenge schiebe.
„Hey Blondie", und „Lecker Frischfleisch", bemerken zwei andere und pfeifen mir hinterher, doch ich reagiere gar nicht darauf. Stattdessen sehe ich mich nervös in der dreckigen Industriehalle um.
Alles hier ist total abgefuckt, die besoffenen Kerle, die heruntergekommene Halle, die ganze Stimmung. Das übelste aber ist der Lärm, das Gegröle der Männer, das dumpfe Geräusch der Schläge und Tritte, das schmerzerfüllte Keuchen der Kämpfer...
Willkommen im Fight Club!
Eine Welt aus Gewalt und Schmerzen, Ruhm und Blut. Eine brutale Welt.
Damiens Welt!
Eigentlich dachte ich, der Laden hätte dicht gemacht, nachdem Damien Rick kaltgemacht hat. Rick war der

Organisator der illegalen Fights, die hier stattfinden. Er hat Damien damals von der Straße geholt, um ihn hier kämpfen zu lassen. Und Damien war jahrelang der ungeschlagene Champion im Fight Club.

Bis er diesen Typ im Ring plattgemacht hat.

Rick hat Damien damals erzählt, der Kerl würde seine Frau verprügeln und seine kleine Tochter missbrauchen. Rick hat Damien verarscht. Der Typ hat seine Frau und seine Tochter geliebt und nur gegen Damien gekämpft, weil er das Geld für seine Familie brauchte. Rick hat Damien die Story nur erzählt, um ihn für den Fight scharf zu machen.

Aber das hat Damien erst erfahren, nachdem er den Kerl im Cage totgeprügelt hat...

Während ich mich umsehe und Damien suche, fällt mein Blick auf das Oktagon.

Mir wird kotzschlecht, als ich die Kämpfer sehe, die sich gerade in dem vergitterten Käfig prügeln. Die Beiden sind blutüberströmt und taumeln schwerverletzt durch den Ring.

Kein Wunder, die Typen kämpfen ohne Bandagen oder irgendeine Art von Körperschutz. Die brutalste Art des MMA.

Aber so sind die Regeln im Fight Club: Keine Bandagen, kein Ringrichter, kein Austappen. Der Kampf ist erst zu Ende, wenn einer nicht mehr aufsteht. Egal ob jemand dabei draufgeht.

Während ich beobachte, wie einer von den beiden Kämpfern auf dem harten Käfigboden zusammenbricht und leblos liegenbleibt, fängt die Menge an zu toben.

Plötzlich wird es still.

Ich bemerke auf einmal, wie die Köpfe der Männer in die andere Richtung gehen.

Ich folge ihrem Blick.
Während man gerade den schwerverletzten Kerl aus dem Käfig schafft, kommt ein großer kräftiger Typ in die Halle, der seinen Kopf unter der Kapuze eines grauen Hoodies verbirgt.
Man kann sein Gesicht nicht sehen, aber seine coolen sexy Bewegungen, seine beeindruckende Gestalt und sein muskelbepackter Body sind unverkennbar.
Ich werde leichenblass.
Das ist Damien, der da gerade in den Cage geht!
Die Menge bricht auf einmal in euphorischen Lärm aus und jubelt ihm zu, während ich einmal tief durchatme.
Damien fightet wieder?
Warum, zur Hölle?
Klar, sollte ich froh sein, dass er mich nicht betrügt. Aber dass er mich die ganze Zeit angelogen hat, um heimlich wieder an diesen Mörderfights teilzunehmen, ist fast noch übler.
Ich sehe auf einmal seinen Gegner. Ein Typ wie ein Bulle mit einem vernarbten Gesicht, das keinen Zweifel daran lässt, dass er ein professioneller Kämpfer ist. Er trägt ein paar rote Shorts mit der Aufschrift *Blood* und sein kräftiger, entblößter Oberkörper ist ebenfalls voller frischer Verletzungen. Seine ganze Erscheinung wirkt total gefährlich und seine Miene ist eiskalt ... ungefähr so, wie man sich einen gefühllosen Killer vorstellt.
Ich weiß, dass ich Damien nicht aufhalten kann zu kämpfen, und dass ich jetzt besser gehen sollte, um mir die brutale Show zu ersparen. Aber ich bin so erschüttert darüber, dass Damien wieder fightet, dass ich unfähig bin zu reagieren und wie betäubt in der tobenden Menge stehenbleibe.

Ich habe die ganze Zeit gedacht, Damien hätte seine brutale Vergangenheit hinter sich gelassen und wäre zufrieden mit dem, was er alles erreicht hat.
Und mit uns.
Aber anscheinend habe ich mich geirrt.
Und ich habe keine Ahnung, ob ich damit klar komme, dass mein Freund regelmäßig zu illegalen Fights geht und für ein paar Dollar sein Leben riskiert.
Vor allem, weil Damien die Kohle absolut nicht braucht.
Verdammte Scheiße, der Typ hat mehrere Millionen auf dem Konto, und ist CEO von 'nem mega erfolgreichen Imperium. Warum hängt er in diesem abgefuckten Drecksloch rum und kämpft gegen diese brutalen Schläger?
Weil Damien einer von denen ist, klärt mein Unterbewusstsein mich sarkastisch auf.
Ich verdränge diesen üblen Gedanken sofort wieder und beobachte, wie Damien im Cage seinen Hoodie auszieht und seinen gestählten Oberkörper entblößt.
Obwohl ich die dunklen Tattoos und seine dicken Muskeln sicher schon hundert Mal berührt habe, kommt sein Body mir gerade total fremd vor. Und sein Ausdruck hat eine Härte, die ich noch nie bei ihm gesehen habe, kalt und gnadenlos. Aber auf eine erschreckende Weise wahnsinnig antörnent.
Nachdem die Leute ihre Wetten auf Damien und seinen Gegner abgegeben haben, eröffnet einer der Organisatoren den Fight.
Damien geht direkt in die Offensive. Er bombardiert seinen Kontrahenten mit blitzschnellen harten Kicks, so als wäre sein Gegner bloß ein lebender Punching Bag.

Der Typ hat von Anfang an keine Chance gegen Damien. Damien prügelt mit so einer unfassbaren Brutalität auf ihn ein, dass es selbst mich erschreckt. Obwohl das Gesicht seines Gegners bereits blutüberströmt ist und er nur noch mit schmerzverzerrter Miene durch den Cage stolpert, tritt und puncht Damien weiter auf ihn ein.

Total geschockt stehe ich zwischen den ganzen grölenden Kerlen, die Damien anfeuern, und beobachte die brutale Show. Das hier ist nichts gegen die Schlägereien, die Damien sich sonst immer liefert. Das ist pure blutige Gewalt, die nur ein Ziel hat: Den Gegner zu vernichten, egal ob er dabei draufgeht oder nicht.

Blutend stolpert der Typ gegen das Käfiggitter, als Damien ihm mit einem Roundhouse-Kick brutal gegen den Schädel kickt.

Der Typ geht zu Boden, und die Menge jubelt.

Und ich stehe mittendrin und weiß nicht, ob ich Damien bewundern oder Angst vor ihm haben soll.

Ich meine, klar ist es beeindruckend zu sehen welche Power Damien hat. Aber die Kaltblütigkeit, mit der er seinen Gegner gerade zusammengetreten hat, der jetzt leblos und in seinem eigenen Blut auf dem Käfigboden liegt, ist absolut erschreckend.

Warum braucht Damien sowas?

Ich habe keinen Schimmer. Vor allem, weil es ihn absolut nicht zu interessieren scheint, dass die Leute ihn gerade wie einen Superstar feiern.

Während man seinen Gegner blutüberströmt aus dem Cage schafft, lässt Damien entspannt die Scheine, die ihm einer der

Veranstalter gerade gegeben hat in der Tasche seiner Fighter-Shorts verschwinden. Damiens eiskalte Coolness finde ich gerade fast noch brutaler als den Kampf.

„Und? Hat dir der Fight gefallen, Süße?“ macht mich auf einmal der besoffene fette Kerl neben mir an und grinst dreckig. „Ich hab auch ‘n paar gute Tricks drauf. Wenn du noch nichts vorhast, zeig ich sie dir.“ Er kneift mir in den Arsch.

„Du verdammtes Arschloch!“ Ich haue dem Typ voll eine runter.

„Du kleine Schlampe.“ Er packt mich plötzlich und zieht mich brutal an seinen fetten Körper, während die Umstehenden ihm laut grölend applaudieren.

Ich kriege Panik und versuche mich loszureißen, aber der Kerl ist so kräftig, dass ich keine Chance gegen ihn habe.

„Nimm deine Scheißfinger von der Kleinen!!!“ höre ich auf einmal jemanden hinter uns bellen.

Der Fettsack dreht sich um.

Und lässt mich sofort los, als er Damien sieht.

Er stammelt noch irgendwas, um sich zu entschuldigen. Doch Damien puncht ihm voll in die Fresse. „Das ist mein Mädchen, kapiert!“

Erschrocken stehe ich daneben, schockiert über die hemmungslose Gewalt, die hier anscheinend völlig normal ist.

„Los mitkommen!“ blafft Damien mich an, während der Typ seine Hand gegen seine blutige Nase presst.

Als ich nicht sofort gehorche, packt Damien meinen Arm und zieht mich zum Ausgang des Fight Clubs.

„Was zur Hölle machst du hier?“ explodiert Damien, als wir draußen auf dem dunklen Parkplatz stehen.
„Dasselbe könnte ich dich fragen“, gebe ich wütend zurück. Trotz seiner brutalen Kampfperformance im Cage, bin ich gerade zu sauer, um Angst vor ihm zu haben. „Mir erzählst du die ganze Zeit du gehst trainieren, stattdessen hängst du die ganze Nacht hier rum und prügelst dich.“ – „Warum, verdammte Scheiße, spionierst du mir hinterher?“ macht er mich an, ohne auf meine Frage zu reagieren.
„Weil ich wissen wollte, was du so treibst, wenn du die ganze Nacht nicht nach Hause kommst, okay“, pisse ich zurück.
Damien lässt meinen Arm los. „Na dann weißt du es ja jetzt“, erwidert er auf einmal cool und streift die Kapuze seines Hoodies ab.
Ich schüttele ärgerlich den Kopf.
„Du wirst dich nie ändern, Damien“, bemerke ich dann, ohne darüber nachzudenken. „Du wirst immer der abgefuckte Schläger bleiben, der damals mit seinen Homies auf den Straßen der Bronx rumgehangen, und Leute wie mich zusammengeschlagen hat.“ – „Woaw!“ Damien fährt sich mit beiden Händen über die kurzen Haare und sieht mich abgefuckt an. „Ist das dein verdammter Scheißernst, Gi?“
Ich schweige, weil ich nicht weiß, was ich sagen soll.
Damiens Blick wird auf einmal so eiskalt wie eben im Cage, als er diesen Typ so gnadenlos zusammengetreten hat.
„Okay, dann war's das wohl“, bemerkt er plötzlich.
Dann dreht er sich um und geht zu seinem Bike.
Ich stehe wie gelähmt da und beobachte, wie Damien auf sein Motorrad steigt, Gas gibt und in der Dunkelheit verschwindet.

Dann war's das wohl?

Hat Damien gerade mit mir Schluss gemacht?

Vierzigstes Kapitel

Okay, dann war's das wohl, schießen mir Damiens Worte wieder und wieder durch den Kopf, während ich schluchzend durch die dunklen Straßen der Bronx fahre.

Nach allem, was zwischen uns war, serviert er mich mit fünf jämmerlichen Worten einfach so ab? Ich glaub das einfach nicht.

Klar war mein dummer Spruch eben echt beschissen, aber ich war doch einfach nur so sauer auf ihn, weil er mich die ganze Zeit angelogen hat und heimlich wieder fightet.

Kann es sein, dass Damien nur auf so einen Moment gewartet hat, um mich easy loszuwerden? Vielleicht hatte Bella ja wirklich Recht und Damien braucht einfach seine Freiheit – mehr als mich.

Ein erschütternder Gedanke, bei dem mir sofort wieder die Tränen in die Augen schießen.

Wir haben so für unsere Liebe gekämpft, und jetzt macht er auf diesem abgefuckten Parkplatz vor diesem abgefuckten Prügelclub einfach so mit mir Schluss, als wäre ich bloß eine seiner Fickaffären gewesen.

Mir kommt auf einmal ein übler Gedanke.

Vielleicht war ich ja am Ende auch nichts anderes, als eine bedeutungslose Fickaffäre für Damien.

*

Als ich total fertig ins Penthouse komme, ist Damien nicht da. Einerseits bin ich froh, dass er mich jetzt nicht so sieht. Aber andererseits hatte ich so gehofft, dass wir noch mal über alles reden können.

Aber die Tatsache, dass er gerade Gott-weiß-wo ist, überzeugt mich davon, dass meine schlimmste Vermutung richtig ist: Es ist aus zwischen Damien und mir!
Und anscheinend bin ich ihm so scheißegal, dass er lieber irgendwo Party macht, als noch mal mit mir zu reden. So ein verdammtes Arschloch.
Schluchzend laufe ich in mein Schlafzimmer und werfe mich aufs Bett.
Während ich meinen Tränen freien Lauf lasse, kommen auf einmal die ganzen Erinnerungen an Damien wie ein Film wieder in mir hoch. Wie wir uns damals im Bondage kennengelernt haben, als er mich vor Luca beschützt hat. Wie er diesen Typ im U-Bahnschacht plattgemacht hat, der mich abknallen wollte. Mein erstes Mal mit ihm, als ich so eine Scheißangst vor ihm und seinem Hammerbody hatte. Und der Unfall, als er mich das allererste Mal in seinen starken Armen gehalten und mir das Leben gerettet hat...
Ich fange wieder an zu schluchzen.
Ich kann, nein, ich will einfach nicht glauben, dass das jetzt alles vorbei ist. Ich brauche Damien doch. Seinen heißen Body, seine coole Art, selbst an seinen übertriebenen Beschützerinstinkt habe ich mich mittlerweile gewöhnt.
Das Gefühl mit 'nem Typ zusammen zu sein, vor dem jeder Angst hat, und der in der Lage ist einen vor wirklich jedem zu verteidigen, war einfach nur megacool. Damiens Stärke, seine absolute Furchtlosigkeit und die beeindruckende Power und Körperbeherrschung, mit der er jeden Gegner ohne Waffen, nur mit seinem Body plattmachen konnte, hat mich von

Anfang an total angetörnt, fast noch mehr, als das, was er alles erreicht hat und die ganze Kohle, die er hat.
Und das, was sein atemberaubender Body jedes Mal mit mir im Bett angestellt hat, hat mich so süchtig nach ihm gemacht, dass ich mir absolut nicht vorstellen kann, wie ich jemals ohne ihn und seinen Wahnsinnsbody leben soll...
Ich stehe auf einmal von meinem Bett auf und wische mir die Tränen aus dem Gesicht.
Wie in Trance gehe ich zu meinem Schrank und hole meinen Army-Rucksack aus dem obersten Fach.
Ich lasse meine Hand in eine der Fronttaschen gleiten und spüre das kalte Metall an meinen Fingern.
Meine Hände zittern als ich die Smith&Wesson rausnehme und sie betrachte.
Nur ein einziger kurzer Moment und alles ist vorbei. Dann bin ich bei Sky.
Ich öffne meine Lippen.
Ob Damien mich vermissen wird?
Zitternd schiebe ich den Lauf der Waffe in meinen Mund. Nein, wahrscheinlich ist er froh, dass ich ihn nicht für den Rest seines Lebens tyrannisiere, so wie die anderen Chicks, die er vor mir abserviert hat.
Ich zögere, als ich auf einmal an Bella denken muss. Und daran, dass sie sich auch wegen Damien umbringen wollte. Sie ist nie über ihn weggekommen.
Ich klammere meinen Finger fest um den Abzug. Ich kann einfach nicht ohne Damien leben. Never!

Damien

Abgefuckt komme ich ins Penthouse, nachdem ich noch im Bondage war, um festzustellen, dass die Pfeifen, die für mich arbeiten den Laden nicht mal 'n paar Stunden ohne mich schmeißen können.

Nach dem Fight heute Abend pumpt mir immer noch das Adrenalin durch die Adern. Aber es war geil. Manchmal brauch ich einfach das Gefühl richtig abzugehen und meinem Body 'n bisschen Bewegung zu verschaffen. Und solange ich das im Fight Club erledige, hau ich draußen wenigstens keinem aufs Maul.

„Gi?" rufe ich, als ich in die Lounge komme.

Keine Antwort.

Wahrscheinlich schläft sie schon.

Nach ihrem Scheißspruch vor dem Fight Club eben, bin ich immer noch tierisch sickig. Sie ist die einzige Person, bei der ich meine Deckung runternehme, und sie tritt mir voll in die Fresse. Das ist echt verdammt uncool.

Abgefuckt ziehe ich meinen Hoodie aus und feuere ihn aufs Sofa. Warum sagt sie mir nicht einfach, dass sie keinen Bock mehr auf mich hat? Sie wusste schließlich von Anfang an, dass ich 'n abgefuckter Ghetto-Schläger bin. Aber mir damit so in die Eier zu treten, ist echt beschissen. Vor allem, weil ich sie nie schlecht behandelt habe, egal, wie sehr sie mich abgefuckt hat.

Trotzdem will ich sie immer noch. Obwohl ich keine Ahnung hab, ob sie noch scharf auf mich ist. Übellaunig reibe ich mein Sixpack, während ich zu ihrem Schlafzimmer gehe.

„Bist du da, Gi?“
Schweigen.
„Schläfst du schon, Baby?“
Ich öffne die Tür.
FUCK!!!

*

Zu beobachten, wie das Mädchen, das du liebst sich gerade den Lauf ‘ner verdammten Knarre in den Mund hält, den Finger am Abzug, und dich mit verheulten Augen ansieht, ist so ziemlich das beschissenste, das man sich vorstellen kann.
Ich hab keinen Plan, was hier los ist. Ich weiß nur, dass ich noch nie in meinem verdammten Leben so ‘ne Scheißangst hatte, wie jetzt gerade.
„Nimm die Knarre runter, Baby“, sage ich so ruhig wie möglich und gehe ganz langsam auf sie zu.
Ihre unschuldigen himmelblauen Augen sehen mich verzweifelt an.
„Nimm die verdammte Knarre runter, Gi“, fordere ich sie noch einmal auf, diesmal etwas energischer.
Sie reagiert nicht, und ich werde langsam nervös.
Während ich mich so ruhig wie möglich auf sie zubewege, versuche ich den Blickkontakt zwischen uns nicht abreißen zu lassen. Obwohl ihr todtrauriger, vorwurfsvoller Blick mir gerade wie ein knallharter Punch mitten in die Fresse trifft.
Warum sieht sie mich verdammt noch mal so an?
Ist das meine Schuld, dass sie sich umbringen will?
„Hab ich dir irgendwas getan, Baby?“ frage ich sie vorsichtig, als ich nur noch ein paar Schritte von ihr entfernt bin.
Sie lässt die Scheißknarre runter. *Thank God!!!*

Und dann, richtet sie das Ding auf mich! *Fuck!*
„Du bist so ein verdammtes Arschloch, Damien!“ pisst sie mich auf einmal an, während sie mit der Knarre auf mich zielt. Und ich krieg gerade ‘nen beschissenen Flashback. Das ist genau dieselbe Scheiße wie damals, als Bella mich fast abgeknallt hätte.
„Gib mir die Scheißwaffe, Gi“, fordere ich sie auf. Ich hab keinen Bock mir wieder ‘ne Kugel einzufangen, weil die Chicks ständig durchdrehen.
„Warum hast du mir nicht einfach gesagt, dass ich nur eins von deinen Fickchicks bin?“ macht sie mich schluchzend an, die Knarre immer noch auf meine nackte Brust gerichtet.
Sie denkt, sie wär eins von meinen Fickchicks? Hä? Ich kapier gerade gar nix mehr.
„Wie kommst du auf so einen Bullshit, Gi?“ – „Weil du es anscheinend gar nicht erwarten konntest, mich endlich abzuservieren“, pisst sie mich an.
Ich sehe sie verpeilt an.
„Eben vor dem Fight Club“, rückt sie dann endlich mit der Sprache raus, „als du mit mir Schluss gemacht hast.“
Ich hab mit ihr Schluss gemacht…???
Ich versuche unseren Zoff vor dem Fight Club nochmal zu rekapitulieren.
„Dann war’s das wohl“, hilft sie mir auf die Sprünge, während ich mich wieder an meinen Spruch erinnere.
Ich schüttele sprachlos den Kopf.
„Ich bin davon ausgegangen, dass du keinen Bock mehr auf ‘nen abgefuckter Schläger wie mich hast, der Leuten wie dir

eins aufs Maul haut", erwidere ich angepisst. „UND JETZT NIMM ENDLICH DIE SCHEIßKNARRE RUNTER!"
Gi gehorcht.
„Dann wolltest du gar nicht Schluss machen?" fragt sie mich dann unsicher und sieht mich auf einmal an, wie 'n unschuldiges kleines Mädchen. 'n unschuldiges kleines Mädchen, das mich gerade abknallen wollte.
„Nein", knurre ich, während ich zu ihr gehe und sie entwaffne. „Wär nur schön, wenn du mich das nächste Mal vorher informierst, bevor du dir wegen so 'ner Scheiße 'ne Kugel in den Kopf jagst." Oder mir!

Gigi

Nachdem Damien mir die Waffe abgenommen hat, stehe ich total groggy vor ihm. Ich fühle mich, als würde ich gerade aus 'nem beschissenen Albtraum aufwachen.
Wollte ich mich echt wegen Damien umbringen? Und ihn?
Scheiße.
Ich hab keine Ahnung, was passiert wäre, wenn er nicht rechtzeitig gekommen wäre. Ich war so fertig, weil ich dachte, dass ich ihn für immer verloren habe – wie eine Süchtige, die sich lieber den goldenen Schuss setzt, als ohne ihre Droge weiterleben zu müssen: Damien. Eine schockierende Erkenntnis. Und, dass ich ihm 'ne Kugel verpassen wollte. Genau wie Bella damals. Damiens Wirkung auf mich macht mir gerade echt Angst.

Aber wenigstens bin ich nicht die Einzige, die ihn abknallen wollte.
„Sorry“, sage ich kleinlaut. „Trotzdem bin ich immer noch stinksauer, dass du wieder fightest“, wechsele ich dann das Thema, während Damien das Magazin aus der Smith&Wesson nimmt und sie entlädt.
„Sorry“, kontert Damien und knallt das leere Magazin in die Waffe, „bin halt bloß ‘n abgefuckter Schläger.“
Ich seufze. „Ich hab‘s nicht so gemeint, okay“, erwidere ich schuldbewusst. „Warum hast du mir nicht einfach gesagt, dass du wieder im Fight Club rumhängst?“
Damien lacht. „Warum? Wolltest du mitkommen?“ verarscht er mich.
Ich schüttele schnaubend den Kopf. „Ich bin nicht unheimlich scharf drauf zu sehen, wie du anderen auf die Fresse haust, okay“, bemerke ich dann, obwohl ich zugeben muss, dass ich Damiens Fight heute schon heiß fand. Zu sehen, was Damiens perfekt trainierter Body so drauf hat, ist echt antörnent, auch wenn das Ganze übelst brutal war.
„Vielleicht hab ich‘s dir deshalb nicht gesagt“, bemerkt Damien. „Ich weiß schließlich, wie Scheiße du‘s findest, wenn ich mich boxe.“ Er reibt sich cool über das Tattoo auf seiner Brust. „Wie hast du‘s eigentlich rausgekriegt?“
Ich lächele verlegen. „Ich hab dich verfolgt.“
Damien zieht die Augenbraue mit seinem Cut hoch. „Du hast mich gestalkt?“ – „Yep“, erwidere ich mit ‘nem zuckersüßen Lächeln.
Damien schüttelt den Kopf. „Dafür sollte ich dir diesmal wirklich den Arsch versohlen“, knurrt er dann. Und nachdem,

was er eben mit diesem Typ im Ring gemacht hat, macht mir seine Drohung gerade echt ‘n bisschen Angst.
Allerdings wirkt er gerade wieder so distanziert und abweisend, dass ich mir fast wünschen würde, er würde mir wenigstens den Arsch versohlen.
Aber klar, nach dem, was ich mir heute Abend geleistet habe, wundert es mich ehrlich gesagt nicht, dass er so auf Distanz geht.
„Okay“, sagt er schließlich. „Dann lass ich dich mal schlafen, bevor ich dir wirklich noch den Arsch versohle.“ Damien schenkt mir ‘n sexy Lächeln.
„Okay“, erwidere ich enttäuscht, weil ich eigentlich dachte, dass er hier bleibt und wir die Nacht zusammen verbringen.
Aber anscheinend will er lieber alleine sein.
Damien geht zur Tür, und ich blicke ihm frustriert hinterher.
Klar, könnte ich ihn bitten hier zu schlafen. Aber nachdem ich ihn fast abgeknallt habe, traue ich mich irgendwie nicht.
Und er scheint auch keine große Lust auf mich zu haben.
„Schlaf gut“, sagt er noch, als er die Tür öffnet.
„Du auch“, gebe ich seufzend zurück.
Damien geht nach draußen.
„Fuck.“ Er dreht sich auf einmal um und kommt zurück in mein Schlafzimmer.
Ich stoße ein überraschtes Keuchen aus, als Damien plötzlich über mich herfällt. „Ich kann einfach nicht ohne dich, Baby.“
Sein Mund presst sich auf meinen, bevor er mich so hart und tief küsst, als wolle er mich mit seinen kräftigen Lippen umbringen.
Sehnsüchtig und total ausgehungert erwidere ich seinen Kuss.

Ich keuche in seinem Mund, als seine brachiale Brust mich brutal gegen die Wand pumpt und mir sein komplettes Kampfgewicht fast alle Knochen bricht. Damiens Fighter-Body ist echt lebensgefährlich.
Seine vollen, harten Lippen haben meine voll in ihrer Gewalt und seine kräftige Zunge beherrscht meinen Mund so dominant, dass ich immer wieder nach Luft schnappen muss. Dabei kann ich das Adrenalin und das Testosteron von seinem Fight heute Abend immer noch an ihm riechen, ein animalischer, extrem maskuliner Duft, der sich mit seinem sportlichen After Shave vermischt und mich gerade so scharf auf ihn macht, dass ich fast wahnsinnig werde.
Vor ein paar Stunden dachte ich noch, dass ich Damien nie wieder schmecken und die harten Muskeln seines gefährlichen Hammerbodys nie wieder auf meinem Körper spüren würde. Aber jetzt gerade hab ich das Gefühl, als würde er mich mit seinem Hunger nach mir fast umbringen.
„Bist du okay, Baby?" erkundigt er sich keuchend, als er kurz seine Lippen von meinen löst.
Statt einer Antwort, packe ich ihn an seinen Army-Marken und ziehe ihn wieder runter auf meine Lippen. Ich brauche diesen megaheißen gefährlichen Mann mehr als die Luft zum Atmen. Ohne Damien würde ich draufgehen. Das weiß ich jetzt, nachdem ich erlebt habe, wie es sich anfühlt von ihm verlassen zu werden.
Stürmisch befreit Damien mich von meinem T-Shirt und reißt anschließend die Knöpfe meiner Jeans auf.
Ich streife meine Hose mit Händen und Füßen ab, während Damien sich so hungrig an meinem BH und meinem Slip zu

schaffen macht, dass beides danach zerfetzt auf den Boden fällt.
Zügellos packe ich den breiten Bund seiner Everlast-Shorts, um ihm das sexy Ding über seine starken Schenkel abzustreifen und sein großes, dickes Prachtexemplar zu befreien. Heilige Scheiße, Damiens Größe haut mich jedes Mal um. Gierig packe ich seinen perfekten Schwanz, für den ich beide Hände brauche, und massiere ihn.
Damien stöhnt hart auf. Dann packt er plötzlich meinen Arsch und hebt mich zu sich hoch. „Ich will deine süße kleine Pussy, Baby“, knurrt er dabei atemlos und presst mich mit dem Rücken gegen den kalten Beton.
Ich keuche, als er sich mit einem harten Ruck in mich reinschiebt. Damien nach meinem Schmerz über seinen Verlust wieder so tief in mir zu spüren, lässt meinen Körper buchstäblich explodieren.
Hilflos klammere ich mich an seinem starken Nacken fest, während ich meine Schenkel fest um seine Hüften schlinge. Damiens Stöße sind so hart und tief, dass ich seine Power überall in meinem Body spüren kann, der seiner Kraft und seiner zügellosen Lust komplett ausgeliefert ist.
„Ich liebe deine enge kleine Pussy, Baby“, knurrt er keuchend, als er kurz ein bisschen langsamer wird.
„Und ich liebe deinen Schwanz, Damien“, keuche ich völlig außer Atem, als seine stechenden blauen Augen mich plötzlich hart ansehen.
„Und deshalb will ich, dass du so eine Scheiße wie eben nie wieder tust, hast du verstanden?“ knurrt er auf einmal rau.
„Ja, Damien“, keuche ich gehorsam.

„Gut." Er senkt seinen Mund auf meinen. „Ich brauch dich nämlich, verdammt noch mal", murmelt er keuchend auf meinen Lippen und stößt dann mit seiner Zunge und seinem Schwanz so hart in mich rein, als wolle er mir seine letzten Worte einimpfen. Oder als wolle er, dass ich sie sofort wieder vergesse, denke ich, während ich vor Lust und süßem Schmerz laut aufstöhne.

Ein paar Sekunden später komme ich so heftig, dass ich fast den Verstand verliere. Ich höre, wie ich immer wieder Damiens Namen brülle, und spüre, wie er auch kommt und dabei immer wieder gnadenlos in mich reinpumpt, bis ich noch einen Orgasmus kriege und fast durchdrehe. Ein absolut mörderischer Hammerfick.

*

Als Damien mich nach unserem ultraheißen Wall-Fick runterlässt, komme ich langsam wieder in die Realität zurück.

Während er seine Shorts überstreift, fällt mein Blick auf einmal auf die Smith&Wesson, die er auf die Kommode gelegt hat.

Ich sehe Damien ernst an. „Was hättest du eigentlich gemacht, wenn ich es getan hätte?" frage ich ihn zögerlich.

„Du meinst, wenn du dich umgebracht hättest?" erwidert er rau.

Ich nicke.

Damiens stahlblaue Augen sehen mich finster, aber intensiv an. „Dann hätte ich die Knarre genommen und mich auch erledigt!"

Einundvierzigstes Kapitel

„Was ist eigentlich aus dem FBI-Prozess geworden?" erkundige ich mich, als Damien und ich ein paar Tage später gemeinsam ins Bondage fahren.

„Shorts Anwälte haben die Anklage fallenlassen", erwidert Damien beiläufig.

Ich sehe ihn mit großen Augen an. „Echt?" frage ich völlig überrascht, wobei mir ein riesiger Felsbrocken vom Herz fällt.

„Yep", erwidert Damien cool. „Der Typ steckt gerade mächtig in der Scheiße", murmelt er dann.

Dann hatte Bella also Recht und Damien und Washington haben Mike tatsächlich Dope untergejubelt, um ihn aus dem Verkehr zu ziehen.

'ne echt krasse Aktion, die mir wieder mal auf schockierende Weise klarmacht, was für ein Kaliber Damien ist.

Nachdem Damien den Lambo wieder völlig illegal auf dem Gehweg vor der U-Bahnstation geparkt hat, gehen wir runter zum Bondage.

Damien hat seinen Arm so fest um meinen Hals geschlungen, als wolle er jedem Typ, der uns entgegenkommt signalisieren, dass ich sein Mädchen bin. Und ich habe eine Hand in der Gesäßtasche seiner Jeans, um jedem Chick klarzumachen, dass Damiens Fighter-Arsch mir gehört. Dabei genieße ich das coole Gefühl mit meinem kriminellen, tätowierten Nachtclubbesitzer unterwegs zu sein, der jeden Kerl, der mich anfasst sofort plattmachen würde.

Nachdem wir ins Bondage gekommen sind, lässt Damien sich als erstes von seinen Türstehern briefen.

Ich drücke noch kurz seinen knackigen Arsch, bevor ich runter in den Club gehe und mir ein Bier besorge.
Ich hab heute irgendwie nicht viel Bock Party zu machen, weil ich in letzter Zeit echt genug Action hatte, darum verziehe ich mich mit meinem Corona auf eine der oberen Ebenen, um ein bisschen die Leute zu beobachten.
Das Motto im Bondage ist heute *Dance or die*, und die Partypeople scheinen das echt wörtlich zu nehmen. Während ein paar Leute völlig außer Kontrolle auf dem Dancefloor zu *Zombie* von Cranberries pogen, wird in der großen Halle gesoffen und gefeiert, als wäre es das letzte Mal.
Die Stimmung im Club ist in der letzten Zeit noch exzessiver und abgefuckter geworden, seit die Leute im Fadenkreuz der MG's feiern müssen, die immer noch überall postiert sind.
Es ist fast so, als würde man erwarten, dass hier jederzeit 'ne Bombe hochgeht.
Nachdenklich lasse ich meinen Blick über die Partypeople schweifen.
Zum ersten Mal fällt mir auf, dass die Leute hier alle eine Maske tragen und nur eine Rolle spielen. Sie tun alle so cool, und unverwundbar, dass man fast vergessen könnte, was für 'ne abgefuckte Scheiße die meisten von denen erlebt haben.
Nur Damien ist wie er ist, denke ich, während ich beobachte, wie er mit seinen Securitys durch den Club geht und cool auf 'nem Streichholz 'rumkaut, wobei die Feiernden ihm eingeschüchtert aus dem Weg gehen. Damien spielt keine Rolle. Er ist absolut authentisch, weil er viel zu selbstbewusst ist, um seine Persönlichkeit vor anderen zu verstecken.

Ich seufze schwer, während ich ihn beobachte. Irgendwie ist nicht nur im Bondage alles anders geworden, sondern auch zwischen uns. Ich weiß nicht, was er von mir will und was er für mich empfindet. Ich meine, er hat mir in der ganzen Zeit, die wir zusammen sind noch nie gesagt, dass er mich liebt.
Ich brauch einfach meine Freiheit, Baby, meinte er letztens zu mir, als wir uns wieder wegen seinen illegalen Fights gestritten haben.
Was heißt das? Dass er auch mit anderen vögeln will?
Frustriert stelle ich meine leere Flasche Corona auf eine der Boxen und gehe nach unten.
Ich halte diese Ungewissheit zwischen uns einfach nicht mehr aus. Und aus diesem Grund werde ich Damien jetzt endlich zur Rede stellen. Ich muss einfach wissen, ob er mich liebt, oder … ob ich wirklich irgendwann mit 'ner Kugel im Kopf ende.

*

„Was ist los? Willst du, dass ich dich ficke, Baby?" erkundigt Damien sich, nachdem ich ihn in den Dark Room entführt habe.
Obwohl die Vorstellung echt verlockend ist, schüttele ich den Kopf. „Wir müssen reden, Damien", sage ich stattdessen ernst.
„Warum? Willst du mich abschießen?" fragt er mich fast 'n bisschen amüsiert. Aber klar, nachdem ich mir letztens seinetwegen fast 'ne Kugel in den Kopf gejagt hätte, wundert mich das nicht.
„Ich will einfach nur wissen, wie's mit uns weitergeht, verstehst du?"

Damien sieht mich fragend an.
Ich hasse es so ‘ne Dramaqueen zu sein, das ist absolut nicht mein Ding. Aber ich muss einfach wissen, wo ich bei Damien dran bin.
„Ich meine“, beginne ich und spiele unsicher mit einer Haarsträhne herum. „Ob ich die einzige für dich bin, oder ob du auch noch andere fickst“, rücke ich schließlich mit der Sprache raus.
Damien schüttelt abgefuckt den Kopf. „Ist das dein Scheißernst, Gi?“ – „Du hast mir letztens noch gesagt, dass du deine Freiheit brauchst und…“
Damien packt auf einmal meine Schultern und stößt mich mit dem Rücken brutal gegen das große Folterkreuz. „Ich bescheiße dich nicht, Gi, okay“, blafft er mich an. „Wann begreifst du endlich, dass ich dich…“ Damien schweigt, löst sich plötzlich von mir und reibt sich den Nacken, so als würde er gerade erst wieder Kontrolle über sich kriegen.
„Ich kann das einfach nicht, okay…“ murmelt er dann, dreht sich um und verschwindet.
Verwirrt und verärgert sehe ich Damien hinterher. Warum verdammt nochmal läuft er wieder weg?
Ich kann das einfach nicht… Was meint er damit? Mir sagen, was er für mich empfindet? Das mit uns?
Ich hab keinen Plan.
Allerdings geht’s mir langsam echt auf den Keks, dass er sich ständig verpisst.
Ich schüttele ärgerlich den Kopf. Nein, nicht ich bin die Dramaqueen, sondern Damien.

In der Absicht mich heute Abend tierisch volllaufen zu lassen, gehe ich wütend zur Tür, als ich plötzlich einen lauten Knall höre. Wie eine Explosion.

Bevor ich begreife, was passiert ist, werde ich von einer heftigen Druckwelle von den Füßen gepumpt.

Benommen rappele ich mich auf.

Was verdammte Scheiße war das?

Mein erster Gedanke ist, dass im Club vielleicht ein Rohr geplatzt ist. Oder dass der DJ die Musik zu laut aufgedreht hat und eine der Boxen hochgegangen ist.

Dann sehe ich plötzlich den Rauch unter der Tür!

In absoluter Panik laufe ich zur Tür.

„Scheiße!" Von einem brennenden Schmerz erfüllt, puste ich auf meine Handfläche, nachdem ich die glühendheiße Türklinke wieder losgelassen habe.

Ich erstarre vor Horror, als ich auf einmal die gellenden Schreie aus dem Club höre.

Was zur Hölle ist hier los?

Zitternd vor Angst und Schock taumele ich rückwärts, während der Rauch unter der Tür nach und nach in den Raum dringt.

Verzweifelt presse ich mich mit dem Rücken gegen das Holzkreuz an der Wand, unfähig einen klaren Gedanken fassen zu können.

Erinnerungen an meinen Autounfall kommen auf einmal wieder in mir hoch. Entsetzliche Erinnerungen. Erinnerungen, die ich bisher so tief in meinem Unterbewusstsein begraben habe, dass ich nicht wusste, dass sie überhaupt existieren...

Erinnerungen an den Todeskampf meiner Freunde. Und an meinen.
Wie ich in dem brennenden Autowrack eingeschlossen bin … der Rauch … das Feuer. Und Sky, die neben mir auf dem Rücksitz eingeklemmt ist und vor Schmerzen schreit.
Und dann sehe ich Damien, der mit der Faust die Scheibe des Seitenfensters zertrümmert. Er sagt etwas zu mir, und versucht die Tür zu öffnen, während die Flammen sich im Wagen ausbreiten. Skys gellende Schreie. Dean, Brooklyn und Justin, die vor Schmerzen keuchen. Und Damien, der verzweifelt versucht die verklemmte Wagentür zu öffnen und schließlich brutal dagegen kickt, bis es ihm endlich gelingt die Tür aufzuhebeln. *Ich bin da, Kleine*. Er legt seine Hände unter meinen Körper und zieht mich aus dem Wrack.
Dann explodiert der Wagen!
Als wäre ich auf einmal aus einer Trance erwacht, fange ich an zu husten. Meine Lungen brennen wie Feuer von dem beißenden Qualm, der sich immer mehr im Raum ausbreitet.
Ich muss hier raus!
Hastig rappele ich mich auf, schnappe mir eins von den Handtüchern, die auf einem Gestell neben dem Stahlbett liegen und laufe zur Tür.
Mit dem Handtuch in der Hand drücke ich die glühend heiße Türklinke runter.
Ich öffne die Tür…
…bevor mich eine sengendheiße Feuerwand zurück in den Raum treibt.
Ich bin hier unten eingeschlossen!
Das war's! Ich werde sterben!

Zweiundvierzigstes Kapitel

Zusammengekauert hocke ich in der hintersten Ecke des Dark Room und verberge das Gesicht an meinen Knien, um den beißenden Rauch nicht einatmen zu müssen. Eine aussichtslose Aktion, weil der Qualm immer dichter wird.
Ich ahne, nein, ich weiß, dass ich sterben muss, ich spüre es. Das schlimmste ist allerdings, dass ich mich die ganze Zeit frage, was mit Bella, Indie und meinen anderen Freunden im Club ist. Sind sie bei der Explosion ums Leben gekommen?
Und was ist mit Damien? Ist er tot?
Ich fange auf einmal an zu schluchzen. Er würde mich niemals hier drinnen sterben lassen, denke ich verzweifelt.
Damien ist tot! Sonst würde er mich hier rausholen.
Ich muss plötzlich wieder an den Unfall denken, und daran, wie er mich das erste Mal in seinen starken Armen gehalten hat, als ich um mein Leben gekämpft habe.
Warum erinnere ich mich auf einmal daran?
Ich weiß, dass ich bewusstlos war, trotzdem kann ich Damiens markantes Gesicht sehen, und weiß, was er zu mir gesagt hat:
Du schaffst das, Kleine. Du musst das schaffen, hörst du? ... Tu's für mich, Süße!
Schluchzend vergrabe ich meinen Kopf an den Knien.
Damien und ich waren füreinander bestimmt. Er war alles für mich. Ohne ihn will ich auch nicht mehr weiterleben.
Hustend wische ich mir mit dem Ärmel meines Shirts über das Gesicht.
Ich habe keine Angst mehr zu sterben. Wenn Damien tot ist, hat das Leben sowieso keinen Sinn mehr für mich...

Bella

„Hat irgendjemand Blackrock und seine Kleine gesehen?“ brüllt Ty keuchend, nachdem er mich aus dem Club geschafft hat.

Ich bin total fertig. Genau wie die anderen, die hier überall auf dem Gehweg verstreut rumsitzen und liegen und von den Sanis behandelt werden. Ich sehe Indie und Melody und noch ein paar andere von unseren Leuten, die es nach der Explosion noch geschafft haben aus dem Club zu kommen.

Nur Gi und Damien sind nicht dabei.

So eine verdammte Scheiße. Sind die beiden etwa noch da drinnen?

Ich sehe zur Treppe, die runter zum Bondage führt, von wo ein übler schwarzer Rauch aufsteigt. Dutzende Firefighter stürmen runter in den Schacht, der das Feuer wie ein Kamin einschließt. Krass, dass die Leute es überhaupt noch raus geschafft haben. Alle, bis auf Gi und Damien.

„Ich hab Gi und Blackrock kurz vor der Explosion noch gesehen“, keucht Liam auf einmal, der ‘ne große offene Wunde am Bein hat. „Die Beiden waren im Dark Room.“

Ich sehe Ty geschockt an.

Damien und Gi haben gevögelt, als der Club hochgegangen ist? Scheiße.

„Fuck.“ Ty wischt sich mit seinen dreckigen Händen über das Gesicht. „Wenn die beiden jetzt noch da drinnen sind, sind sie erledigt.“

Damien

„Kommen Sie da raus, Mr.“, will mich einer von den Firefightern aufhalten, als ich zurück in den Club laufe, um Gi zu suchen. „Das ist Selbstmord, Mann.“ Der Typ kommt mir hinterher, packt mich am Arm und will mich festhalten. „Sie können niemandem mehr helfen, kapieren Sie das?“

Statt ‘ner Antwort verpasse ich dem Kerl ‘nen harten Punch und schnappe mir dann seine Sauerstoffmaske.

Niemand wird mich aufhalten, Gi da rauszuholen. Niemand! Nicht mal dieses verdammte Scheißfeuer!

Als der Sprengsatz im Club hochgegangen ist, war ich gerade in meinem Büro.

Ich dachte, Gi wäre mit den anderen rausgekommen. Aber eins von meinen Bar Girls hat mir gesagt, dass sie noch im Dark Room war, als das Feuer ausgebrochen ist. *Fuck!*

Aber ich werde sie hier drinnen nicht umkommen lassen. Ich werde sie da rausholen. Selbst wenn ich dabei draufgehe!

Gigi

Zusammengekrümmt liege ich auf dem Fußboden, röchelnd, während ich schwarzes Blut huste. Meine Lungen brennen so unerträglich, dass ich es kaum aushalten kann. Und dann diese entsetzliche Hitze. Ich wünschte es wäre endlich vorbei. Ich will einfach nur schlafen, für immer schlafen, und keine Schmerzen mehr haben. Ich schließe die Augen...

Ein lauter Knall lässt mich wieder zu Bewusstsein kommen.

Ich blicke zur Tür.

Und sehe entsetzt, wie die hohen Flammen plötzlich in den Raum peitschen, nachdem sie die Tür gesprengt haben.

Zu Tode erschrocken, rappele ich mich auf und kauere mich im hintersten Winkel des Raums zusammen, während das Feuer sich langsam ausbreitet.

Ich werde lebendig verbrennen!

Wie in einem Videoclip sehe ich plötzlich nochmal mein ganzes Leben vor mir ablaufen.

Dann verliere ich das Bewusstsein...

Dreiundvierzigstes Kapitel

I'm gonna fight for your life
If it kills me tonight
I will be ready to die
A hero's not afraid to give his life.

Ich weiß nicht, wie Damien es geschafft hat mich aus dem Feuerinferno im Club rauszuholen. Ich weiß nur, dass er mir schon wieder das Leben gerettet hat.

Jazz hat mir erzählt, dass er nochmal zurück ins Bondage gelaufen ist, als alle anderen sich in Sicherheit gebracht haben. Und dass er 'nen Firefighter ausgeknockt hat, der ihn aufhalten wollte. Ich wäre jetzt tot, wenn er es nicht getan hätte!

„Bist du okay?" erkundigt Damien sich, als ich eine Woche später in seinen Armen im Bett liege und mit meinem Finger über die dunklen Linien des Tattoos auf seinem Sixpack streiche.

Ich nicke gedankenverloren.

Außer einer Rauchvergiftung und ein paar leichten Verbrennungen ist uns bei dem Brand zum Glück nichts passiert. Und es grenzt fast an ein Wunder, dass bei der Explosion mitten im Club niemand ums Leben gekommen ist. Ich kann immer noch nicht fassen, dass das wirklich passiert ist.

Was mich aber fast noch mehr beschäftigt, ist die Frage, warum Damien seinen sicheren Tod in Kauf genommen hat, um mich da rauszuholen.

Damals bei dem Autounfall war das Risiko für ihn draufzugehen auch hoch. Aber das, was er im Bondage für mich getan hat, als er mitten ins Feuer gelaufen ist, ohne zu wissen, ob er da jemals wieder lebend rauskommt, ist absolut beeindruckend.
„Warum hast du das für mich getan, Damien?“ frage ich ihn auf einmal, während ich mit dem Zeigefinger über die tätowierten Buchstaben des Wortes *Hero* auf seinen Bauchmuskeln streiche. „Ich meine, warum bist du nochmal in den Club gekommen und hast dein Leben riskiert, obwohl die Firefighter mich schon aufgegeben haben.“ Ich hebe den Kopf und sehe ihn an.
„Weil ich wusste, dass du noch da drinnen bist, Baby“, antwortet Damien völlig selbstverständlich und spielt dabei mit meinen Haaren.
Ich schweige.
„Es hätte aber auch sein können, dass ich schon tot bin“, bemerke ich dann leise.
Damiens stahlblaue Augen sehen mich hart an. „Wärst du tot gewesen, wär ich da drinnen geblieben“, bemerkt er dann, und ich brauche ein paar Sekunden, bis die Bedeutung seiner Worte komplett bei mir ankommt.
Ich muss auf einmal wieder an das denken, was er letztens gesagt hat, als ich ihn gefragt habe, was er getan hätte, wenn ich mich seinetwegen umgebracht hätte: *Dann hätte ich die Knarre genommen und mich auch erledigt!*
Warum sagt er sowas? Fühlt er sich immer noch verpflichtet, solche Dinge für mich zu tun, weil mein Dad ihn damals als Bodyguard für mich engagiert hat?

Mit einem ernsten Blick sehe ich zu ihm hoch. „Warum riskierst du ständig dein Leben für mich, Damien?“
Damien zuckt mit den Schultern. „Ich bin Bodyguard“, bemerkt er dabei cool. „Für andere meinen Arsch zu riskieren is‘ mein verdammter Job.“ – „Dann bin ich immer noch ’n Job für dich?“ frage ich ein bisschen angefressen.
„Du bist nicht nur ‘n Job für mich“, blafft Damien. „Du bist...“ Er schweigt und reibt sich den Nacken, so als wüsste er nicht, was er für mich empfindet.
Ärgerlich punche ich ihm gegen sein Sixpack. „Verdammt, Damien“, mache ich ihn dabei an. „Warum hast du so‘n Scheißproblem damit, mir zu sagen, was du für mich empfindest?“
Damien erwidert nichts.
Dann sieht er mich plötzlich mit seinen stechenden blauen Augen so intensiv an, dass es fast wehtut. „Weil ich dich mehr liebe, als mein verdammtes Scheißleben, Baby!“

Epilog

„Der Laden sieht echt beschissen aus.“ Damien kickt einen verkohlten Barhocker aus dem Weg, als wir ein paar Tage später durch den ausgebrannten Club gehen.

„Stimmt“, bestätige ich mit einem schweren Seufzer. „Tut echt verdammt weh das Bondage so zu sehen.“ Ich blicke in das tiefe Loch, das der Sprengsatz in den Dancefloor gerissen hat. Hier sieht’s aus, wie nach ‘nem Krieg.

Damien ist sich bombensicher, dass Deluca und seine Leute hinter der Aktion stecken, weil er Liotta in den Bau geschickt hat. Und ich hoffe echt, dass der Fight damit zu Ende ist und Damien die Sache auf sich beruhen lässt.

Seufzend blicke ich mich in dem völlig zerstörten Club um, in dem wir noch vor ein paar Tagen hemmungslos gefeiert haben.

Das Bondage war meine Familie, und mein Zuhause. Jeder Winkel hier ist mir so unendlich vertraut, wie mein Wohnzimmer. Hier hatte ich mein erstes „Date“ mit Damien, meine wildesten Partys, und die coolsten Freunde, die man sich vorstellen kann.

Und jetzt sind diese ganzen Erinnerungen nur noch ein verkohlter Haufen Schutt und Asche.

Aber es war ‘ne geile Zeit. Die beste meines Lebens.

Eigentlich sollte ich dankbar dafür sein, dass bei der Explosion keinem meiner Freunde was Ernsthaftes passiert ist. Um uns kleinzukriegen, braucht es schon ‘n bisschen mehr als so ‘ne Scheißbombe.

Und wenn Damien das Bondage wieder aufmacht, werden wir den Club wieder rocken!

„Wenigstens brauch ich mir jetzt keine Gedanken mehr darüber machen, dass die Bullen den Laden hochgehen lassen“, bemerkt Damien auf einmal.

Ich sehe ihn erschrocken an.

Will er den Club schließen? Scheiße. Was sollen wir denn machen ohne das Bondage?

„Du willst den Club dichtmachen?“ frage ich ihn entsetzt.

„Hab ich das gesagt?“ erwidert er, und ich atme erleichtert auf.

„Was hast du dann vor?“ erkundige ich mich.

„Du willst wissen, was ich vorhab, Baby?“ Er hebt eine leere Bierflasche vom Boden auf. „Zuerst lass ich den Laden wieder klarmachen, damit ihr Partyfreaks weiterfeiern könnt...“ Damien wirft die Flasche hoch und kickt sie dann mit einer 360°-Drehung aus der Luft weg, so dass sie an einer der Betonsäulen zu Bruch geht. „...Und dann reiß ich Deluca den Arsch auf!“

Hey meine Lieben,

Ich bin immer noch total geflasht von eurem mega Feedback auf die Bondage-Reihe, und von euren großartigen Rezensionen. Vielen, vielen lieben Dank ♥ ♥ ♥

Ohne euch wäre Bondage nie möglich gewesen, weil ihr mich mit euren Gedanken und Kommentaren immer wieder zu neuen Ideen inspiriert. Ich freue mich immer riesig, was von euch zu hören, egal, ob auf meiner Facebook-Seite oder als Rezension bei Amazon oder den anderen Anbietern.

Ob und wie es mit Damien und Gi weitergeht, bleibt wie immer offen ;-) Ich richte mich da ganz nach euch und freue mich schon auf euer Feedback, xx

Mia ♥

36366363R00192

Printed in Poland
by Amazon Fulfillment
Poland Sp. z o.o., Wrocław